幼馴染の山吹さん

osananajimi no yamabuki san

Yomogi Michikusa
道草よもぎ
illustration
かにビーム

魂《たましい》のこもった青春は、そうたやすく滅《ほろ》んでしまうものではない。

ハンス・カロッサ

※

小さい頃《ころ》、少しの勇気を出せばだれもがヒーローになれた。

小学生の頃《ころ》の話だ。僕《ぼく》の大好きな幼馴染《おさななじみ》は、いつも男子にちょっかいをかけられていた。きっと彼らも彼女のことが好きだったのだろう。彼女は既《すで》に世界一の片鱗《へんりん》を見せていたし、幼《よう》稚《ち》な愛情表現をぶつけられていたわけだ。バカな男子にありがちだ。

教室の前を通りかかったとき、彼女が泣きそうな顔になっているのが目に入った。周りには何人かのクラスの男子。すぐに理解した。嫌《いや》がらせだ。周りの男子がへらへらしているのが見えて、僕《ぼく》は怒《いか》りでカッとなる。

そのまま飛び出しそうになるのを、そばにいた秋人《あきひと》が止めた。服の袖《そで》をぐっと握《にぎ》られる。こっちはこっちで泣き出しそうになりながら、彼は「やめようよぉ……」と教室の中を指差した。男子の中にガキ大将がいたのだ。横にも縦にも大きく太った身体を揺《ゆ》らし、いつも乱暴な振《ふる》舞《ま》いをする奴《やつ》。ケンカだって強い。あんな奴《やつ》に楯突《たてつ》くのはやめよう、と秋人《あきひと》は忠告してくれたわけだ。

しかし、僕《ぼく》は聞く耳を持たなかった。

「おとこはおんなにやさしくしなくちゃダメなんだ」

わかったようなことを言いながら、僕《ぼく》は教室の中へ飛び込んでいく。

「こらー！　あかりちゃんをいじめるな！」

そうやって僕《ぼく》は、いつも彼女を守ろうとした。

そうすることが、彼女との約束だったからだ。

※

osananajimi no yamabuki san

第一章
玉砕は始まりを連れて

昔はそうやって、いつでも飛び出していったものだ。

だというのに、今の僕《ぼく》は息を殺しながら物陰《ものかげ》に隠《かく》れている。そこから彼女を見つめている。出ていくつもりはもちろんない。随分《ずいぶん》と状況《じょうきょう》が変わってしまったものである。

今の彼女はいじめられているわけではないのだから、当然なのだけれど。むしろ逆だ。好意を寄せられている。

「俺《おれ》、前から山吹《やまぶき》のことがいいなって思ってて……。よかったら、付き合ってくれないかな」

とんでもないところに居合わせてしまった。僕《ぼく》——青葉喜《あおばき》一郎《いちろう》は校舎の陰《かげ》に身を潜《ひそ》め、じっとしている。早く教室に戻《もど》りたいところだけど、さすがに邪魔《じゃま》をするわけにはいかないだろう。

校舎裏にある大きな桜の木の下、そこに彼らは立っていた。ほかに人影《ひとかげ》はない。遠くから運動部の掛《か》け声《ごえ》や生徒の笑い声が聞こえてくるけれど、わずかなものだ。静かな場所だった。どこか寂《さび》しさを感じてしまうのは、きっと桜の木が枯《か》れてしまっているからだろう。告白をするにはあまり向いていなさそうだが、滅多《めった》に人が通らないという点ではばっちりの場所だ。僕《ぼく》だって普段《ふだん》なら近付きもしない。彼だって、まさかゴミ捨て帰りの生徒がここに隠《かく》れているとは思いもしないだろう。

「俺《おれ》たち相性《あいしょう》もいいと思うんだよ。ほら、話していてもそう思うだろ？　話題も合うしさ。俺《おれ》は彼女を大事にする主義だし、絶対幸せにするから」

彼は身振《みぶ》り手振《てぶ》りも加えながら、言葉をどんどん重ねていく。笑みを浮《う》かべているが、どこかぎこちなかった。緊張《きんちょう》しているのだろう。それもそうだ、告白の真っ最中なのだから。名前は知らないけれど、確か彼は僕《ぼく》と同じ一年生だ。どこかで見た覚えがある。背が高く、長い髪《かみ》が整った顔立ちによく似合っている人だ。クラスの中心にいるような、格好良い人だった。女の子にもよくモテるのだろう。

しかし、この時期に告白とはなかなか手が早い。今はまだ五月で、入学してから一ヶ月しか経っていないというのに。

そんな人が告白する女の子は一体どんな子なのだろう……、そう思って彼女の方を見て、あ

あなるほど、と納得《なっとく》した。

告白シーンなんて珍《めずら》しい。僕《ぼく》にはそう思えることだけれど、彼女にとっては普通《ふつう》のことだ。日常茶飯事《にちじょうさはんじ》。何の変哲《へんてつ》もない日常的な出来事だった。入学してから一ヶ月、きっと彼女はいつもこうやって愛の告白を受けていたに違《ちが》いない。

「えーと……、そう言われても、ね……」

案の定、彼女は困っていた。男子生徒からの愛の告白に全く揺《ゆ》れることなく、視線を逸《そ》らしながら頰《ほお》を掻《か》いている。確かに彼は格好良い。けれど、彼女にはとても釣《つ》り合《あ》わなかった。いや、釣《つ》り合《あ》う男なんて存在するのだろうか。

彼女が立っているその場所。そこだけまるでスポットライトを浴びているかのように、輝《かがや》いて見えた。

まず目を奪《うば》われるのが、腰《こし》まで届く長い髪《かみ》。よく手入れされたその髪《かみ》は、一本一本が極上《ごくじょう》の絹糸《きぬいと》のようで、きらきらと輝《かがや》いている。触《さわ》ってみたいと心から思うような髪《かみ》だ。艶《つや》のあるさらさらとした髪《かみ》が風に揺《ゆ》れる様は、見ていて芸術的でさえあった。

吸い込まれそうなほどに透《す》き通《とお》った切れ長の瞳《ひとみ》、形の良い鼻、桜色の唇《くちびる》。人形でさえ作るのが難しそうな整った顔立ちだ。その宝石のような目で見つめられたら、瑞々《みずみず》しい唇《くちびる》から名前を呼ばれたら、どうにかなってしまうのではないだろうか。それに加えて肌《はだ》だ。雪を思わせる白い肌《はだ》はいかにもすべすべしていて、もし触《ふ》れられるのなら、ずっと触《さわ》っていて時間が経つのを忘れてしまいそう。

背はそれほど高くないのだが、スカートから覗《のぞ》く白い足は驚《おどろ》くほど長い。すらりとした足は見ているだけでドキドキする。短いスカートと白い靴下《くつした》のみで守られているということが、心許《こころもと》ないと感じるほどだ。セーラー服を持ち上げる胸は特別大きいわけではないけれど、美しい身体のバランスを作っている。

彼女の名前は、山吹灯里《やまぶきあかり》。自他ともに認める、世界一かわいい女の子だ。

そして、僕《ぼく》の幼馴染《おさななじみ》でもある。

「ダメかな？　俺《おれ》、これでも結構モテるし、割とお似合いだと思うんだけど……」

彼女――山吹《やまぶき》さんの反応が芳《かんば》しくないと感じてか、彼は自分のセールスポイントを挙げた。

なかなかの自信家だ。世界一かわいい女の子を前に、お似合いだと言い張るというのは。

彼女は苦笑を浮《う》かべながら、気まずそうに目を逸《そ》らす。しかし、濁《にご》すのもどうかと思ったのか、諦《あきら》めたように口を開いた。

「ごめんね。わたし今、だれとも付き合うつもりないのよ」

何の気負いもない、さっぱりとした答えだった。気持ちがいいくらいだ。取りつく島がないとはこのことで、彼女は少しも告白を受ける気がないのがはっきりとわかる。

「理由聞いてもいい？　もしかしたら、何とかできるかもしれないし……」

どうあってもひっくり返せないだろうに、それでも彼は食い下がった。なまじ女性にモテるからだろうか、簡単には引き下がれないのかもしれない。

「単に恋愛っていうのがよくわかんないだけだよ。好きだとか愛《いと》しいだとか、そういう気持ちがまだわからないの。それがわかるまでは、そういうのはいいや」

そう言って、彼女は小さく笑う。そこだけぱっと花が咲《さ》いたようだ。もう少しで見惚《みと》れるところだった。それは彼も同じようだったが、彼ははっとした表情を作ると、なおも食い下がろうとする。

「い、いやさ、そういうのって付き合ったらわかったりするもんじゃん？　最初は何とも思っていなかったけど、付き合っているうちに好きになった、とかよくあるケースだし、俺《おれ》たち絶対上手くいくって。俺《おれ》、お前のことすごく好きだし、大事にするしさ。初めて会ったときからずっと、かわいいなーと思っててさ……」

「確かにわたしは世界一かわいいけども」

暴走《ぼうそう》しかけていた男の言動を、ぴしゃりと彼女の声が止める。少しばかり苛立《いらだ》ちが混じっていた。やさしくやんわりと断っていたのに、それに甘《あま》えて押《お》し切《き》ろうとする男の態度に怒《いか》りが湧《わ》いたのかもしれない。彼女は呆《あき》れたように、いい？ と指を差した。

「そういうのは自分で決めたいの。自分の気持ちで動きたいの。人にあーだこーだ言われたくないし、あなたにも言われたくない。わたしが言えるのは、あなたと付き合う気はない、ただそれだけ！」

結局、山吹《やまぶき》さんはそうはっきりとフッてしまった。

さすがにそこまで言われてしまっては、粘《ねば》る気も起こらなかったのだろう。男はとぼとぼと立ち去って行った。その背中には悲しいものを感じるが、これは自業自得《じごうじとく》だ。山吹《やまぶき》さんがやさしく言っているうちに引き下がれば、ここまで凹《へこ》むこともなかったろうに。

「……ん」

驚《おどろ》いた。山吹《やまぶき》さんが彼をフったことに対して、僕《ぼく》はほっとしているのだ。あぁよかった、と思ってしまっている。……なんとまぁ。ここ数年、ちゃんとした会話をした覚えのない幼馴《おさな》染《じみ》相手に、よくこんなことを思えるものだ。山吹《やまぶき》さんに彼氏がいようがいまいが、きっと僕《ぼく》の立ち位置は変わらないというのに。

「あーあ」

その声につられて、再び彼女の方へ目を向ける。山吹《やまぶき》さんはぐーっと伸《の》びをしていた。伸《の》びが終わると、疲《つか》れた表情で肩《かた》に手を当てる。

「まったく。可愛《かわい》すぎるっていうのも、考えものだわね」

と、何とも豪快《ごうかい》なことを言ってのけた。実際、彼女は大変なんだろう。あれだけの美貌《びぼう》を持っていると、どうしても人を惹《ひ》きつけてしまう。引き寄せてしまう。先ほどのような告白も、彼女にとっては日常の出来事に過ぎないのだ。

男たちはそれこそ勇気を抱《いだ》き、決死の思いで彼女にアタックしているのだろう。強く恋焦《こいこ》がれ、どうしようもなくなった恋慕《れんぼ》の情を、まっすぐに彼女へぶつけている。そして砕《くだ》ける。玉砕《ぎょくさい》してしまった好きという気持ちは、悲しみや喪失感《そうしつかん》へと変わっていき、好きだった気持ちと同じくらいの激情となる。

それはどこへいくのだろう。

はぁ、と山吹《やまぶき》さんが大きくため息を吐《つ》いた。慣れているとはいえ、まっすぐにぶつけられる感情を受け止めるのは疲《つか》れるのかもしれない。

「……ん？」

それに気が付いたのは、僕《ぼく》の方が早かった。思わず目を細める。なんだろう、あれは。いや、見間違《みまちが》いか……？

山吹《やまぶき》さんの口から、何か黒いものが出ていたのだ。煙《けむり》のような黒いもの。それは雲か何かのように、空へ昇《のぼ》っていく。彼女は目を瞑《つぶ》っているせいで、それに気が付いている様子はなかった。口から妙なものが出ているのに、山吹《やまぶき》さんは平然とそこに立っている。

「……え」

山吹《やまぶき》さんは目を開けた瞬間《しゅんかん》、ぎょっとした表情を浮《う》かべた。それはそうだ。自分の口から何やらおかしなものが出ているのだから。

彼女の口から漏《も》れ出《で》ていた煙《けむり》は、すぐに止まった。しかし、おかしなことは止まらない。今度は全身だ。彼女の身体から、黒い煙《けむり》が昇《のぼ》っていく。もくもくとした黒い煙《けむり》が、確かに彼女の身体から溢《あふ》れている。

「な、なにこれっ。え、なに？　なんなのっ」

山吹《やまぶき》さんは怯《おび》えた声を出しながら、その煙《けむり》を手で振《ふ》り払《はら》おうとする。しかし、その手からも煙《けむり》は立《た》ち昇《のぼ》っているし、勢いも弱まらない。溢《あふ》れていく。大量の煙《けむり》が空に放たれるが、まるで意思を持っているみたいに桜の木へ絡《から》みついていった。枯《か》れた桜の大木にだ。黒い煙《けむり》が枝に巻き付いて、その先で膨《ふく》らむ。まるでどす黒い花が咲《さ》いているようだった。

『――人の感情の力というのは凄《すさ》まじい。恋慕《れんぼ》、憧憬《しょうけい》、期待、渇望《かつぼう》、無念、羞恥《しゅうち》、嫉妬《しっと》、絶望、憎悪《ぞうお》。それが若者の激情ならば、尚更《なおさら》だ』

……なんだ、この声は。

聞いているだけで不安になってくるような、妙《みょう》な声が聞こえてくる。あの煙《けむり》からだ。重苦しい、ノイズが混じったような声が。

　桜の木に巻き付いた煙《けむり》は、いつの間にか大きな人のような形を作っており、膨《ふく》れ上《あ》がった部分は顔にさえ見えてくる。恐《おそ》ろしい形相《ぎょうそう》の人形。そんなものがしゃべるはずないのに、その煙《けむり》が発する声を僕《ぼく》はしっかりと受け取っていた。

「な、なに、この声……、どういうことなのよ、これ……」

　そして、それは彼女も。

　山吹《やまぶき》さんは大きく膨《ふく》れ上《あ》がった煙《けむり》を前に、真っ青な顔で立《た》ち尽《つ》くしていた。

　いつの間にか、桜の木を中心に煙《けむり》が囲いを作っていた。僕《ぼく》たちの周りを煙《けむり》が蠢《うごめ》く。煙《けむり》の中に閉じ込められてしまっている。外の風景は見えず、この校舎裏だけが世界から切《き》り離《はな》されたかのような錯覚《さっかく》に陥《おちい》る。それがより恐怖心《きょうふしん》を煽《あお》る。何なのだ、この空間は。一体僕《ぼく》たちは何を見ている……？

『貴様は、人の感情を集めすぎた。よりによって力の強い感情ばかり。容姿が優《すぐ》れた貴様は人から憧《あこが》れを集め、男どもを否定することによって悲嘆《ひたん》を集めた。最早《もはや》それは抑《おさ》えが効かなくなっている。こうやって、形を作るほどに、だ』

　僕《ぼく》たちの混乱をよそに、煙《けむり》は話を続けていく。

　意思を持っているかのごとく、その煙《けむり》は山吹《やまぶき》さんに語《かた》り掛《か》けていた。そんな信じられない状況《じょうきょう》だというのに、その話の内容に意識がいく。

『わたしは貴様が集めた感情を具現したもの。青臭《あおくさ》い想いの顕現《けんげん》。それが矛《ほこ》となって貴様を貫《つらぬ》く。このどうしようもない感情の行き先は、貴様を呪《のろ》うことで終着を迎《むか》える』

「は……？　の、呪《のろ》い？　呪《のろ》う、ってわたしを……？」

山吹《やまぶき》さんは煙《けむり》に言葉を返す。すると、煙《けむり》も同じように返事をした。会話が成立してしまう。

『そうだ。〝青春の呪《のろ》い〟とでも言おうか。今から貴様は呪《のろ》いを受ける』

「そんな……っ！」

山吹《やまぶき》さんは悲痛な声を上げる。煙《けむり》と会話をしているというおかしな状況《じょうきょう》だというのに、いや、そういう状況《じょうきょう》だからこそ、その煙《けむり》の言葉には真実味があった。

綺麗《きれい》な顔を恐怖《きょうふ》の色に染めながら、山吹《やまぶき》さんは震《ふる》える声で訴《うった》える。

「み、みんながわたしを好きになって、でもわたしがフッちゃったから、それで呪《のろ》われるっていうの⁉　そ、そんなのおかしいじゃない。わたし、何も悪いことしてないのに！」

……その通りだ。あんまりだ。勝手に山吹《やまぶき》さんを好きになって、フラれたからといって呪《のろ》うだなんて。いくらなんでもひどすぎる。山吹《やまぶき》さんの言う通り、彼女は何も悪いことはしていない。

その山吹《やまぶき》さんの訴《うった》えを、煙《けむり》はいともあっさり受け入れた。

『そうだ。貴様は何も悪くない。悪いというのなら、逆恨《さかうら》みや失望を抱《かか》えた奴《やつ》らの方がよっぽど悪い。しかし、えてして呪《のろ》いとはそういうものだ』

受け入れた上で、煙《けむり》はそう否定した。妙《みょう》な力強さを感じる言葉だった。彼女が呪《のろ》いを受けるのは避《さ》けられない。その呪《のろ》いは回避《かいひ》できるようなものではなく、間違《まちが》いなく彼女に降りかかってしまうもの。そう断定されているようだった。

山吹《やまぶき》さんは絶望に染まった表情を浮《う》かべ、浅い呼吸を繰《く》り返《かえ》している。僕《ぼく》はそれを見つめることしかできない。校舎の陰《かげ》から、ただ見ていることしかできない。

あぁ、まさか。

あの話が本当だったなんて、と。

僕《ぼく》はこの話を聞いた、数日前のことを思い出していた。

「この学校の七不思議ぃ？」

僕《ぼく》はつい、頓狂《とんきょう》な声を上げてしまう。しかし、休み時間の教室は騒《さわ》がしく、ほかの生徒の声はそれ以上に大きい。そのおかげで目立たずに済んだ。

『学校の七不思議』なんていう久しぶりに聞いたその言葉には、安っぽいだとか子供騙《こどもだま》しだとか、そういうマイナスのイメージばかり思《おも》い浮《う》かぶ。高校生にもなって七不思議って。

しかし、どうやら相手はそう思っていないらしい。僕《ぼく》の反応を気にすることなく話を進めた。

「そうそう。校舎裏に枯《か》れた桜の木があるだろ？　あれが呪《のろ》われているんだってよ。男にフラれた女の霊《れい》だとか。夜中にその前を通ると、女のすすり泣く声が聞こえてきて、その女に呪《のろ》い殺《ころ》されるらしいぜ」

怖《こ》ぇよなぁ、と彼女は全く怖《こわ》くなさそうな口ぶりで言った。行儀《ぎょうぎ》悪く椅子《いす》の上にあぐらをかいていて、スカートの上には弁当箱を載せている。そこを箸《はし》がうろちょろしていた。後ろの席の僕《ぼく》と向かい合って、もごもごとお弁当を食べている。

ぼさぼさの長い髪《かみ》を腰《こし》辺りまで伸《の》ばし、子供のように幼い容貌《ようぼう》の彼女。背は低く、顔も含《ふく》めて全体的に小さいのが彼女の特徴《とくちょう》だ。とても高校生には見えない。くりくりとした大きな瞳《ひとみ》はいつも好奇心《こうきしん》で輝《かがや》き、小さな口で大きく笑う。スポーツをすれば小さな身体で縦横無尽《じゅうおうむじん》に駆《か》け巡《めぐ》り、いつも楽しそうにはしゃいでいる。よく男子に混じって身体を動かしているくらいだ。大人しくしていれば声や見た目は可愛《かわい》らしいのだが、それを本人に言うと怒《おこ》ってしまう。大好きな猫《ねこ》を相手にしているときなんか、とても女の子っぽいとは思うのだけれど。

彼女の名前は小野塚《おのづか》つばさ。僕《ぼく》のクラスメイトである。基本的に男女ともに友達が多い彼女ではあるが、席が僕《ぼく》の前になってからはこうしてよく話をしている。

大きな唐揚《からあ》げを一口で口に放り込むと、箸《はし》を僕《ぼく》に向けてつばさは言った。

「高校でも七不思議ってあるんだなぁって思ってよ。おれのとこにも小学校まではあったけどさ。喜一郎《きいちろう》のところはどうだった？」

「七不思議ねぇ……、そういえば中学にはあったかも。夜中に一段増える階段とか、女子トイレの奥《おく》から聞こえるすすり泣きとか、夕方に現れる裸《はだか》コートのおじさんとか」

「最後のはお前、ただの変質者じゃねぇか」

そう言ってつばさはげらげら笑う。彼女なら変質者に遭《あ》っても返《かえ》り討《う》ちにしてしまいそうだ。

「まぁおれはそういうホラーが苦手だからよ、今度から桜の木には近付かないことにした。怖《こ》えーからな」

「そうは言っても、普通《ふつう》はあんなところ近付かないでしょ。夜中だったら尚更《なおさら》」

「夜中に忘れ物を取りに行くかもしれねぇじゃん」

「いや、やめなよ危ないから……」

僕《ぼく》が呆《あき》れながら言っても、彼女は聞く耳を持たない。へいへい、とぞんざいに言いながらご飯を口に運んでいる。

ちなみに今は昼休みではない。教室内は賑《にぎ》やかだが、お弁当を食べている生徒は彼女だけだ。あと一時間授業を受ければ昼休みだというのに、体育のせいで空腹の限界だったらしい。嬉《うれ》しそうに食べている。

「うわぁ、これめっちゃかわいい！」

歓声《かんせい》にも似た声が聞こえてきて、何となくそちらに目を向けた。教室の隅《すみ》だ。窓際《まどぎわ》の席にクラスの女の子が集まっている。机の上に雑誌を広げ、きゃいきゃいと楽しそうな声を上げていた。

複数の女子の中心、雑誌が開かれた席に座っている彼女。彼女はひまわりのように笑っていた。一際輝《ひときわかがや》く、とても綺麗《きれい》な女の子。そこにいるのは、僕《ぼく》の幼馴染《おさななじみ》でもある山吹灯里《やまぶきあかり》さんだった。

「これかわいいよねぇ。こういうの欲しいなぁ」

「駅前のアウトレットにこれに似たやつ売ってたわよ。今度いっしょに行く？」

「あ、ほんと？　行きたい行きたい！　あーでも、これわたしに似合うかなぁ……」

「加奈《かな》なら似合うと思うよ。足長いし、色も白いし。でもそれなら、ブラウンのがいいかなぁ……。あ、それともうひとつ似合いそうなのがあって……」

雑誌をぺらぺらめくりながら、山吹《やまぶき》さんは話を続けている。そばにいた子は、ふんふんと鼻息荒《あら》く聞いていた。

「あ、あった。これとか加奈《かな》に似合いそうじゃない？　前に似たようなの買ったんだけど、合わせやすいし便利だよ」

「んん……、確かにいいなーって思うけど……、灯里《あかり》も持ってるんでしょ？　じゃあわたし着れないよぉー……」

彼女は残念そうにしながら、山吹《やまぶき》さんと雑誌とを交互《こうご》に見つめている。まぁ気持ちはわかる。自分より容姿が優《すぐ》れた人と同じ服を着るのは、結構勇気がいるものだろう。それも相手は山吹《やまぶき》さんだ。尻込《しりご》みするのも仕方ない。

しかし、周りの女子は慣れたもので、「灯里《あかり》と比べても無駄《むだ》の極《きわ》みだから」「同じ人種じゃない、と思うくらいでちょうどいい」「灯里《あかり》の無意味な見た目の良さは、逆に利用するくらいでいけ」とさらりと言っている。当の本人も頰杖《ほおづえ》を突きながら、

「そうそう。わたしは世界一かわいいから。世界で一番だから。わたしの方が可愛《かわい》くなっちゃうのは当たり前。だから気にしなくていいよ」

そんなことを言う始末。髪《かみ》を撫《な》でてからにっこりと笑うその様子は、なるほど確かに世界一。遠くにいるのに眩《まぶ》しすぎる。油断すると目が潰《つぶ》れそうになるので、ふいと視線を外す。それと同時だ。その冷たい声が届いたのは。

「──何が世界一かわいい、だよ。ブース」

教室の中をぴりっとした空気が張《は》り詰《つ》める。賑《にぎ》やかだった生徒の声が、一瞬《いっしゅん》で静まり返った。山吹《やまぶき》さんに聞こえるよう、わざとそういうタイミングで言ったのだろう。

声の主はわかる。同じ窓際《まどぎわ》、一番前の席だ。そこに座っている女の子と、そばに立っているふたり。彼女たちはにやにやとした笑みを張り付けていた。実際に口に出したのは、おそらく椅子《いす》に座っている女の子。彼女の名前は、森園麻里亜《もりぞのまりあ》。綺麗《きれい》な人だ。その綺麗《きれい》な顔を歪《ゆが》めて、いつも山吹《やまぶき》さんを面白《おもしろ》くなさそうな顔で見ている。

目つきが鋭《するど》く、所謂《いわゆる》ネコ目が特徴的《とくちょうてき》。それに合わせるように細い眉《まゆ》、形の良い耳にリップが塗《ぬ》られた厚い唇《くちびる》。髪《かみ》は肩《かた》にかかる程度。化粧《けしょう》は校則で禁止されているが、バレないよう目立

たないように、所々に施《ほどこ》してある。スカートはギリギリまで短くしていた。意地悪そうな印象を与えるけれど、確かに彼女は美人だ。山吹《やまぶき》さん相手だと分《ぶ》が悪いだけで。それが面白《おもしろ》くないのだろう。だから、彼女の口から「ブス」なんて言葉が飛び出した。

……何とも陰険《いんけん》だ。悪口は人の心を軋《きし》ませる。言われた方も、聞いていた人も。たとえ山吹《やまぶき》さんが聞こえなかったふりをしたとしても、黒い感情は腹に溜《た》まるだろう。

「――だれだ、今ブスって言ったのはッ！」

……ただまぁ、僕《ぼく》の幼馴染《おさななじみ》は容姿に関する悪口は決して許さないのだが。

静まり返った教室に、彼女の怒号《どごう》と机を叩《たた》く音が響《ひび》き渡《わた》る。山吹《やまぶき》さんが立ち上がり、その瞳《ひとみ》を森園《もりぞの》さんへと向けた。相手を見つけた。山吹《やまぶき》さんは勢い良く彼女の方へ近付いていく。

森園《もりぞの》さんも真《ま》っ向《こう》から来るとは思わなかったのだろう。呆気《あっけ》に取られていたが、すぐに表情を戻《もど》す。山吹《やまぶき》さんを睨《にら》み返《かえ》しながら、彼女を迎《むか》え撃《う》とうとしていた。

「今、言ったでしょう。わたしのことをブスだと言ったでしょう」

「あぁ言ったね。何が世界一かわいいだよ、バカじゃないの？　調子に乗ってんじゃねぇよ、鏡見ろやブース」

「ど、こ、が、ブスだ！　鏡なんて毎日見てるっつーの！　どこをどう見てもこれ以上ないほどの可愛《かわい》さを誇《ほこ》っているでしょうが！　目悪いの？　じゃあよく見ることだな！」

声を張り上げていたと思うと、山吹《やまぶき》さんは森園《もりぞの》さんのセーラー服を摑《つか》んだ。見守っていた人たちに緊張《きんちょう》が走る。暴力沙汰《ざた》か、と冷《ひ》や汗《あせ》をかいたけれど、山吹《やまぶき》さんは頭をぶつけるほどに顔を近付けただけだった。「汚《きたな》い顔近付けてんじゃねぇよ、ブス！　視力落ちるわ！」「はぁー!?　ブスじゃないですー、たとえブスだとしても世界一かわいいブスですー！」などと至近距離《しきんきょり》で怒鳴《どな》り合《あ》っている。

なんだろうこれは。

張《は》り詰《つ》めていた空気がほどけていく。彼女たちは真剣《しんけん》なのだろうが、互《たが》いの主張を聞いているとあまりにバカらしい。バカバカしい。まぁこれもすぐに終わるだろう……、と思っていたら、やはりすぐに収まった。怒鳴《どな》り声《ごえ》がやんだのである。

山吹《やまぶき》さんの手は森園《もりぞの》さんを掴《つか》んだままだが、その口から怒号《どごう》は出てこなかった。頭を離《はな》してじっと森園《もりぞの》さんを見つめている。その表情に先ほどの怒《いか》りはない。戸惑《とまど》うのは森園《もりぞの》さんの方だ。怒鳴《どな》っていたかと思えば急に静止して凝視《ぎょうし》してくるのだから、不気味ですらあるだろう。案の定、「な、なんだよ」と山吹《やまぶき》さんの手を振《ふ》り払《はら》った。

「……あなた、前の学校では自分が一番かわいいと思っていたクチ？」

「は？」

完全に怒《いか》りが抜《ぬ》けきった声で、山吹《やまぶき》さんは淡々《たんたん》と問いかける。

「いや、わたしに突《つ》っかかってくる人って大抵《たいてい》そういう人なのよね。前の環境《かんきょう》ではちやほやされていたのに、わたしのせいでその地位がなくなっちゃった人」

「……っ」

どうやら図星だったらしい。森園《もりぞの》さんは顔を歪《ゆが》めると、キッと山吹《やまぶき》さんを睨《にら》みつけた。その眼には怒《いか》りが宿っている。「関係ないだろうが」と声を荒《あら》げるが、それは山吹《やまぶき》さんの言葉に答えているも同然だった。しかし、それさえも聞こえていないように、山吹《やまぶき》さんはじぃっと彼女を眺《なが》めている。そうして、目を逸《そ》らすことなく口を開いた。

「もちろん、わたしほどではないんだけど……、確かにあなた、かわいいわね」

「――は？」

「こんなにまつ毛が長い人って見たことないなぁ……、でも、ファンデ塗《ぬ》りすぎじゃない？　今はやりすぎない方がいいよ、まだ若いし肌《はだ》も綺麗《きれい》なんだから。先のことも考えた方がいいわよ？　あと髪《かみ》！　すごくさらさらよね。シャンプーは何使ってるの？　どうやって保持してる？」

矢継《やつ》ぎ早《ばや》に山吹《やまぶき》さんは言葉を重ねていく。言葉だけではなく、彼女の手が森園《もりぞの》さんに触《ふ》れていく。頬《ほお》や顎《あご》、耳や髪《かみ》に手が伸《の》びていった。森園《もりぞの》さんの表情は困惑《こんわく》に変わっていたが、慌《あわ》てて山吹《やまぶき》さんの手を弾《はじ》く。

「さ、触《さわ》んな！　気持ち悪いんだよ、寄ってくるな！」

「えー、いいじゃーん。教えてよー、どこで買ったやつー？」

結局、べたべたと触《さわ》ってくる山吹《やまぶき》さんに耐《た》え切《き》れず、森園《もりぞの》さんは席を立って教室の外へ逃《に》げていった。それを山吹《やまぶき》さんが追いかけていく。それで、この騒動《そうどう》は終わりを告げた。残されたクラスメイトはぽかんとするしかない。森園《もりぞの》さんのそばにいたふたりも同じだ。一部を除《のぞ》き、ほとんどの生徒はただただ困惑《こんわく》していた。

「……何だったんだ、ありゃ」

それはつばさも同じだったらしい。箸《はし》を咥《くわ》えたまま、森園《もりぞの》さんの席を眺《なが》めて言う。僕《ぼく》にとってはそれほど珍《めずら》しい光景ではなかったので、不思議そうにしているつばさに答えを渡《わた》した。

「山吹《やまぶき》さんはかわいいものや綺麗《きれい》なものが好きで、それは人に対してもいっしょなんだ。それに普段《ふだん》はあんまり人に嫌《きら》われることってないから、たまにあぁやって毛嫌《けぎら》いされると近付いちゃう。好きになっちゃうんだって」

その見た目の良さゆえに、彼女を露骨《ろこつ》に嫌《きら》う女性はいる。しかし、そういう人を山吹《やまぶき》さんは好んでしまう。好意丸出しの相手を嫌《きら》うのは難しい。物凄《ものすご》い美人が慕《した》ってくれるなら尚更《なおさら》だ。そうやって山吹《やまぶき》さんは自分を嫌《きら》う相手と友達になっていった。きっと森園《もりぞの》さんもそうなるのではないだろうか。

ちなみにこれは同性相手の話である。山吹《やまぶき》さんの法則に気付き、彼女に嫌《きら》われるよう動いた男子がそのまま普通《ふつう》に嫌《きら》われたアホなケースもある。

「昔からなんだよね。変わってない」

頬杖《ほおづえ》を突いて、僕《ぼく》は独り言のように言った。気が緩《ゆる》んでしまっていたのかもしれない。はっとしたが、もう遅《おそ》かった。

「昔から？」

つばさの箸《はし》が止まる。彼女は眉《まゆ》を上げたかと思うと、僕《ぼく》の方にぐっと身体を寄せてくる。彼女の髪《かみ》が机の上を撫《な》でていった。にやっとした笑みを浮《う》かべながら、つばさは口を開く。

「なんだよ、喜一郎《きいちろう》って灯里《あかり》と昔からの付き合いだったのか。もしかして元カノ？」

「違《ちが》うって」

何でそう話が飛躍《ひやく》するのか。あぁ口を滑《すべ》らせた。あまり人に言いたくない話なのだが、変にごまかしても含《ふく》みがあるように聞こえてしまう。山吹《やまぶき》さんとの関係を聞かれて、そういうふうに話す人もいるが、あれはかなり滑稽《こっけい》だ。それと同じにはなりたくない。

「幼馴染《おさななじみ》なんだよな」

僕《ぼく》が口を開くより早く、その声は僕《ぼく》たちに届いた。いつの間にやってきていたのか、彼は僕《ぼく》たちのそばに立っていて、端正《たんせい》な顔に笑みを浮《う》かべている。

さらりとした髪《かみ》を瞳《ひとみ》の前で揺《ゆ》らし、襟足《えりあし》は首筋を隠《かく》すほど伸《の》ばしている。つり目がちながら優《やさ》しげな瞳《ひとみ》、外国人のように高い鼻。同性の僕《ぼく》から見ても格好良い。それに加え、同じ一年生とは思えないほど背が高く、すらりとした体型の持ち主である。足の長さには目を見張ってしまう。

容姿の良さは群を抜《ぬ》いているのに、人のお節介《せっかい》ばかり焼いているのが彼の特徴《とくちょう》だ。今もそう。楽し気に口を開いている。

「家が近所で、小中高と学校までいっしょなんだよ」

「……なんで君が言うのさ、秋人《あきひと》」

僕《ぼく》が呆《あき》れながら言うと、彼は悪びれもせずに肩《かた》を竦《すく》めた。

彼の名前は桐山秋人《きりやまあきひと》。僕《ぼく》の小学校時代からの友人である。当時は身体も小さく、それに合わせるようにひどく気弱だった彼はここ数年で劇的に変貌《へんぼう》を遂《と》げた。いつも僕《ぼく》の背中に隠《かく》れていたと言っても、信じる人はだれもいないだろう。

「へぇ。幼馴染《おさななじみ》」

つばさは興味深そうに秋人《あきひと》の言葉に反応した。視線は僕《ぼく》から秋人《あきひと》へ。あぁ、やっぱり。それだけ、『幼馴染《おさななじみ》』という言葉には魔力《まりょく》がある。

「小学校のときなんて、いつもいっしょだったからな。俺《おれ》は随分嫉妬《ずいぶんしっと》したもんだよ」

懐《なつ》かしそうに目を細める秋人《あきひと》。またいい加減なことを。僕《ぼく》と彼女の話をするなら、きちんと最後まで説明するべきだろう。

「……昔の話だから。仲が良かったのも、いっしょに遊んでいたのも。中学に上がってからはほとんど会話もしてないよ」

「なんだ。そうなのか。つまんねぇな」

つばさは本当につまらなそうに言った。再び弁当箱に意識を戻《もど》すと、「男女の幼馴染《おさななじみ》ってもんは、もっと面白《おもしろ》いものだと思ってたんだけどな」と勝手なことを口にする。

本当に勝手だ。

僕《ぼく》だって期待していた。幼馴染《おさななじみ》の女の子。昔からの幼馴染《おさななじみ》。小さなときからずっといっしょにいて、どんどん可愛《かわい》くなっていく女の子が幼馴染《おさななじみ》で、期待をしないわけがない。

問題は、その子が自分と到底《とうてい》釣り合《あ》わないくらいに可愛《かわい》くなってしまったことだろう。

「ん？　秋人《あきひと》も喜一郎《きいちろう》と、小学校からの付き合いなのか」

「あぁ。あの頃《ころ》の俺《おれ》は喜一郎《きいちろう》のあとばかり追いかけてたな。いじめられっ子だった俺《おれ》を喜一郎《きいちろう》は守ってくれたんだよ。俺《おれ》と、あとあの子のヒーローだったよな」

僕《ぼく》が物思いに耽《ふけ》っていると、思わぬ方向に話が進んでいる。秋人《あきひと》を見ると、彼は僕《ぼく》にウインクをしてみせた。なんとまぁ。男のウインクなんて気持ちが悪いだけだと思うのだけれど、秋《あき》人《ひと》の場合は様になるから恐《おそ》ろしい。

慌《あわ》てて話を止めようとしたが、既《すで》につばさの耳には届いてしまっている。彼女は「喜一郎《きいちろう》がヒーロー？　秋人《あきひと》じゃなくて？」と驚《おどろ》いた声を上げた。変身ポーズを取りながら。

そう思うのも仕方がない。普通《ふつう》は逆だと思うだろう。

「それも昔の話だって。今は何の取《と》り柄《え》もない普通《ふつう》の高校生なんだから、変なこと吹き込むのはやめてよ」

「はいよ。ま、そういうことにしておこう」

秋人《あきひと》はふっと微笑《ほほえ》むと、僕《ぼく》の肩《かた》をぽんぽんと叩《たた》いて席を離《はな》れていった。その背中を見ながら、

つばさが呟《つぶや》く。

「喜《き》一郎《いちろう》がヒーローってことより、秋人《あきひと》がいじめられっ子だった、って方が信じらんねえな」

同感だ。今のやたらと格好良い秋人《あきひと》からは想像するのも難しい。僕《ぼく》だって、たまに自分の記《き》憶《おく》が信じられなくなるくらいだ。

「ごちそうさまでした！」

突然、つばさがそんな声を上げる。いつの間にか食《た》べ尽《つ》くしていたらしい。空っぽの弁当箱を前に、つばさはパン！と両手を合わせた。はー、食った食った、と幸せそうにお腹を撫《な》でている。

「それって今日のお弁当でしょ？　お昼どうするのさ」

「ん？　そうだなー、購買《こうばい》でパンだな。あー、何食おう」


何食おう、じゃないよ、もう！

過去のつばさに文句を言ってやりたくなる。そう八つ当たりをするほどに、今の状況《じょうきょう》は切羽《せっぱ》詰《つ》まっていた。まさか、彼女の言う通り、本当に七不思議が存在したなんて。いや、彼女から聞いた話とは現状でかなり違《ちが》ってはいるが……。

しかし、目の前に不可思議な現象が起こっているのは事実。どれだけ瞬《まばた》きをしても、山吹《やまぶき》さ

ん の前に浮《う》かぶ煙《けむり》は消えていかない。真っ青な山吹《やまぶき》さんの顔色もそのままだ。すべて現実だ。

僕《ぼく》はその光景を、校舎の陰《かげ》から見守ることしかできない。

『今から貴様に呪《のろ》いを与える』

煙《けむり》はそう言いながら、山吹《やまぶき》さんの前に自身の一部を向けた。まるで手を向けているかのよう。そう見えてしまう。

すぐそばまで煙《けむり》が近付いても、山吹《やまぶき》さんは逃《に》げようとしなかった。いや、できないのだろう。彼女は震《ふる》えながら、涙目《なみだめ》でその光景を見つめている。

このままでは、本当に彼女が呪《のろ》いを受けてしまう。

つばさはなんと言っていた？　肝心《かんじん》なのは結果だ。話のオチだ。

そう、『呪《のろ》い殺《ころ》される』と確かに彼女は言っていた。

では、何か。山吹《やまぶき》さんは今から呪《のろ》い殺《ころ》されるのか。世界一かわいいせいで、男にモテるせいで、彼らをフったせいで！　彼女は今から呪《のろ》い殺《ころ》されてしまうという。そんなの、おかしいだろう。


〝ねぇ、あかりちゃん。ぼく、やくそくするよ〟

〝なにを？〟

〝あのね――〟

遠い遠い、随分《ずいぶん》昔の記憶《きおく》からかすかに声が聞こえてくる。あぁそうだ、約束をしていた。していたはずだ。小さい頃《ころ》の僕《ぼく》と彼女は、確かに約束していたんだ。

助けなければ。彼女は僕《ぼく》が助けなければ！

「ま、待てッ！」

転がるように校舎の陰《かげ》から走り出て、山吹《やまぶき》さんの前に飛び出す。煙《けむり》の前に立《た》ち塞《ふさ》がる。「あ、青葉《あおば》くん……？」という戸惑《とまど》った声、『ほう』という感心したような声が、同時に僕《ぼく》の耳に届いた。

「山吹《やまぶき》さんは何も悪いことをしていないじゃないかッ！　こんなことで呪《のろ》いを受けるなんてあんまりだ！　絶対におかしいッ！」

煙《けむり》から感じるえも言われぬ圧迫感《あっぱくかん》、妙《みょう》な不気味さに足が震《ふる》える。恐怖《きょうふ》が身体を駆《か》け巡《めぐ》る。しかし、それでも山吹《やまぶき》さんの前から退《ど》くつもりはなかった。僕《ぼく》は煙《けむり》を思い切り睨《にら》み付《つ》ける。

それを嘲笑《あざわら》うかのように、煙《けむり》は淡々《たんたん》と答えた。

『あぁそうだ、おかしいよ。貴様の言う通りだ。しかし、先ほどその娘にも言ったが、呪《のろ》いとはそういうもの。負の感情の塊《かたまり》だ。それを集めてしまったこの娘に何の落ち度がなかったとしても、呪《のろ》いはもう発現してしまった』

「だ、だからと言って、呪《のろ》い殺《ころ》すだなんて……ッ！」

『呪《のろ》い殺《ころ》す?』

僕《ぼく》の言葉に、煙《けむり》は愉快《ゆかい》そうな声を上げた。まるで笑っているようだ。『物騒《ぶっそう》な小僧《こぞう》だな』と身体を揺《ゆ》らしている。

「ち、違《ちが》うの……?」

『あぁ、違《ちが》う。いや、最悪の場合はそれと同じような状況《じょうきょう》になる。そこはその娘の努力次第《しだい》だ。——我が呪《のろ》いによって与えるのは、試練だよ』

「試練……?」

どうやら聞いていた話とは違《ちが》うようだ。呪《のろ》い殺《ころ》すというのが勘違《かんちが》いなのは喜ばしいけれど、不穏《ふおん》な言葉は続いている。試練。試練だって? 呪《のろ》いが与える試練だなんて、どんな恐《おそ》ろしいものだというのか。

そっと振《ふ》り返《かえ》る。山吹《やまぶき》さんは震《ふる》える手で、自身の服の裾《すそ》を握《にぎ》りしめていた。不安が伝わってくる。自分に降りかかる試練というものに、彼女の心は再び揺《ゆ》らされている。……あぁ、なんだって山吹《やまぶき》さんがこんな思いをしなくてはならないのか。やり切れない思いが拳《こぶし》を握《にぎ》らせる。

『——小僧《こぞう》。その娘を助けたい、と。そう思っているのだろう』

「助けたい。そんなの当たり前だ」

考えるより先に言葉が飛び出していた。震《ふる》えてはいない、はっきりとした声でだ。自分でもそんな声が出たことに驚《おどろ》いた。

僕《ぼく》の嘘偽《うそいつわ》りない気持ちだった。彼女を助けたいと心から思っている。

再び、煙《けむり》が愉快《ゆかい》そうに笑う。身体を揺《ゆ》らす。しばらくそうしたあと、僕《ぼく》たちに向けていた煙《けむり》の手を大きく掲《かか》げて見せた。

『ならば介入《かいにゅう》を許そう。小僧《こぞう》、貴様が娘の代わりに試練をこなせ。女を助けるために貴様が走れ。泥《どろ》をかぶれ。恥《はじ》をかけ。足掻《あが》け、足掻《あが》け、足掻《あが》け！　女を失いたくないというのなら、呪《のろ》いを許せないというのなら、貴様が試練をこなすのだ！　少女のために少年が駆《か》ける、これぞまさに――――！』

青春である。煙《けむり》はそう言い終えると、大きく広げていた手を振《ふ》り下《お》ろした。その先には僕《ぼく》たちふたりがいる。迫《せま》りくる煙《けむり》に対し、危機を覚える暇《ひま》さえなかった。潰《つぶ》される。目の前に迫《せま》った煙《けむり》に対し、ただそれだけが頭に浮《う》かんだ。

しかし、僕《ぼく》たちが煙《けむり》に押《お》し潰《つぶ》されることはなかった。煙《けむり》は僕《ぼく》たちに触《ふ》れたかと思うと、何かをまき散らしながら弾《はじ》け飛《と》んでしまったのだ。無数の小さな何かが噴《ふ》き出《だ》す。それは花びらだ。桜の花びら。

煙《けむり》がすべて可愛《かわい》らしいピンクの花吹雪《はなふぶき》へ変わっていく。目の前がすべて桜の花びらに覆《おお》いつくされる。こんな状況《じょうきょう》だというのに、その幻想的《げんそうてき》な光景は身震《みぶる》いするほどに綺麗《きれい》だった。

「……は」

身体を引っ張られて、正気に戻《もど》る。眼前の光景に再び驚《おどろ》く。……何もない。何もないのだ。

僕《ぼく》の目の前に花びらなんてない。枯《か》れた桜の木だけだ。花びらが舞い散《ま ち》るわけでも、話す煙《けむり》が鎮座《ちんざ》しているわけでもない。ここはただの、寂《さび》れた校舎裏だった。

引っ張られている箇所《かしょ》に目をやる。山吹《やまぶき》さんが地面にぺたんと座り込んでいて、僕《ぼく》の学ランを摑《つか》んでいた。脱力《だつりょく》しきっている。顔を伏《ふ》せてしまいながら、たどたどしく声を上げた。

「な、なんだか、変な夢を見てしまったようね」

「……いや、夢ではないでしょ。僕《ぼく》もいっしょにはっきり見てるよ。やめなよ現実逃避《とうひ》」

目の前の異形《いぎょう》がすべて消え去ったからと言って、夢だと言い張るには感触《かんしょく》が強すぎる。煙《けむり》の声もまだ耳に残っているくらいだ。しかし、山吹《やまぶき》さんは立ち上がると、強情に首を振《ふ》った。

「いえ、あれは夢。夢なのよ。夢だって決めた。ね、そうしましょう、青葉《あおば》くん。わたしたちはおかしな夢を見た。いい？」

疲《つか》れた表情で彼女は凄《すご》んでくる。僕《ぼく》が何も言えないでいると、山吹《やまぶき》さんはくるりと背を向けた。その視線の先にあるのは、僕《ぼく》がさっきまで持っていたゴミ箱。飛び出したときに転がってしまったようだ。中身は既《すで》にゴミ置き場に捨ててきたので、ゴミが散乱するようなことはなかった。

「あぁ、なんであんなところに青葉《あおば》くんがいたのか不思議だったけど、掃除《そうじ》当番だったのね」

山吹《やまぶき》さんは平静を装《よそお》いながら、転がったゴミ箱にてこてこと歩いていく。そこで少しばかり風が吹いた。彼女の綺麗《きれい》な髪《かみ》が揺《ゆ》れるのが見える。

「くちゅんっ」

うわ、かわいい。びっくりした。

控《ひか》えめなくしゃみに心が癒《いや》されてしまった。大きな音を立てない奥《おく》ゆかしさだけでなく、ちょっと身体が縮こまるのがポイント高い。

「ほら、これ持って教室に戻《もど》りましょうよ。わたしも鞄《かばん》持ったらすぐ帰るわ……、帰って寝《ね》る……」

僕《ぼく》が山吹《やまぶき》さんのくしゃみに惚《ほ》れ込《こ》んでいる間に、彼女はゴミ箱のそばまで歩み寄っていた。少し腰《こし》を曲げながら、彼女は両の手を地面のゴミ箱へと伸《の》ばす。そうして。

すっ。

彼女はゴミ箱を摑《つか》もうとして、空振《からぶ》りをしていた。

「……………………」

目をぱちくりとさせながら、地面のゴミ箱を見つめる山吹《やまぶき》さん。やはり先ほどのショックが抜《ぬ》け切《き》っていないのだろうか。不思議そうな表情を浮《う》かべたあと、彼女は再びゴミ箱を拾おうとした。

すっ。

しかし、それもまた空振《からぶ》り。……いや、これはおかしい。

山吹《やまぶき》さんは焦《あせ》りを浮《う》かべて、またゴミ箱を拾おうとする。けれど、また空振《からぶ》りだ。次も。また次も。そこでようやく気が付く。彼女の手、なにかがおかしい。ゴミ箱をすり抜けているのだ。彼女の手がゴミ箱に触《ふ》れると、まるで透《す》き通《とお》っているかのように貫通《かんつう》する。決して摑《つか》むことができないのだ。

「…………！」

彼女は自分の両手を見つめ、愕然《がくぜん》とした表情を浮《う》かべていた。……やはり、先ほどの出来事は夢ではなかった。現実だ。あの煙《けむり》や桜の花びらのように、彼女の身体に何か異変が起きている。

「山吹《やまぶき》さん……」

僕《ぼく》が思わず名前を呼ぶと、彼女ははっとして、顔を上げた。かと思うと、凄《すご》い勢いでずかずかずかっ、と僕《ぼく》の方に歩み寄ってくる。そして、その勢いのまま、僕《ぼく》の顔を両手で挟《はさ》んだ。

「ちょ、山吹《やまぶき》さん……っ！」

「つ、摑《つか》める。摑《つか》めているわよね、わたしっ！」

彼女の声は不安に満ちている。明らかに彼女は怯《おび》えている。自分の身体に起きた妙《みょう》な出来事に対して。その事象について僕《ぼく》も考えたいのに、目の前の彼女がそうさせてくれない。顔が近い、顔が近いっ！　ふわりと香《かお》るシャンプーの匂《にお》いに水晶《すいしょう》のように輝《かがや》く瞳《ひとみ》、うっとりするほど綺麗《きれい》な肌《はだ》。それをこんな近距離《きんきょり》で見せられてしまっては、僕《ぼく》の方が持たない。

「や、山吹《やまぶき》さん！　落ち着いて！」

「ね、ねぇ青葉《あおば》くん、わたし、ちゃんと触《ふ》れているわよね？　大丈夫《だいじょうぶ》よね？　透《す》けたりしていないわよね？」

ダメだ、僕《ぼく》の声が届かない。彼女は錯乱《さくらん》して、僕《ぼく》の顔を強く摑《つか》んでしまっている。これがまた辛《つら》い。細くて形の整った指が、温《ぬく》もりを持って僕《ぼく》を包んでいく。泣きそうになりながら、彼女は上目遣《うわめづか》いで必死に僕《ぼく》を見つめている。これはまずい！

「ち、近い近い近い近い。山吹《やまぶき》さん、近いんだって。この距離《きょり》はちょっと……」

「はぁ!?　ちょっとってなによ、ちょっとって！　こんだけかわいい顔が近くにあるんだから嬉《うれ》しいでしょうが！」

状況《じょうきょう》を忘れてガーッ！　と怒《おこ》る山吹《やまぶき》さん。この人、自分の顔のことになると途端《とたん》にこれだ！　そういう場合じゃないだろうに！

「普通《ふつう》の高校生なら、かわいい顔がこれだけ近いと、困るもんなんだって……」

そう言いながら彼女を引《ひ》き剝《は》がそうとした瞬間《しゅんかん》だった。

「……え」

その異変に気が付く。こんなにもそばに彼女の顔があるものだから、その変化はすぐ目に入ってしまった。

彼女の瞳《ひとみ》のすぐ下だ。やわらかそうな頰《ほお》の上。そこに、妙《みょう》なマークが浮《う》かび上《あ》がっているのである。

ハートマークだ。赤く染まったハートが描《えが》かれている。そのハートマークの中には、「それに触《ふ》れるな」とでも言いたげな手のマークが描《か》き込《こ》まれていた。その下には『STOP‼』という文字。おかしな標識のようだった。そんなデザインのマークが、彼女の目の下に浮《う》かび上《あ》がっているのである。もちろんさっきまではなかった。こんなにも目立つマークが顔にあれば、絶対に気が付く。

「そ、そのマーク……、一体どうしたの……？」

僕《ぼく》が指差すと、彼女は眉《まゆ》を顰《ひそ》めながらそれに触《ふ》れた。ごしごしと擦《こす》ってみるが、消えはしない。不安げな表情で口を開く。

「な、なに？　マークって何のこと？　わたしの顔に何かついているの……？」

不安そうな表情を浮《う》かべ、彼女は制服のポケットに手を突っ込んだ。そしてその顔が豹変《ひょうへん》する。目を見開き、顔に浮《う》かぶのは困惑《こんわく》と驚嘆《きょうたん》。そのまま固まってしまった。

「あ、青葉《あおば》くん……、今、何か持っているものってある……？」

僕《ぼく》の顔を見ようともせず、彼女は振《ふ》り絞《しぼ》ったような声でそう尋《たず》ねてくる。なぜ今そんなことを、とは思ったけれど、山吹《やまぶき》さんの顔を見ると聞き返すことはできなかった。

「えと……、携帯《けいたい》ならあるけど……」

「あぁそう……、わたしのポケットにも携帯《けいたい》があるわ。あるはずなのよ……。ねえ青葉《あおば》くん。あなたの携帯《けいたい》、わたしの手のひらに落としてみてくれない……？」

山吹《やまぶき》さんはそう言うと、僕《ぼく》の元へ手を伸《の》ばした。その手は明らかに震《ふる》えている。彼女の意図は読めなかったが、僕《ぼく》は言う通りに携帯《けいたい》を取り出した。彼女の指示通り、その手のひらに携帯《けいたい》を落とす。

彼女の手に携帯《けいたい》が着地する。ただそれだけのことだった。そのはずだった。

しかし、驚《おどろ》くべきことに、携帯《けいたい》は山吹《やまぶき》さんの手をすり抜《ぬ》けて地面へと落ちていったのだ。まるでそこに何もないように。彼女の手が存在していないかのように、無視して携帯《けいたい》は落ちていった。

「な……、ええ……？」

「…………………」

驚《おどろ》きで言葉が出てこない僕《ぼく》と、呆然《ぼうぜん》として立《た》ち尽《つ》くす彼女。

これが、あの煙《けむり》が言っていた試練なのか。

目の下に妙《みょう》なマークが現れ、物がすり抜《ぬ》けてしまうようになってしまった。彼女の身にそんな不可解な現象が起こっている。……どうしろというのだ。山吹《やまぶき》さんに何をさせたいんだ。それとも、こんなふうに苦悩《くのう》するのも試練のうちなのだろうか……？

「どうしたのぉ、ふたりともー」

そんな第三者の声が届き、「うわぁ！」「ひぃ！」と同時に僕《ぼく》たちは跳《は》ねる。リアクションの大きい僕《ぼく》たちを見て、「そんなに驚《おどろ》かなくても」と彼女は笑っていた。

その人は校舎の中にいた。窓を開けて、そこから僕《ぼく》たちに微笑《ほほえ》みかけている。窓の縁《へり》に両手を乗せながら。

ふわふわとした髪《かみ》が印象的な女性で、やさしい性格が面持《おもも》ちや雰囲気《ふんいき》に表れているような人だった。眼鏡がその印象をより強くしている。大人しい服装が多い人で、今日は白のワンピースに薄《うす》い緑のカーディガンを羽織っていた。二十代半ばの若い先生なのだが、実年齢《じつねんれい》より若く見えるのはその童顔のせいか、おっとりとした雰囲気《ふんいき》のせいか。

百枝涼香《ももえりょうか》先生。ももちゃん先生だとかもも先生と呼ばれているこの人は、僕《ぼく》たちの担任教師であった。

彼女は首をこて、と傾《かし》げながら僕《ぼく》たちに問いかける。

「それで青葉《あおば》くんに山吹《やまぶき》さん。こんなところで何をしているの？　ここ、何もないよ？」

言われてみればその通りで、確かにこんな場所にいるのは変だ。先生が声を掛《か》けるのも無理もないと言える。まさか本当のことを言うわけにもいかず、僕《ぼく》は慌《あわ》てて転がっていたゴミ箱に手を触れた。

「あぁええと、ゴミ捨ての帰りなんです。掃除《そうじ》当番なので……」

「そういうこと。それはそれは、ごくろうさま」

ふわりと笑って、もも先生は労《ねぎら》ってくれる。嘘《うそ》を言っているわけではないのだが、素直にそう言われてしまうとちょっとだけ罪悪感が湧《わ》いてしまう。

「あれ、山吹《やまぶき》さん、どうかしたの？」

一言も発しないで地面を見つめていた山吹《やまぶき》さんが、はっとして顔を上げた。まだ落ち着いていない彼女は、「あぁえっと、その」としどろもどろになってしまう。……そこで気が付く。僕《ぼく》が「あ」と声を上げてしまう。山吹《やまぶき》さんの顔には、未だあの謎《なぞ》のマークが浮《う》かび上《あ》がったままなのだ。

僕《ぼく》の様子でそれが伝わったのだろう。山吹《やまぶき》さんは頬《ほお》のマークを指でなぞった。彼女は自分の顔を見たわけでないが、妙《みょう》なものが顔についているのはわかっている。

「あ、あの、これは……その……」

山吹《やまぶき》さんはごまかそうと何かを言いかけていたが、結局彼女の口から弁明が出てくることはなかった。無理もない。未だ混乱している中で、あの落書きのようなマークに上手い理由を付けられるわけがない。

「…………」

もも先生は山吹《やまぶき》さんの顔を無表情でじっと見つめていた。その視界には、間違《まちが》いなくあのマークが入っているはずだ。何と言われるだろうか。どう説明すればいいのだろうか。ぐるぐるとかきまわされた頭の中では、何も思《おも》い浮《う》かばない。ただ黙《だま》って先生の動向を見守ることしかできなかった。

しかし、予想外にも彼女はふふ、と笑みを浮《う》かべたのだ。

「山吹《やまぶき》さんはいつ見ても綺麗《きれい》だねえ」

「あ、はい。世界一です」

明らかに反射で答える山吹《やまぶき》さん。そんな彼女を満足そうに見ると、もも先生は「掃除《そうじ》が終わったら早く帰るんだよー、寄り道はダメだからねー」と言い残し、その場を立ち去っていった。

「…………」

山吹《やまぶき》さんと顔を見合わせる。彼女の顔には今も妙《みょう》なマークが刻まれている。気付かないなんてありえない。それにもも先生なら、気付いていて何も言わないということもないだろう。

「青葉《あおば》くん、わたしの顔に何かついているって言ったわよね……？　ももちゃん先生、何も言わなかったけど……？」

「うん……、明らかにおかしい。そんなマークを付けていて、何も言わないなんて変だ。ということは……」

「見えて、いない……？」

バカげていると思うだろうか。しかし、僕《ぼく》たちはさっきからそのバカげた出来事に何度も遭遇《そうぐう》している。呪《のろ》いを名乗る煙《けむり》に、物を摑《つか》めない山吹《やまぶき》さん、そして人には見えないマーク。おかしな事柄《ことがら》がひとつ増えただけだ。

「ええ、その通りです。そのマークは、無関係の人には見ることができません」

そして、それはどうやらもうひとつ増えるようだ。

突然介入《かいにゅう》してきた第三者の声。僕《ぼく》と山吹《やまぶき》さんは、同時に声がした方へ振《ふ》り返《かえ》る。

声の主は少女だった。恐《おそ》ろしくインパクトのある容姿をした、小柄《こがら》な女の子。

何より目を引くのが、陽の光を反射してきらきらと光る長い髪《かみ》。輝《かがや》きを放つ髪《かみ》の色はなんと銀色に桃色《ももいろ》が混ざっていた。その豊富な銀の髪《かみ》を三つ編みで大きめに束ね、足元まで垂らしている。地面に引きずりそうなほどの長さだ。三つ編みであれほどなのだから、ほどいてしまったらどれほどの長さになるのだろうか。

その銀色の輝《かがや》きがより目立つのは、彼女の肌《はだ》が褐色《かっしょく》だからだろう。銀と褐色《かっしょく》のコントラストは魅惑的《みわくてき》でさえあった。眠たげな瞳《ひとみ》は翠色《みどりいろ》である。どこをどう見ても異国の少女だが、彼女は山吹《やまぶき》さんと同じセーラー服に袖《そで》を通していた。だぼっとしたサイズの。けれど、こんな容姿の人が学校にいれば、だれもが振《ふ》り返《かえ》ってしまうだろう。見た目がエキゾチックすぎる。

おかしな見た目の彼女は、なぜか桜の木の枝にぶらさがり、地に足を着けないまま口を開いていた。足と三つ編みが揺《ゆ》れている。

「あ、あなたは……？」

山吹《やまぶき》さんが困惑《こんわく》した声で尋《たず》ねると、少女はようやく地面に下りた。まるで体重がないかのように、ふわりと着地する。

「わたしも〝青春の呪《のろ》い〟の一部です。呪《のろ》いの精霊《せいれい》とでも言っておきましょう」

……精霊《せいれい》まで現れてしまった。浮世離《うきよばな》れした容姿の彼女は、人外の存在だと言われれば確かに納得《なっとく》できてしまう。最早《もはや》驚《おどろ》かなくなってしまったのは、もう頭が驚《おどろ》き疲《つか》れてしまったのかもしれない。

「山吹灯里《やまぶきあかり》さん。あなたは、〝青春の呪《のろ》い〟をその身に受けました。わたしはその詳細《しょうさい》を説明するために、現れたのです」

彼女は淡々《たんたん》と無感情に言葉を繋《つな》いでいく。指を差された山吹《やまぶき》さんは、「あぁやっぱりあれは現実のことなのね……」と顔を覆《おお》った。ショックを受けている彼女の代わりに、僕《ぼく》は少女に問いかける。

「さっきから山吹《やまぶき》さんに起こっている不思議な現象やあのマーク、それが〝青春の呪《のろ》い〟？」

「はい。既《すで》に体験してもらったとは思いますが」

彼女はそう言いながら、地面に落ちていた石を拾い上げた。それを山吹《やまぶき》さんに向かって放り投げる。山吹《やまぶき》さんは慌《あわ》てて、それを摑《つか》もうと手を出したが、その行動は無駄《むだ》に終わった。さっきの携帯《けいたい》と同じだ。手をすり抜《ぬ》けて、石は地面に落下してしまう。そこに彼女の手があるはずなのに、存在を無視してすり抜《ぬ》けてしまう。……何度見ても背筋が寒くなる光景だ。実際に体験している山吹《やまぶき》さんはそれ以上だろう。しかし、僕《ぼく》たちの心情を気にする様子もなく、少女は話を続けていく。

「あなたはこのように、物に触《ふ》れることができない。干渉《かんしょう》することができない。あまりに他人へ多大な影響《えいきょう》を与えるあなたには、干渉《かんしょう》することに対して制限が設けられました。これが、あなたに降りかかった呪《のろ》い、〝不干渉《ふかんしょう》の呪《のろ》い〟です」

「不干渉《ふかんしょう》……」

山吹《やまぶき》さんは呆然《ぼうぜん》としながら、自分の手と地に落ちた石ころを見比べた。確かに彼女は触《ふ》れることができていない。ゴミ箱にも、自分のポケットに入っていた物にも、僕《ぼく》の携帯《けいたい》にも。彼女は物に触《ふ》れることができない。

ぞっとした。

彼女はこれから、どうやって生きていけばいいのだろうか。何にも触《ふ》れることができないのに。まともな生活なんて絶対に送れないではないか。

それは山吹《やまぶき》さんも思い至ったのだろう。顔を青くして、彼女へたどたどしく訴《うった》えた。

「ちょ、ちょっと待ってよ。そんなの、そんなの困る、よ。物に触《さわ》ることができない？　そんなのどうしろって言うのよ、わたしずっとこのままなの……？」

不安と絶望が入り混じった声が山吹《やまぶき》さんから漏《も》れる。それはそうだ、このままではあまりにも救いがなさすぎる。

しかし、彼女はそれに加えてさらに追い打ちをかけてきた。

「いいえ。それだけでは済みません。このまま放っておけば、呪《のろ》いはもっと強くなります。状況《じょうきょう》は悪くなっていきます。干渉《かんしょう》できなくなるのは物だけに留まらず、人に触《ふ》れることも認識《にんしき》されることもできず、地に足を着けることも許されず、幽霊《ゆうれい》のように宙をさまよい続ける。そのような結末が、あなたに訪れるでしょう」

静かに、彼女はそのようなことを僕《ぼく》たちへ告げた。さも当然のように。あまりに恐《おそ》ろしい現実を、何の遠慮《えんりょ》もなくぶつけてきたのだ。

背筋に寒いものが走る。戦慄《せんりつ》に身体が震《ふる》える。なんてことだ。ある意味、死よりも恐《おそ》ろしい結末が待っていると彼女は言っている。

「……え」

たった一瞬《いっしゅん》の出来事だった。

僕《ぼく》が彼女の言葉に感情を揺《ゆ》さぶられている間に、彼女はそっと手のひらを山吹《やまぶき》さんに向けていた。手のひらを突《つ》き出《だ》すポーズ。その瞬間《しゅんかん》である。驚《おどろ》くべきことに、山吹《やまぶき》さんの身体が一瞬《いっしゅん》で消え去ってしまったのだ。

「……え？」

突然の出来事に、僕《ぼく》は絶句する。まるで、そこには最初からだれもいなかったかのように、彼女の姿が綺麗《きれい》さっぱりなくなってしまっていた。

「や、山吹《やまぶき》さん？」

思わず、彼女の名を呼ぶ。しかし、当然のように返事はない。彼女の姿はどこにもない。虚《むな》しく僕《ぼく》の声が揺《ゆ》れるだけだ。

「……彼女に、何をした？」

震《ふる》える声で、銀髪《ぎんぱつ》の少女へ問いかける。彼女が山吹《やまぶき》さんに何かをしたのは明白だった。

「一度、灯里《あかり》さんに体験をしてもらっているだけですよ。何物にも干渉《かんしょう》できない、呪《のろ》いの行く末を。不干渉《ふかんしょう》の世界を。身を以《もっ》て体験してもらった方が、きっと必死になれるでしょうから」

呪《のろ》いの精霊《せいれい》は悪びれもせずそう言う。らしい。彼女の言葉を信じるならば、今、山吹《やまぶき》さんは完全に不《ふ》干渉《かんしょう》な存在になってしまっている。物にも人にも触《ふ》れられず、人の目にすら触《ふ》れられず、地面にも立っていられない、という。

そんな恐《おそ》ろしい世界に、山吹《やまぶき》さんは放り出されたのだと彼女は言う。

「や、山吹《やまぶき》さんはいつ戻《もど》ってくるんだ」

「一分後には。それで十分、彼女もわかるはずですから」

……軽い感じで言ってくれる。それが本当だとするならば、今山吹《やまぶき》さんはとんでもないことになっているっていうのに。しかし、僕《ぼく》にできることは何もなく、ただ一分が経つのを待つしかなかった。恐《おそ》ろしく長い一分だった。

そして一分後。ドサッという音とともに、山吹《やまぶき》さんが現れた。転んでしまったかのような体勢で、彼女はその場に蹲《うずくま》っている。僕《ぼく》は慌《あわ》てて駆《か》け寄《よ》った。

「山吹《やまぶき》さんっ！　大丈夫《だいじょうぶ》!?」

彼女は返事をしなかった。その表情にぎょっとする。真っ青な顔で歯を鳴らし、冷《ひ》や汗《あせ》を垂らしながら浅い呼吸を繰《く》り返《かえ》している。絶句してしまう。たった一分間、たった六十秒でこんなことになるなんて、一体どんなものを見せられたというのだろう。

「……あ、あぁ青葉《あおば》くん。よかった、わたし帰って来られたんだ……」

山吹《やまぶき》さんは僕《ぼく》に目を向けると、わずかに表情をやわらげた。一度大きく咳《せ》き込《こ》むと、汗《あせ》にまみれた額を拭《ふ》く。空いた手は縋《すが》るように僕《ぼく》の方へ。

「空に投げ出されて、わたしそのまま……。あぁ、よかった。戻《もど》ってこられて、本当によかった……」

僕《ぼく》の腕《うで》を強く掴《つか》みながら、彼女はそのまま項垂《うなだ》れてしまう。どんなものを見せられたのか想像もできないけれど、恐《おそ》ろしく憔悴《しょうすい》している。

「…………」

僕《ぼく》の目は、自然と呪《のろ》いの精霊《せいれい》の方へ向けられた。可愛《かわい》らしい姿をしているのに、やることは随分《ずいぶん》えぐい。たった一分間で人をここまで弱らせるなんて。

ただ立っているだけなのに、彼女からは凄《すさ》まじく不気味なものが感じられた。あぁそうだ。彼女は呪《のろ》いだと言っていたではないか。彼女自身もあの煙《けむり》と同じく、人の激情を身に纏《まと》った呪《のろ》いなのだ。恐《おそ》ろしくて当たり前だ。

僕《ぼく》が恐怖《きょうふ》の宿った瞳《ひとみ》を向けるのと同じく、顔を上げた山吹《やまぶき》さんにも怯《おび》えの表情が浮《う》かんでいる。

それを見て、なぜだか呪《のろ》いの精霊《せいれい》は微妙《びみょう》な表情になる。困ったような顔だ。あまり顔に感情は出ないようだが、それでも「何とも言えない」表情になっているのは見て取れる。

「そこまで怯《おび》えられるとは思いませんでした。言い忘れていましたが、わたしはあなたたちの味方ですよ。信じてください」

「いや無理でしょ」

すぐさま言い返す。どの口が言うんだ。敵も敵、これ以上ないほどの悪役っぷりじゃないか。

しかし、彼女は僕《ぼく》の言葉を聞いて首を振《ふ》る。

「先ほど灯里《あかり》さんに見せたのは、言わば最悪の結果。わたしはそれを阻止《そし》するためにやってきました。この呪《のろ》いを打ち消す方法を、わたしは伝えにきたんです」

「……それ、本当？」

少しだけ顔色が戻《もど》った山吹《やまぶき》さんが、銀髪《ぎんぱつ》の少女にそう問いかける。彼女はゆっくりと頷《うなず》いた。

しかし、僕《ぼく》はとても信用できない。彼女は呪《のろ》いの一部と言っていたではないか。だというのに、なぜその呪《のろ》いを打ち消す方法を教えてくれるのか。

僕《ぼく》がそれを言葉にすると、彼女は静かに口を開いた。

「確かにわたしは灯里《あかり》さんに害をなす呪《のろ》いです。悪意ある感情が固まったモノ。しかし、本来ならばそれはそのまま彼女に降りかかるはずでした。しかし、そうはならなかった。このような形で顕現《けんげん》した。人々の悪意が呪《のろ》いと化すほどの力を、わたしやあの煙《けむり》のような姿に変えたのは、あの桜の木です。あの桜にはそんな力がある。桜の力が呪《のろ》いと混じり合い、悪意の塊《かたまり》を

〝青春の呪《のろ》い〟に姿を変えさせた」

彼女は桜の木に指を差す。枯《か》れてしまった大きな桜の木。あの煙《けむり》が巻き付いていた大木。あんな枯《か》れてしまった桜の木に、そんな力があるという。

「煙《けむり》が言っていたでしょう。試練をこなせ、と。そう、わたしたちが求めているのは青春。荒《あ》れ狂《くる》う若者の激情さえも覆《くつがえ》す、圧倒的《あっとうてき》な眩《まばゆ》い光。呪《のろ》いさえも塗《ぬ》り潰《つぶ》す力。わたしはそれを求めるために、ここにいるんです。あなたを救うためにここへ来た」

彼女は胸に手を当てて言う。声に熱はないし、顔も無表情のままだ。しかし、その言葉には力を感じた。彼女の言っていることは本当なのではないか。そう信じたくなるような力がある。

「……わかったわ。あなたを信じる。方法を教えて」

「山吹《やまぶき》さん」

山吹《やまぶき》さんがそう言って立ち上がったせいで、僕《ぼく》は慌《あわ》てて声を上げる羽目《はめ》になった。確かに、あの銀髪《ぎんぱつ》の少女の言葉は信じたくなる。すがりたくなる。けれど、信用していいかどうかはわからないだろう。確証がない。やっぱり彼女は呪《のろ》いでしかなくて、僕《ぼく》たちを罠《わな》にはめようとしているのではないか。そんなふうに考えてしまうのだ。

それは山吹《やまぶき》さんも同じだったらしい。眉《まゆ》を顰《ひそ》めながら、「でも、あの子にすがる以外に方法はないでしょ」と呟《つぶや》いた。確かにその通りではあるのだけど……。

「はい。この呪《のろ》いを終わらせたいと思うのなら、わたしの言うことを聞いてください。あぁ、詳《くわ》しい説明を続けたいところですが、立ち話も何ですね。さっき先生にも見られましたし。続きは教室でしましょう」

彼女はそれだけ言うと、さっさと踵《きびす》を返して歩いて行ってしまった。先ほどまで呪《のろ》いだの何だの言っていた精霊《せいれい》に、急に立ち話や教室だなんて現実的なワードを使われると、不安に感じる。ただ、場所を変えるのは賛成だ。いつまでもこんな寂《さび》れた場所にいたくはない。

僕《ぼく》はゴミ箱を拾い上げると、山吹《やまぶき》さんとふたりで彼女のあとに続いた。銀色に桃色《ももいろ》が混ざった三つ編みが揺《ゆ》れている。味方とは言ってくれているものの、やはり彼女の存在は異質だ。隣《となり》に並ぶ気は起きなかった。

隣《となり》を歩く山吹《やまぶき》さんをちらりと見る。さっきまで真っ青だった顔は、随分《ずいぶん》と良くなっていた。少しは希望を持てたからだろうか。山吹《やまぶき》さんは前を向いていて、銀髪《ぎんぱつ》の少女を見つめている。その瞳《ひとみ》は光を湛《たた》えていた。伸《の》びた背筋が綺麗《きれい》な姿勢を模《かたど》り、静かに歩く姿はモデルさんのようだ。流れていく彼女の長い髪《かみ》を眺《なが》めていると、こんなときだというのに、見惚《みと》れてしまいそうだった。

「……青葉《あおば》くん」

そんなことを考えていたタイミングだったせいで、声を掛《か》けられたときはびくっとした。平静を保とうとしたものの、出てきた言葉は「ひゃい」というもの。けれど、彼女は気にした様子もなく、抑揚《よくよう》のない声で話を進める。

「わたし今、ものすごくまずい状況《じょうきょう》よね。よくわかんない呪《のろ》いを受けて、物に触《さわ》れなくなって、気が狂《くる》いそうになる世界を見せられて。大ピンチよね。人生でここまでの危機的状況《じょうきょう》って初めてって感じだわ」

「そ、そうだね」

「なのに、あー、ダメだ」

山吹《やまぶき》さんは顔に手を当てて、息を吐きながらそう言う。……なんだろう。彼女の辛《つら》そうだけど、この口元に浮《う》かんでいる笑みは。

「あの、呪《のろ》いの精霊《せいれい》って言ったっけ。あの子、すごく可愛《かわい》くない？」

「…………」

先ほどの表情から一転、ぱっと顔を明るくさせて、のんきすぎることを僕《ぼく》に言ってくる。何と返したものか。僕《ぼく》が迷っていると何を勘違《かんちが》いしたのか、「いや、もちろんわたしが世界で一番よ？」と先に釘《くぎ》を刺《さ》してきた。いや、言いたいことはそうじゃない。

「あの綺麗《きれい》な銀色と桃色《ももいろ》の髪《かみ》に、色気たっぷりの小麦肌《はだ》、それに加えて幼い顔立ち。日本人には出せない魅力《みりょく》よねぇ……、やっぱり精霊《せいれい》っていうだけあって、人智《じんち》を超えた美しさがあるわ。まぁわたしも人智《じんち》はとっくに超えているんだけど。神の領域なんだけど。あの三つ編みもポイント高いけど、ほどいた姿も見てみたいわ。髪触《かみさわ》らせてくれないかな」

両手を組みながらハートを出し続ける山吹《やまぶき》さん。確かにあの銀髪《ぎんぱつ》の少女には厳《おごそ》かな美しさがあるけれど、こんな状況《じょうきょう》でそんなことを考えていたとは。のんきすぎる。山吹《やまぶき》さんに見惚《みと》れていた僕《ぼく》とどっこいどっこいだ。まぁ元気になるなら、それでいいんだけど……。

しかし、しばらくはしゃいだあと、山吹《やまぶき》さんは急に静かになってしまった。見ると、彼女の目は前を向いてはいなかった。彼女の視線は僕《ぼく》へ。まさか目が合うとは思っていなかったので、驚《おどろ》いて視線を外そうとしたけれど、それは彼女の方が早かった。

今度は僕《ぼく》の顔を見ず、山吹《やまぶき》さんは地面を見たままぽつりと呟《つぶや》く。

「……なんかさ。青葉《あおば》くんとこうやって話すの、久しぶりね」

小さな声だった。聞こえていないならそれでもいい、というような声量。だけど、僕《ぼく》の耳はしっかりそれを拾っている。

「そうだね。すごく久しぶりだ」

そりゃ事務的な会話くらいはしたこともある。中学でも同じクラスになったことはあるし、小学校でだって。しかし、それらはすべて、あってないようなものだった。かつての僕《ぼく》らに比べれば。

思えば、「青葉《あおば》くん」「山吹《やまぶき》さん」と呼び合って久しい。それからは、こんなふうに何度も言葉を返し合うことはなかった。遠い思い出の中だけだ。それを彼女は覚えていてくれて、僕《ぼく》は素直に嬉《うれ》しかった。

「あぁ、そうだ。そういえば、名乗っていませんでした」

突然、前を歩く少女が足を止めた。こちらに振《ふ》り返《かえ》ると、これは失礼しました、と頭を下げる。

「小春《こはる》といいます。お気軽に小春《こはる》、とお呼びください。敬称《けいしょう》はいりません」

彼女——小春《こはる》は、ぺこり、と頭を下げる。小春《こはる》、小春《こはる》か。……全く似合っていない。髪《かみ》は銀色に桃色《ももいろ》、肌《はだ》は褐色《かっしょく》、瞳《ひとみ》の色は翠色《みどりいろ》。どこをどう見ても日本人に見えない彼女なのに、名前は実に日本らしい。あまりにミスマッチだろう。

「あっと、失礼。名乗るときはフルネームですね。白熊猫小春《しろくまねここはる》と言います」

「名前の自己主張が凄《すご》い」

反射的に言い返してしまう。いや、だって。白熊猫《しろくまねこ》さん、って。盛りすぎだろ。

「苗字《みょうじ》に色や動物が入っているのは、それなりにありふれていると思いますが」

「いや、そのとおりだけども。入れすぎなんだって」

少なくとも、動物を二種類入れるのはやりすぎだ。方角に加えて、場所をふたつ入れてしまった東海林《しょうじ》さんを彷彿《ほうふつ》とさせる。いや、東海林《しょうじ》さんは実在するけれども。

「名前もアレだけどさ」

山吹《やまぶき》さんは小春《こはる》の服を指差して言う。

「小春《こはる》、でいいのよね。小春《こはる》はなんでうちの制服着ているの？　それ大丈夫《だいじょうぶ》なやつ？」

それは僕《ぼく》も言いたかった。小春《こはる》は当然のように、うちの制服を身に纏《まと》っている。その姿は名前と同じく違和感《いわかん》が強い。

しかし、小春《こはる》は山吹《やまぶき》さんの問いに薄《うす》く笑うと、彼女を覗《のぞ》き込《こ》むようにしながら言った。

「おかしなことを言いますね、灯里《あかり》さん。わたしはこの学校の生徒ですし、わたしたちはクラスメイトではありませんか」

「は？」

間抜《まぬ》けな返事をしたのは、僕《ぼく》も山吹《やまぶき》さんも同じだった。そりゃそんな声も出る。もちろん僕《ぼく》たちはクラスメイトではないし、そもそも彼女は呪《のろ》いの精霊《せいれい》だろう。先ほど初めて現れたのではなかったのか。百歩譲《ゆず》って彼女が前からこの学校にいたとしても、こんな目立つ容姿の生徒を知らずに過ごせるはずがない。

僕《ぼく》たちの表情を見て、信じていないのがわかったのだろう。小春《こはる》は僕《ぼく》らに背を向ける。既《すで》に僕《ぼく》らは校舎裏から校門前まで戻《もど》ってきていて、ちらほらとほかの生徒が歩いているのが見えていた。

その中でひとり、校門のそばにしゃがみこんでいる女の子がいた。髪《かみ》の長い小さな子。僕《ぼく》たちのクラスメイト、小野塚《おのづか》つばさだ。彼女に小春《こはる》は近付いていく。

こんなところで座り込んでいるつばさに、周りの生徒は不審《ふしん》な目を向けていたが、つばさの足元を見て納得《なっとく》した顔を作る。頬《ほお》を緩《ゆる》めながら、通り過ぎていく。きっとアレだ。僕《ぼく》らが近付いていくと、あまぁい声が聞こえてくる。普段《ふだん》のつばさとは程遠《ほどとお》い声だ。

「よしよしよぉし、ここがいいのかにゃ？　気持ちいいのかにゃ？　もっと欲しい？　もっと欲しいでちゅか～？　かわいいにゃあ、お前はー。んふふ、かわいいでちゅねぇ～」

つばさの足元には猫《ねこ》がいた。あれは野良猫《のらねこ》だろうか。猫撫《ねこな》で声《ごえ》に赤ちゃん言葉を織り交ぜながら、つばさは猫《ねこ》を撫《な》でている。猫《ねこ》は地面に転がりながら、気持ち良さそうにしていた。かと思うと、鳴き声を上げながらつばさの足に擦《す》り寄《よ》る。その姿につばさの顔がさらに緩《ゆる》んだ。

「どちたのー？　お腹すいたのー？　でもごめんにゃあ、ご飯はあげられないんだにゃあ。代わりにマッサージしてあげまちゅねー」

孫を見る祖父母のような、だらしないほどの満面の笑み。緩《ゆる》み切《き》った顔で猫《ねこ》をあやしている。その姿に驚《おどろ》くところはない。つばさは猫《ねこ》を相手にすると、いつもあんなふうになる。

驚《おどろ》いたのは、つばさの元へ近付いた小春《こはる》とのやり取りだった。

「こんにちは、つばささん。猫《ねこ》ですか？」

「ん？　おお、小春《こはる》か。そう、野良《のら》っぽいんだけどよ、人懐《ひとなつ》っこくてかわいいぜ。お前も触《さわ》るか？」

「はい。それではわたしも、ここでひとつ失礼を」

淀《よど》みないやり取りだった。ごく自然にしゃがみこみ、猫《ねこ》を撫《な》でる小春《こはる》。その姿をつばさは嬉《うれ》しそうに見ていた。

そのふたりを、僕《ぼく》と山吹《やまぶき》さんは呆然《ぼうぜん》と見つめる。

小春《こはる》はしばらく猫《ねこ》を撫《な》でていたが、やはりつばさの技量には遠く及ばないらしい。猫《ねこ》が起き上がってしまい、そのまま去っていった。「ばいばーい」とつばさは手を振《ふ》る。

「さて。満足したし、おれは帰るわ。じゃあな、小春《こはる》。また明日な」

つばさは立ち上がると、そばに置いていた鞄《かばん》を持ちあげる。小春《こはる》に手を振《ふ》った。小春《こはる》は座ったまま軽く手を振《ふ》り返《かえ》す。

そこで、つばさは僕《ぼく》たちが近くにいることに気が付いたようだ。つばさは「あれ？」という表情を浮《う》かべたものの、すぐに再び手を振《ふ》る。

「おー、喜一郎《きいちろう》に灯里《あかり》も。掃除《そうじ》当番か？　ご苦労さん。また明日な」

「う、うん。また明日」

「ま、また明日ね」

僕《ぼく》たちのぎこちない返事を受け取ると、つばさはたったかたーと校門を走《はし》り抜《ぬ》けていった。スカートを翻《ひるがえ》しながら、風のように去っていく。

「ね。クラスメイトらしいやり取りでしたでしょう」

小春《こはる》は振《ふ》り返《かえ》ると、無表情のままに肩《かた》を竦《すく》めた。

どうやら〝青春の呪《のろ》い〟というのは、僕《ぼく》が想像するよりもずっと影響《えいきょう》が強いものらしい……。

「灯里《あかり》さんを〝青春の呪《のろ》い〟から解き放つためのサポートとして、いつもそばにいる方がいいんです。なら、同じ学校のクラスメイトということにしておいた方が都合がいい。なぜなら」

小春《こはる》は、昇降口《しょうこうぐち》の扉《とびら》に手のひらを向ける。山吹《やまぶき》さんに触《さわ》れ、と言っているようだ。山吹《やまぶき》さんは素直に手を伸《の》ばす。しかし、彼女の手は扉《とびら》に触《ふ》れることなく素通《すどお》りし、力なく空振《からぶ》りした。

「このように、灯里《あかり》さんは扉《とびら》に触《ふ》れることもできません。私生活もままならない。それでは話が進みません。なので、のっぴきならない状態《じょうたい》に陥《おちい》ったときはわたしが手を貸します」

彼女はそう言うと、校舎の中へ入っていく。のっぴきならないとか久しぶりに聞いた。

僕《ぼく》は扉《とびら》を見つめた。昇降口《しょうこうぐち》の扉《とびら》は夜間以外は開けっ放しだから問題ないが、山吹《やまぶき》さんは閉まっている扉《とびら》もひとりでは開けられない。のっぴきならない。教室にも入れない状態だ。それなら確かに、サポートしてくれる人がいた方がいいに決まっている。

本当に前からここの生徒だったかのように、小春《こはる》は迷わず下駄箱《げたばこ》へ向かった。僕《ぼく》たちと同じクラスの場所へ行き、ごく自然に上履《うわば》きを取り出している。手慣れている。それを眺《なが》めながら、僕《ぼく》も上履《うわば》きに履《は》き替《か》えていると、隣《となり》で山吹《やまぶき》さんが「あ」と声を上げた。見ると、自分の下駄箱《げたばこ》の前で固まっている。手は伸《の》びたままだ。……あぁそうか。彼女の横顔には、あの不干渉《ふかんしょう》のマークがしっかりと刻《きざ》み込《こ》まれている。彼女は物に干渉《かんしょう》できない。上履《うわば》きも取り出せないのだ。

「小春《こはる》。悪いんだけど、上履《うわば》き取ってくれる?」

山吹《やまぶき》さんが困ったような顔で、小春《こはる》にそう言った。さっき手を貸すと言ったばかりだし、てっきりすぐに手伝ってくれるのかと思いきや、彼女は小さく首を振《ふ》ってみせる。

「あくまでわたしがするのは、最低限のものです。あまりわたしが手を貸すのはよろしくありません。孤立《こりつ》しているならともかく、あなたの事情を知る人がすぐそばにいるのですから、できるだけ彼の手を借りるようにしてください」

「え、僕《ぼく》？」

まさか、こんなところで指名されるとは思わなかった。小春《こはる》が手を貸すのがよろしくない理由はわからないが、言われてみれば従うしかない。

「……ごめん、青葉《あおば》くん」

申し訳なさそうに言う彼女に、「いや、これくらいぜんぜんいいけど」と返しながら、彼女の下駄箱《げたばこ》から上履《うわば》きを取り出す。床《ゆか》に並べると、彼女は小さく「ありがと」と言って履《は》き替《か》えようとした。

「む」

しかし、彼女の動きが再び止まる。足を折り曲げ、ローファーを脱《ぬ》ごうとした彼女の指が空ぶりする。……これもか。

「身に着けているものにも、干渉《かんしょう》できないってこと……？」

「はい、できないです。でも、靴《くつ》を脱《ぬ》げないわけでも履《は》けないわけでもないですよ。人にしてもらう分には問題ないです」

どうやら、そういうルールらしい。

「……青葉《あおば》くん」

「いい、いい。気にしなくても」

彼女は触《ふ》れられない。小春《こはる》も手伝ってくれない。なら、僕《ぼく》が靴《くつ》を脱《ぬ》がせて履《は》かせるしかない。うなだれる山吹《やまぶき》さんの足元にしゃがみこむ。彼女の手が僕《ぼく》の肩《かた》に置かれた。支えにしているのだろう。

そこで遅《おそ》まきながら、気が付く。

僕《ぼく》の目の前に彼女の足がある。色が白くてなめらかな足が。形の良さとその細さに目を奪《うば》われてしまう。太ももに至っては犯罪的だ。もし僕《ぼく》が手を軽く伸《の》ばせば、この綺麗《きれい》な足に触《ふ》れることができてしまう……。

それだけではない。この足を見ながら視線をちょいと上げれば、その先にはスカートがある。スカートの中が見える。この世のものとは思えない絶景が、僕《ぼく》のすぐ真上に広がっている。それを見ることとさえ可能なのだ……！

「………………」

いやまぁ、そんな度胸はないのだけれど。

それに、そんなことをしなくても、目の前には大仕事があるわけで。この、靴《くつ》を脱《ぬ》がせて履《は》かせるという行為《こうい》、思った以上にアブノーマルだぞ。立ち位置が既《すで》に危《あや》うい。まず、スカートの女子の足元に跪《ひざまず》く時点でかなりアウトだ。その上、足を持って靴《くつ》を脱《ぬ》がせ、同じように履《は》かせるという。どういう状況《じょうきょう》なんだこれは。なかなかやれることではない。

思った以上に恥《は》ずかしい行為《こうい》だということに気付いたのか、山吹《やまぶき》さんが息を呑《の》む気配がした。確かめる術はない。見上げればきっと、彼女の顔を見る前に違《ちが》う光景に目を奪《うば》われるからだ。それはダメだ。彼女をこれ以上傷つけることなく、クールに物事を終わらせなければ。

僕《ぼく》はがっちり視線を固定したまま、彼女の足に手を伸《の》ばす。左手で足首を軽く掴《つか》み、右手でローファーを外す。左手には靴下《くつした》の感触《かんしょく》が残る。息を呑《の》みそうになるのを堪《こら》えて、上履《うわば》きを彼女の足に履《は》かせた。もう片方も同じように。小春《こはる》の言う通り、人の手からなら触《ふ》れられるようで、きちんと履《は》かせることができた。

なんという緊張感《きんちょうかん》。そして、なんという達成感。……人に靴《くつ》を履《は》かせてあげる達成感ってなんだ。

上を見ないようにしながら身体を引くと、山吹《やまぶき》さんは「ご、ごめんね、ありがとう」と早口で言って、ぱたぱたと先に行ってしまった。その背中を眺《なが》めながら、ふぅ、と大きく息を吐く。

「喜一郎《きいちろう》さんなかなかに理性がお強いようで」

いつの間にか背後に立っていた小春《こはる》が、身体を寄せながらそんなことを言ってくる。

「どういう意味さ」

「ちょっと上を向けば女子のパンツが見られるのに、そんな素振《そぶ》りも見せなかったものですから。そういうの、興味ないですか？」

「普通《ふつう》の高校生なら、女子のパンツに興味がないはずないよ。あの状況《じょうきょう》で僕《ぼく》が覗《のぞ》いたら、山吹《やまぶき》さんから丸わかりでしょうよ」

「あぁ」

ぽん、と手を打って小春《こはる》は納得《なっとく》したような声を上げる。

「ならば、もし彼女にバレないなら、覗《のぞ》いてました？」

「間違《まちが》いなく」

僕《ぼく》の答えが満足のいくものだったのか、彼女は目を瞑《つぶ》ってしっかりと頷《うなず》いた。そして、唇《くちびる》の端《はし》を持ち上げると、囁《ささや》き声《ごえ》で「このすけべ」と無感情に言う。わざわざ僕《ぼく》の耳元で。僕《ぼく》から離《はな》れると、そのまま山吹《やまぶき》さんのあとを追っていった。

「……別にすけべではない」

普通《ふつう》だ、普通《ふつう》。置いておいたゴミ箱を抱《かか》え、僕《ぼく》も教室へ向かう。

すると、曲がり角の先で「おー、また明日」と聞き覚えのある声が聞こえてきた。まもなく、その声の主が廊下《ろうか》を曲がってきて、ばったりと僕《ぼく》と出くわす。

「あぁ、喜一郎《きいちろう》。なかなかゴミ捨てから帰ってこないから心配したぞ。みんなはもう帰っちゃったし」

「秋人《あきひと》」

僕《ぼく》の親友であり、同じ掃除《そうじ》当番の秋人《あきひと》がそこに立っていた。彼は僕《ぼく》を待っていてくれたようだが、さすがにもう帰るところみたいだ。手に学生鞄《かばん》を持っている。なら、さっきは小春《こはる》と別れの挨拶《あいさつ》を交わしていたのか。つばさと同じく、秋人《あきひと》も小春《こはる》をただのクラスメイトと認識《にんしき》しているらしい。

秋人《あきひと》は微笑《ほほえ》みながら、自然な動作で僕《ぼく》の手からゴミ箱を受け取る。

「もう帰れるだろう？　教室まで付き合うから、いっしょに帰ろう」

「あぁ、ごめん。僕《ぼく》、まだちょっと……」

何もなければ、喜んで秋人《あきひと》の提案に乗っただろう。しかし、今はまだ帰れない。いつ帰れるかもわからない。何せ、今から僕《ぼく》たちが聞くのは呪《のろ》いを解く方法である。

ただ、それを正直に言うわけにもいかない。何と言ったものか。悩《なや》んでいると、秋人《あきひと》は僕《ぼく》にぐっと顔を近付けてきた。内緒話《ないしょばなし》をするかのように声を潜《ひそ》める。

「……さっき、山吹《やまぶき》さんとすれ違《ちが》ったけど、もしかしてあの子と関係あるのか」

秋人《あきひと》は時折、妙《みょう》に勘《かん》が鋭《するど》くなる。僕《ぼく》が驚《おどろ》きながらも頷《うなず》いていると、彼はぱっと表情を明るくさせた。

「なんだよ、そういうことか。なら、さっさと行ってやれ。待たせちゃいけない。俺《おれ》はひとりで帰るとするよ」

彼はご機嫌《きげん》に言葉を並べると、僕《ぼく》にゴミ箱を返してさっさと帰ってしまった。妙《みょう》な誤解をされてしまった気がする。秋人《あきひと》が考えているような楽しいことは、きっと今から起こりはしないのだけど。ただ、秋人《あきひと》は余計なことを周りに言い《い》触《ふ》らすような人ではないので、あとで訂正《ていせい》すればいい。

今度こそ僕《ぼく》は教室へ向かった。

ふたりは教室の前で立ち往生していた。山吹《やまぶき》さんは扉《とびら》を開けることができないからだろう。小春《こはる》も僕《ぼく》を待っていないで開けてくれればいいのに。そう思ったものの、山吹《やまぶき》さんは気にしている様子はない。……それどころか、小春《こはる》に目を向けている視線が少々熱っぽかった。すっかり気に入ってしまっている。本当にかわいいものに目がない人だ。

教室の扉《とびら》を開き、中へ入っていく。教室内は無人だった。放課後になってから随分《ずいぶん》時間が経っているから、当然かもしれない。完全下校時間も近付いている。

規則正しく並んでいる机と椅子《いす》の光景は、生徒がいないと全く別物に見えた。窓からは夕日が差し込んでいる。教室内を照らし、隅《すみ》には影《かげ》を落としていた。

僕《ぼく》がゴミ箱を元の場所に戻《もど》していると、小春《こはる》が窓際《まどぎわ》の席に腰掛《こしか》けていた。その隣《となり》へ同じように座ろうとして、山吹《やまぶき》さんが椅子《いす》を摑《つか》み損《そこ》ねる。「あぁ」と気落ちした声が耳に届いた。慌《あわ》てて彼女のそばに駆《か》け寄《よ》る。

「――さて。話の続きを致《いた》しましょうか」

僕《ぼく》と山吹《やまぶき》さんが席につくと、小春《こはる》はゆっくりとそう言った。空気が変わるのを感じる。これから彼女が話すことは、山吹《やまぶき》さんにとって本当に大事なことだ。

「既《すで》に煙《けむり》から話は聞いていると思いますが、灯里《あかり》さんの呪《のろ》いの元凶《げんきょう》は感情です。あなたへの好意、恋が成就《じょうじゅ》しなかったときの悲しみ、妬《ねた》み、それらの感情がどうしようもないほどに膨《ふく》れ上《あ》がり、呪《のろ》いを模《かたど》りました。そこまではよろしいですか？」

小春《こはる》の言葉に僕《ぼく》は頷《うなず》く。それはあの煙《けむり》が言っていたことと同じだ。けれど、山吹《やまぶき》さんは「……よくないわよ」と頭を抱《かか》えながら言う。

「告白されて、それを断っていたから呪《のろ》われた、だなんて。かわいいだけで、こんな仕打ち受けるなんて。納得《なっとく》できるわけないじゃない。わたしは何も悪いことはしていないのに……」

確かに彼女の言う通りだった。山吹《やまぶき》さんは悪いことなんて何もしていない。だというのに、彼女は恐《おそ》ろしい災難に見舞《みま》われている。頰《ほお》に妙《みょう》なマークを付けられて、物に触《ふ》れられない、という考えられないペナルティを受けている。

それに対し、小春《こはる》は「そうですね。あなたは何も悪くない」と頷《うなず》く。けれどすぐに、「ですが」と続けた。

「あなたに好意を持ち、後《のち》に悲しみを覚えた彼らも悪いわけではないんです。人を好きになってしまうことも、その恋が叶《かな》わず悲しむことも、ごく当たり前のことなんですから。……ただ、もし灯里《あかり》さんに特定の恋人がいれば、また話は別だったんですが」

「え。それはなんで？　普通《ふつう》の高校生なら、恋人がいた方がその人の悲しみとか妬《ねた》みとかは強くなりそうだけど」

告白してフラれるより、彼氏がいるって聞かされる方が辛《つら》そうなものだけれど。まるで勝負する前に負けてしまった、みたいで。

僕《ぼく》の疑問に対し、小春《こはる》は両手の人差し指を立てながら答えた。

「そうなった場合は、妬《ねた》みと悲しみで感情の矛先《ほこさき》が分かれますし。それより何より、灯里《あかり》さんに彼氏がいない、ということが問題なんです。そうなれば人は期待する。もしかしたら、と夢を見る。その気持ちが膨《ふく》らむだけ膨《ふく》らんで、結局ダメだったときの感情のふり幅《はば》が大きすぎるんです。期待の先の絶望が一番辛《つら》いですから。最初から彼氏がいると知っていたら、そもそも好きにならなかったり、そこまで好意が育たなかった可能性は大いにあります」

……なるほど。思わず、納得《なっとく》してしまう。もし山吹《やまぶき》さんに彼氏がいれば、早い段階で諦《あきら》められて、彼女にぶつける感情の量は少なくなっていた。もしくは、彼氏の方に怒《いか》りや妬《ねた》みの感情が届き、山吹《やまぶき》さんだけに積み重なることはなかった。そういうことなんだろう。

説明を受けた山吹《やまぶき》さんは「う」と言葉を詰《つ》まらせる。仄《ほの》かに顔を赤くしながら、指先同士をくるくると絡《から》ませながら言う。

「そんなこと言われても……、恋愛とか付き合うとか、そういうのよくわかんないし……、付き合うにしても、ちゃんと……、ちゃんと？　したいっていうか……」

照れた様子で言っている山吹《やまぶき》さんが可愛《かわい》すぎるので、僕《ぼく》は少しばかり目を瞑《つぶ》ってやり過ごした。

指を絡《から》ませている山吹《やまぶき》さんと、目をぎゅっと瞑《つぶ》っている僕《ぼく》を前に、小春《こはる》は話を進めていく。

「まぁ今になってこんな話をしても仕方ありません。これからの話をしましょう。率直《そっちょく》に言えば、灯里《あかり》さんの呪《のろ》いを解く方法はあります。この呪《のろ》いは膨大《ぼうだい》な感情が形を作ったもの。凄《すさ》まじいエネルギーの具現。ならば、同じように強い感情をぶつければ、この呪《のろ》いを相殺《そうさい》することができます」

「呪《のろ》いを……」

「相殺《そうさい》……」

僕《ぼく》たちの声が口々に漏《も》れた。感情には、同じ強い感情をぶつければ消え去っていく。呪《のろ》いが消えていく。そういうことらしい。しかし、人を呪《のろ》うほどの感情に匹敵《ひってき》する感情、というのは一体どれほどの激情で、どうやってぶつければいいのか。

その方法は今から、彼女の口から語られるのだろう。

小春《こはる》は、椅子《いす》から机の上に座り直した。僕《ぼく》たちふたりを見下ろす。夕暮れのオレンジ色が彼女の銀髪《ぎんぱつ》と混じり合い、黄金のように輝《かがや》いた。大きな三つ編みが机の上に転がっている。彼女の翠色《みどりいろ》の瞳《ひとみ》が僕《ぼく》たちを射抜《いぬ》き、小さな唇《くちびる》が厳《おごそ》かに動いていく。

「それが、あなた方に与えられた試練。呪《のろ》いから解放される唯一《ゆいいつ》の手段。感情に感情をぶつけろ。気が狂《くる》うほどの激情を叩《たた》きつけろ。青春を、ぶつけろ。そのために、〝青春の呪《のろ》い〟から下される指令をこなすんです。喜一郎《きいちろう》さん。あなた、言いましたよね。灯里《あかり》さんを助けたい、と。そう言いましたよね」

「あぁ。言った」

僕《ぼく》は頷《うなず》く。彼女を助けるためだったら、何だってする。

小春《こはる》はそれを聞いて、大きく頷《うなず》く。そして、目の前に手を差し出した。手のひらには一枚の桜の花びら。それがふわりと浮《う》かび上《あ》がり、手の上でくるくると回る。すると、それが突然二枚に増えた。次は四枚。八枚。繰《く》り返《かえ》していくうちに、彼女の手の上にはたくさんの花びらがぐるぐると回っていた。

小春《こはる》はそれに目をやることなく、僕《ぼく》たちをじっと見つめている。

「膨大《ぼうだい》な量の感情を集めるためのミッション。それがこれに書かれています。あなたは、そのミッションをこなせばいい。顔から火が出るほどの赤《あか》っ恥《ぱじ》、心が焼き切れると錯覚《さっかく》するほどの恋慕《れんぼ》の情、立っていられないほどに凄《すさ》まじい切なさ。異様とも言える感情の昂《たか》ぶりを、このミッションが導いてくれる。青葉喜一郎《あおばきいちろう》さん。そのミッションをこなしてください。彼女を助けるために、青春ミッションをこなせ――」

彼女の声とともに、花びらの竜巻《たつまき》が弾《はじ》け飛《と》んで消えていく。そして、花びらと入《い》れ替《か》わるように一冊の本が浮《う》かび上《あ》がっていた。大きな本だ。何かの図鑑《ずかん》のように巨大な本が、彼女の手のひらの上でぷかぷかと浮《う》いている。怪《あや》しげな光を纏《まと》っている。黒い装丁《そうてい》に妙《みょう》な文字や模様がびっしりと書き込まれているが、そのどれもが全く見たことのないものだった。

「この本の名は〝青春ミッションボード〟。あなたを導くミッションが、この本に浮《う》かび上《あ》がります。あなたの運命は今まさにここへ。さぁ、青春《ミッション》を始めましょう――」

桜の花びらが一枚浮《う》かび上《あ》がり、そのまま静かに消えていった。

osananajimi no yamabuki san

第二章
駆け抜ける青春、まるで転がり落ちるように

「……ちょっと待って。呪《のろ》いを受けているのはわたしなわけでしょ。でも、その呪《のろ》いを解くミッションを青葉《あおば》くんがやらなくちゃいけないのは、変じゃない？」

山吹《やまぶき》さんが困惑《こんわく》した様子で、小春《こはる》が持っている本と、僕《ぼく》とを交互《こうご》に見る。僕《ぼく》はやる気になっていたので、改めてそんなふうに言われると困ってしまう。迷惑《めいわく》だっただろうか。

山吹《やまぶき》さんの問いに、小春《こはる》は感情を乗せていない声で淡々《たんたん》と言う。

「そういう契約《けいやく》を交わしてしまいましたから。呪《のろ》いを受ける際、喜《き》一郎《いちろう》さんが代わりに試練を受けると。灯里《あかり》さんを助けると。それは今更《いまさら》引っ込められません。ミッションをこなすのは喜《き》一郎《いちろう》さんの仕事です」

小春《こはる》はぴしゃりと言い切った。

煙《けむり》の言葉を思い出す。確かに、あのとき『貴様が娘の代わりに試練をこなせ』と言っていた。女を助けたいのなら、貴様が走れ、と。望むところだ。僕《ぼく》が頑張《がんば》って山吹《やまぶき》さんを助けられるのなら、どれだけでも頑張《がんば》ろうって気になる。

しかし、山吹《やまぶき》さんはそう思っていないらしい。戸惑《とまど》いの表情は変わらないままだ。

「そんな……、青葉《あおば》くんはそれでいいの？　これはわたしの問題なのに、あなたを巻《ま》き込《こ》んでしまって……」

「問題ないよ。僕《ぼく》がやる。……いや、うん。山吹《やまぶき》さんが迷惑《めいわく》じゃ、なければ、だけど」

「迷惑《めいわく》をかけるのはわたしの方じゃない……」

しゅんとして山吹《やまぶき》さんは肩《かた》を落とす。申し訳ない、とは思われているかもしれないけれど、迷惑《めいわく》ではなさそうだ。ならいい。

その試練とやらは僕《ぼく》がこなす。

きっと山吹《やまぶき》さんは覚えていないだろうけど、僕《ぼく》は約束をした。随分《ずいぶん》前にしたきりの約束。それをようやく、守ることができる。それだけで僕《ぼく》は満足だ。

「灯里《あかり》さんが喜一郎《きいちろう》さんに悪いと思うのなら、灯里《あかり》さんが手伝えばいいんですよ」

そう言いながら、小春《こはる》は持っていた本を机の上に置いた。開かれたページには何も書かれていない。白紙だ。先ほど、ここにミッションが浮《う》かび上《あ》がる、と言っていたが……。

「まだミッションは下されていません。そろそろ出てくるとは思うんですが」

小春《こはる》は白いページに指を滑《すべ》らせる。ミッションはまだ来ていない。ならば、今は待ちということなのだろうか。そういうことなら、とさっきからの疑問を小春《こはる》へぶつける。

「小春《こはる》。この本に、君の言う青春ミッションが浮《う》かび上《あ》がるって言っていたよね」

「はい。その通りですが」

「で、この本の名前が〝青春ミッションボード〟。そう言っていたよね」

「……言いましたが」

何が言いたいのかわからないのだろう、小春《こはる》は怪訝《けげん》そうに僕《ぼく》を見る。しかし、隣《となり》で山吹《やまぶき》さんが「……わたしもちょっと、あれ？　って思った」と静かに言う。やっぱりそうだ。

僕《ぼく》はその本に触《ふ》れる。〝青春ミッションボード〟と呼ばれている、この本。本だ。

「……ボードじゃなくない？」

「……………………」

僕《ぼく》の言葉に、小春《こはる》は黙《だま》り込《こ》んでしまう。無表情なのは変わらないのに、何とも言えない感情が浮《う》かび上《あ》がっているのが見て取れてしまう。言わない方がよかっただろうか。しかし、ミッションボード、と言っているのに本を出されたこちらからすれば、そう言いたくなるのも仕方がないだろう。

ボードじゃなくてブックじゃん、と。

「……別にボードにしてもいいですけど」

明らかにむっとして、小春《こはる》は口を開く。

「本の方が見やすいかなと思ってこういう形にしたんです。いいですよ、そちらがそう言うのなら本当にボードの形にしても。でもそうなると、小粋《こいき》な洋食屋さんが外に出しているメニューみたいに、かなり大きな、明らかに見づらいデザインになりますが、それでもいいってことですよね」

「わかったわかったわかったごめんごめんごめん」

「本でいい、本で。あ、あの形式のメニューってちょっと見づらいわよねー」

本をばんばんと叩《たた》きながら早口で言う小春《こはる》の勢いに押《お》され、謝《あやま》ってしまう僕《ぼく》たちふたり。まさかこんなに怒《おこ》られるとは。不用意な発言はするべきではない。

そう僕《ぼく》が密《ひそ》かに決意していると、それはまるで見計らったように訪れた。

小春《こはる》が小さな手で本を叩《たた》いたあと、そのページが白く発光し始めたのだ。光が溢《あふ》れ出《だ》す。泉に水が湧《わ》く様を連想させた。それがページ全体を覆《おお》っている。夕焼けの色を押《お》しのけて、机の上でそれは光《ひか》り輝《かがや》く。「きました」と小春《こはる》が呟《つぶや》いた。

彼女はミッションが浮《う》かび上《あ》がる、と言っていた。まさにその通りだ。白紙のページに文字が浮《う》かんでいく。七色に光る文字が並んでいく。まるで、見えないだれかが目の前で書き込んでいるようだった。それが文章を形成し、ひとつのミッションを書き上げていく。

『夕暮れに染まる廊下《ろうか》を　ふたりの男女が連《つ》れ添《そ》い歩く　手は互《たが》いに結びながら　行き先は始点から終点　決して人に見つかってはいけない　秘め事に宿るものこそが美しい』

「……これ、どういう意味？」

ミッションボードを覗《のぞ》き込《こ》みながら、山吹《やまぶき》さんが困惑《こんわく》した様子で呟《つぶや》く。そう言いたくなるのもわかる。ミッションと名が付くものだから、もっと「○○をしろ！」と命令してくるようなものかと思っていたのだけれど。

小春《こはる》は何も言わない。目を瞑《つぶ》って、眠るように動かなくなっていた。ミッションの内容について言及《げんきゅう》するのは、最低限以上の手伝いになるのかもしれない。あまり手を貸せない。そう言っていたのはこれも含《ふく》めてだろうか。

僕《ぼく》たちで何とかするしかないようだ。僕《ぼく》は再び、ミッションボードに浮《う》かび上《あ》がった文に目を通す。難解な文章ではない。想像していたものと違《ちが》っていたから面食らっただけで、落ち着いて読めばやらせたいことは伝わってきた。

「『夕暮れに染まる廊下《ろうか》』っていうのは、別に学校の廊下《ろうか》でいいと思うんだよね。夕方でさえあれば。『始点から終点』は端《はし》から端《はし》までってことかな？　『手は互《たが》いに結びながら』っていうのは、手を繋《つな》ぐってことだと思う。『ふたりの男女が連《つ》れ添《そ》い歩く』って書いてあるし、きっと男と女で。『決して人に見つかってはいけない』『秘め事に宿るものこそが美しい』ってあるから、だれにも見つからないように」

「つまり、放課後の廊下《ろうか》で、男と女がこっそり手を繋《つな》いで歩けばいいってこと？　だれにも見つからないように」

「多分」

おそらく、そういうことだと思う。残念ながら、小春《こはる》は何も言ってくれないけれど。

僕《ぼく》は椅子《いす》から立ち上がる。運がいいのか、それともそういうものなのか、今すぐにこのミッションには挑戦《ちょうせん》することができる。まだ太陽は沈《しず》み切《き》っていない。

「山吹《やまぶき》さん、行こう。男女ふたりなら揃《そろ》っているし、今なら『夕暮れに染まる廊下《ろうか》』もクリアできる。早くミッションを終わらせてしまおう」

僕《ぼく》の言葉に、山吹《やまぶき》さんは強く頷《うなず》いた。立ち上がり、僕《ぼく》とともに教室を出て行こうとするが、それに小春《こはる》はついてこなかった。

目を瞑《つぶ》ったままの小春《こはる》を置いて、僕《ぼく》たちは廊下《ろうか》の端《はし》まで歩いていく。

廊下《ろうか》は静かだ。既《すで》にこのフロアには、生徒は僕《ぼく》たちしかいないのだろう。一年生の教室がある二階には、特別教室の類がない。生徒が留まる理由がないのだ。生徒は帰宅したか部活に行っている。なので、よっぽどのことがない限り、だれかと接触《せっしょく》することはないだろう。

長い廊下《ろうか》の先を見据《みす》える。夕暮れの色に染まり、静かにそこへ存在している。条件は満たしている。

「でもさ、男と女が手を繋《つな》いで廊下《ろうか》を歩くって、それって青春かね？」

隣《となり》の山吹《やまぶき》さんがそんなことを呟《つぶや》く。今から運動するわけでもないのに、ストレッチをしながら。長い髪《かみ》が揺《ゆ》れて、彼女の細い身体に触《ふ》れていく。白いセーラー服が夕方の色に変わっていた。絵画の一部を切り取ったみたいだ。

あまり見ていると、そのままぼうっとしてしまいそうだったので、僕《ぼく》は視線を外しながら答える。彼女に倣《なら》ってストレッチを始めながら。

「付き合ったばかりの初々《ういうい》しいカップルが、人には見られたくないけど、学校で手を繋《つな》いでみたい、っていうシチュエーションなら青春っぽいんじゃない？」

「あぁ、それは確かに」

僕《ぼく》の言葉に、なるほど、と彼女は納得《なっとく》する。しかし、その表情はなぜか皮肉げなものへと変わっていった。

「でもどちらかというと、そんなことをするのは初々《ういうい》しいカップルっていうよりは、バカップルかな……」

「……そう言われると、そうだね」

人に見られるのは嫌《いや》なくせに、わざわざ学校で手を繋《つな》ぎたがるところとか。いちゃつきたいなら、だれにも迷惑《めいわく》をかけないところで好きにやればいいのに。そもそも、「学校で手を繋《つな》ぎたいけど、見られたくないから放課後にやろ?」って提案するのが実にバカップルっぽい。バカふたりだ。許されざるバカふたりだ。

僕《ぼく》が空想のバカップルに腹を立てていると、山吹《やまぶき》さんが力の抜《ぬ》けた声で言った。

「いっそさー、わたしたちもバカップルっぽくやってみよっか。バカップルの気持ちになれば、スムーズにやれるかも」

「ええ?」

僕《ぼく》のストレッチの手が止まる。今まさに、そのバカップルに殺意を覚えていたのだけど。

「ほら、青葉《あおば》くん。バカップルの彼氏っぽく!」

へいへい、とかましてくる山吹《やまぶき》さん。自分で言っておいて僕《ぼく》にふってくるとはなんて人だ。こうなると引くに引けない。ここで乗らないのは負けた気になるし、かといって恥《は》ずかしがって中途半端《ちゅうとはんぱ》にやれば、火傷《やけど》するのはこちらの方だ。

ここでの正解は、全力で乗って相手を土俵に引きずり出すか、相手を下ろすこと。本気でやれば負けはない。行くしかない！

僕《ぼく》は自分の髪《かみ》をかきあげて、もう片方の手を彼女へ差し出す。頭の中でバカップルを思《おも》い浮《う》かべながら言うのだ。

「へい、ハニー。僕《ぼく》の左手が寂《さび》しいって泣いているよ。この涙《なみだ》は、ハニーのプリティな右手が抱《だ》きしめてくれないときっと止まらないよ。僕《ぼく》といっしょにランデブーしてくれるかい？」

普段《ふだん》より何段階も高く、息漏《いきも》れ声《ごえ》で言う。自分でやっていてすごく気持ち悪い。悪寒《おかん》に耐《た》えながらやっているのに、山吹《やまぶき》さんが「うわぁ……」っていう顔を見せたときは、さすがに窓を割って逃《に》げ出《だ》しそうになった。

しかし、山吹《やまぶき》さんもスイッチを入れてくれた。これ以上ないほどのしなを作り、猫撫《ねこな》で声《ごえ》を上げる。

「えぇ～ん、灯里《あかり》ぃちょっと恥《は》ずかしぃ～。でもでもぉ、ダーリンがどうしてもって言うのならぁ、灯里《あかり》の手とダーリンの手、ちゅっちゅしてもいいよぉ～？　きゃ～、ちゅっちゅ～」

身体をくねくねさせながら、聞いたことないような甘《あま》え声《ごえ》を出すハニー。唇《くちびる》もしっかりアヒル口である。完璧《かんぺき》だ。あまりに堂に入っているせいだろうか、彼女が身体を揺《ゆ》らすたびに、ぷりぷり～という音が聞こえてくるほどだった。……と思っていたら、山吹《やまぶき》さんが自分で言っていた。ぷり～、ぷりり～、と言いながらお尻《しり》を振《ふ》っている。こう言っては何だが、バカップルというよりは最早《もはや》ただのバカだ。

「………」

「………」

しばらくお互《たが》いに身体を揺《ゆ》らしていたが、急に冷静になってやめた。互《たが》いに仁王立《におうだ》ちしながら、既《すで》に疲《つか》れ切《き》っている相手を見やる。

「これダメだわ。精神が持たない。二度とやらない」

吐き捨てるように言う。……僕《ぼく》は結構楽しかっただけに残念だ。世界一かわいい女の子とバカップルごっこだなんて、なかなかいい体験だったと言える。

「普通《ふつう》にやりましょう」

「……そうだね」

「じゃあ、はい」

山吹《やまぶき》さんが右手を差し出してくる。手を繋《つな》げ、とそういうことだろう。彼女は意識していないのだし、僕《ぼく》も普通《ふつう》にしよう。そう思って手を伸《の》ばす。……しかし、ダメだった。顔が赤くなるのが自覚できる。

女の子と手を繋《つな》ぐ。それを平然とできるほど、僕《ぼく》は女の子に慣れていない。嫌《いや》でも意識してしまう。しかも相手は、世界一かわいい女の子だ。おいそれと手を繋《つな》げるはずがない。

「そんなに緊張《きんちょう》しなくても。たかが手じゃない」

「……いや。普通《ふつう》の高校生なら、こんなの絶対に緊張《きんちょう》する」

そういうもんかね、と山吹《やまぶき》さんは楽しげに笑う。何とも余裕《よゆう》だ。そこは男女の差なのだろうか。

しかし、あまり躓《つまず》いてもいられない。僕《ぼく》は意を決して、彼女の右手を自分の左手で握《にぎ》りこむ。その瞬間《しゅんかん》に声が出そうになった。彼女の手の小ささと、体温の伝わり方に。目がぐるぐると回ってしまいそうだ。女の子って、こんなにも小さくてやわらかかったのか。最早《もはや》心配になってしまう。ぐっと力を込めたら、潰《つぶ》れてしまうんじゃないかと思うほど、僕《ぼく》の手の中にあるそれは儚《はかな》い。その反面、触《ふ》れているだけで心が満たされていくのがわかる。この温かい手をずっと握《にぎ》っていたくなる。

凄《すご》いな、女の子……。

僕《ぼく》がしみじみそんなことを思っていると、意外にも強い力で握《にぎ》り返《かえ》される。しかし、それは一瞬《いっしゅん》のことで、すぐにその手の力は抜《ぬ》けていった。山吹《やまぶき》さんの顔を見る。そこでようやく、力を入れたのは驚《おどろ》いたからだと悟《さと》った。

彼女の瞳《ひとみ》は見開かれていて、その頰《ほお》は赤く染まっている。唇《くちびる》はきゅっと引《ひ》き締《し》まっていた。

彼女ははっとして顔をこちらに向けると、真一文字だった口を開いた。

「お、男の子の手って、結構ゴツゴツしていて、硬《かた》いのね。大きいし……。ちょっとびっくりしちゃった」

声の端々《はしばし》に動揺《どうよう》が感じられる。自分では意識したことはないが、女の子からするとそういうものなのだろうか。「いやぁ、青葉《あおば》くんも意外と男の子してんのね……」と山吹《やまぶき》さんは気まずそうに目を逸《そ》らした。

「あの、山吹《やまぶき》さん。手を繋《つな》いだまま、廊下《ろうか》を端《はし》から端《はし》まで歩かないと」

「あ、う、うん。そうだったわね。行きましょう」

僕《ぼく》が促《うなが》すと、山吹《やまぶき》さんはそのまま歩いていこうとする。しかし、僕《ぼく》と手が繋《つな》がっていることを思い出して、慌《あわ》てて歩みを遅《おそ》くした。僕《ぼく》もすぐに歩き出す。

互《たが》いに歩調を気にしながら、廊下《ろうか》を歩く。廊下《ろうか》に足音だけが響《ひび》き渡《わた》る。静かな空間だからか、妙《みょう》に響《ひび》いて聞こえた。何かを話せばいいのかもしれないが、頭の中が真っ白になって何も言えない。話題を探しても見つからない。ただただ、自分の左手に神経を集中させてしまう。

やわらかくてすべすべした、彼女の小さな手。それを僕《ぼく》が包み込んでいる。彼女の長い指先が、僕《ぼく》の手に触《ふ》れている。心臓がさっきからうるさい。手汗《てあせ》をかいていないだろうか、とそんなことばかり心配になってしまう。女の子とふたり、手を繋《つな》いで歩くという行為《こうい》がこんなにもドキドキすることだなんて、思いもしなかった。世の中のカップルはみんな、こんな思いをしているんだろうか。

「あぁ、ダメだこれ」

僕《ぼく》が前を向いたまま歩いていると、山吹《やまぶき》さんが突然そう言った。そちらを見やる。彼女は空いた手で顔を覆《おお》っていた。そのせいで山吹《やまぶき》さんがどんな表情をしているのかわからなかったが、耳まで赤くなっていることだけは確認できた。

「思った以上に恥《は》ずかしい。ていうか、緊張《きんちょう》する。ごめん、青葉《あおば》くん。たかが手って言ったけど、これはダメだわ。すっごくドキドキする」

「多分だけど、僕《ぼく》はそれの二万倍はドキドキしてる」

僕《ぼく》が正直に言うと、山吹《やまぶき》さんは吹き出した。笑いながら、本当にー？　なんて聞いてくる。

「まぁ、世界一かわいいわたしが相手だからね。二万倍はドキドキしてもらわないと、立《た》つ瀬《せ》がないかも」

そう言って笑う。そのおかげだろうか、緊張《きんちょう》はある程度ほぐれてくれた。先ほどのようにガチガチになることなく、廊下《ろうか》を歩いていける。彼女の横顔を盗《ぬす》み見《み》ると、恥《は》ずかしそうにしながらも唇《くちびる》は笑みを作っていたのが印象的だった。多分、僕《ぼく》も同じような顔をしているんじゃないだろうか。

廊下《ろうか》の端《はし》から端《はし》まで、と言ってもそれほど長いわけでもない。歩いていればすぐに終わる。何事もなく辿《たど》り着《つ》きそうだ。これでミッションはクリアとなる、はず。よかった。僕《ぼく》が密《ひそ》かに胸を撫《な》で下《お》ろしていると、危機は突然訪れた。

階段を通り過ぎれば、あと数秒で終わり。そこで山吹《やまぶき》さんの足が止まる。どうしたの、と尋《たず》ねると、彼女が「しっ」と自分の唇《くちびる》に指を当てた。それでわかった。……声がしたのだ。階段

だ。階段の方から、人の声が聞こえる。

「……だから、前から言っているように……」

「……でもそれは……」

だれかの話し声。だれかが階段を昇《のぼ》ってきている。なんてことだろう。山吹《やまぶき》さんと顔を見合わせると、案の定、彼女も表情に焦《あせ》りを浮《う》かべていた。これはまずい。彼女と繋《つな》がっている手に目をやる。〝青春ミッションボード〟には、『決して人に見つかってはいけない』と書かれていた。人に見られてしまってはダメなのだ。ミッション失敗だ。ここで見つかるわけにはいかない――!

咄嗟《とっさ》に、目の前の教室に隠《かく》れようとした。しかし、扉《とびら》には鍵《かぎ》がかかっている。あぁそうだ。教室は最後に出ていく生徒が施錠《せじょう》することになっている。僕《ぼく》たちの教室が開いていたのは、まだ僕《ぼく》たちの鞄《かばん》が残っていて、下校していないのがわかっていたからだ。教室は使えない。ならば、廊《ろう》下《か》か? 隠《かく》れられそうな場所があるか見てみると、ありがたいことに掃除《そうじ》道具箱が置いてあった。

「あの掃除《そうじ》道具箱の陰《かげ》に隠《かく》れよう」

そう言って、僕《ぼく》は足を踏《ふ》み出《だ》す。手を繋《つな》いでいるのだから、当然山吹《やまぶき》さんもいっしょに来るのだけれど、彼女は僕《ぼく》の後ろから「それはダメ」と指摘《してき》する。

「もう下校時間が過ぎてる。多分だけど、階段を昇《のぼ》ってきているのは、教室の見回りをしている先生たち。鍵《かぎ》が閉まっているか確認しているんだと思う」

「……それだと、こっちまで歩いてくるのか。掃除道具箱の陰《かげ》じゃ見つかる。でも待ってよ、それならどこに隠《かく》れればいい……？」

「………」

彼女は黙《だま》り込《こ》んだ。今から慌《あわ》てて僕《ぼく》たちの教室へ戻《もど》ったとしても、先生が鍵《かぎ》の確認をしてしまう。開いていたら、確認のために教室の中まで入ってきてしまうだろう。そうなれば見つかる。見つかれば、このミッションは失敗だ。

どうする。どうする。

立ち止まって、辺りを見渡《みわた》す。廊下《ろうか》は左右に長く伸《の》びているが、隠《かく》れられそうな場所はない。しかし、気が付く。トイレがある。

「そうだ、トイレ……」

言いかけて、これはダメだ、と首を振《ふ》る。個室に隠《かく》れれば、あるいは見つからないかもしれない。しかし、もし先生がトイレを確認したらどうする。男女が同じ個室に入っているのを見たら、どう思うだろう。そんな危険な選択《せんたく》をするわけにはいかない。階段を昇《のぼ》ってしまうか？

いや、問題を先送りにするだけだ。状況《じょうきょう》は変わらない。

何かないか。何か。必死で辺りを見回しても、やはり掃除《そうじ》道具箱くらいしかなかった。

「……！　そうだ、掃除《そうじ》道具箱！」

僕《ぼく》は再び掃除《そうじ》道具箱に駆《か》け寄《よ》り、扉《とびら》を勢いよく開ける。案の定、中には数本の箒《ほうき》とちりとりしか入っていない。スペースは十分にある。何とか人ふたりくらいなら、無理をすれば入ることができる！

「山吹《やまぶき》さん、ここに隠《かく》れよう！　早く！」

「へ……？」

山吹《やまぶき》さんの手を引っ張り、急いで掃除《そうじ》道具箱の中に押《お》し込《こ》む。「ちょ、ちょっと青葉《あおば》くん……！」と山吹《やまぶき》さんは抗議《こうぎ》めいた声を上げたが、聞いている暇《ひま》はない。汚《きたな》くても我慢《がまん》してもらうしかない。彼女を入《い》れてから、僕《ぼく》も掃除《そうじ》道具箱に身を滑《すべ》り込《こ》ませる。

しかし、無理に入ろうとしたせいか、中から箒《ほうき》が一本廊下《ろうか》に落ちてしまった。かつん、という音とともに転がってしまう。慌《あわ》てて手を伸《の》ばす。けれど、先生がもう廊下《ろうか》へ進んでくる気配がして、拾うのは諦《あきら》め、掃除《そうじ》道具箱の陰《かげ》に追いやった。急いで扉《とびら》を閉める。

ギリギリで間に合ったようだった。閉めた瞬間《しゅんかん》に、先生が廊下《ろうか》に入ってきたのがわかる。

こちらは見つかってはいない。大丈夫《だいじょうぶ》だ。

はぁ、と大きく安堵《あんど》の息を吐《つ》く。

「あ、あの……、青葉《あおば》、くん……」

「ん……？」

すぐそばで彼女の困ったような声が聞こえてくる。本当にすぐそば。息のかかる距離《きょり》だ。あれ？　と思って前を向き、ようやくこの異常な状況《じょうきょう》に気が付いた。無我夢中《むがむちゅう》だったせいで、こうなってしまうところまで想像していなかった。

掃除道具箱《そうじどうぐばこ》は狭《せま》い。当然ながら、人が入るような設計にはなっていない。そこにふたりも詰《つ》め込《こ》んでいる。結果、僕《ぼく》と山吹《やまぶき》さんはほとんどくっつくようにして、狭《せま》い箱の中に入っているのだ。

彼女の身体のほとんどが僕《ぼく》の身体に接触《せっしょく》している。中には密着と呼んでしまっても過言ではない部分まで。細い肩《かた》も、なめらかな足も、きゅっと引《ひ》き締《し》まった腰《こし》も、僕《ぼく》の身体が当たっている。当然、膨《ふく》らんだ彼女の胸も。どれもが触《ふ》れるだけでやわらかさを実感してしまう。が、やはり一番まずいのは胸だった。人の部位とは思えないほどにしなやかなものが、僕《ぼく》の胸にむに、とくっついている。接触《せっしょく》している部分だけ溶《と》けてしまいそうだ。

身体の至るところがくっついてしまっているのは、当然、山吹《やまぶき》さん自身もわかっている。そのせいか、彼女は気まずそうにしながら横を向いた。見る見るうちに赤くなっていくのがわかる。

そうなってようやく、僕《ぼく》がとんでもないことをしでかしたことに気が付いたのだ。

「ごご、ごめん、山吹《やまぶき》さんっ！」

我ながら、ここで声を潜《ひそ》められたのは見事だと思う。もう少しで、大声で謝《あやま》りながら掃除《そうじ》道具箱の中から飛び出していた。そうなれば終わりだ。掃除《そうじ》道具箱の外には先生がいる。言い訳のしようがない。

「いい。見つかるかもしれないから、静かに」

山吹《やまぶき》さんは決して目を合わせず、ぼそっとそれだけ呟《つぶや》いた。それで僕《ぼく》も口をつぐむ。そうだ、ここまでやったのだから、絶対にミッションは達成しなくてはならない。

しかし、ひっついたままでは彼女に申し訳ないので、できるかぎり彼女とは距離《きょり》を取った。彼女の顔の横に手をつき、ギリギリまで身体を離《はな》す。姿勢としては辛《つら》い。けれど、ここまでやっても彼女とはおそろしく近いままだった。僕《ぼく》がもし魔《ま》がさして手を動かせば、彼女のどんなところにでも触《ふ》れられる。力を抜《ぬ》けば、彼女と身体を重ねることだってできてしまう。そんな距離《きょり》だ。彼女の髪《かみ》が腕《うで》に触《ふ》れて、くすぐったさで身をよじりそうになる。そうする前に彼女の方が先に身をよじった。動けばそれだけ僕《ぼく》の身体にも触《ふ》れてしまう。温《ぬく》もりが届いてしまう。理性が飛びそうになるので、できればやめてほしい……。

そのとき、左手に痛みが走る。僕《ぼく》と彼女の手は繋《つな》がったままだ。僕《ぼく》の手を握《にぎ》る彼女に、随分《ずいぶん》力が入ってしまっている。別に意地悪ではなさそうだ。おそらく、無意識のうちに強く握《にぎ》ってしまっているのだろう。山吹《やまぶき》さんも緊張《きんちょう》しているのだ。

山吹《やまぶき》さんの顔を見る。彼女は横を向き、目を伏《ふ》せている。長いまつ毛だ。近いせいでよく見える。はらりと流れる髪《かみ》も綺麗《きれい》だ。耳はすっかり赤く染まり、暗い空間なのに顔が真っ赤になっているのがわかる。漏《も》れる吐息《といき》は熱い。それが妙《みょう》に艶《つや》っぽい。

「……最近太ってきちゃったので、運動しなくちゃとは……」

STOP!!

「……そうは見えないが、どのくらい……」

先生の声がすぐそばで聞こえて、びくっとする。どうやら二人組だ。山吹《やまぶき》さんの言う通り、教室の見回りをしているらしく、扉《とびら》の鍵《かぎ》を確認している音が聞こえる。どちらも女の先生。この声、一方はもも先生だと思う。

僕《ぼく》と山吹《やまぶき》さんに緊張《きんちょう》が走る。とはいえ、まさか掃除《そうじ》道具箱に生徒が入っているとは思いもしないだろう。このまま通り過ぎるはずだ。そうなれば、ここから脱出《だっしゅつ》して廊下《ろうか》の端《はし》まで行き、ミッションはクリア。何の問題もない。……そうなるはずだった。

「あれ？」

先生たちの足音が止まる。本当にすぐそば、掃除《そうじ》道具箱の目の前だ。そのせいで、声がはっきりと聞こえてくる。

「どうした」

「いえ、箒《ほうき》が一本、出しっぱなしになっていまして。ダメですねえ、どこの生徒さんでしょう。ちゃんとしまっておかないと」

――血の気が、引いた。

おいおいおい、冗談《じょうだん》だろう。待ってよ、もも先生。勘弁《かんべん》してよ。その箒《ほうき》を拾うのはやめてくれ！

しかし、僕《ぼく》の願いも通じず、先生は掃除《そうじ》道具箱の前に立っていた。その手には箒《ほうき》が握《にぎ》られているのだろう。掃除《そうじ》道具箱の扉《とびら》部分にはわずかな隙間《すきま》があるので、山吹《やまぶき》さんからはもも先生の姿が視認《しにん》できるだろうけど、僕《ぼく》からは山吹《やまぶき》さんの顔しか見えない。その山吹《やまぶき》さんの表情から絶望的なものを感じる。

どうすればいい。どうすれば……、どれだけ考えても良い案なんて思いつかない。言い訳すら出てこない。それはそうだ、こんな狭《せま》いところに男女が入っている理由なんて、一体何があるというのだ！

もも先生が扉《とびら》に手をかける。がちゃ、と開く音がした。暗かった掃除《そうじ》道具箱の中に、光が差していく。あぁ、もう。もう終わりだ。なんてことだ……。

『百枝《ももえ》先生、黒川《くろかわ》先生。至急、職員室にお戻《もど》りください。繰《く》り返《かえ》します。百枝《ももえ》先生、黒川《くろかわ》先生。至急、職員室にお戻《もど》りください』

……校内、放送。

もうダメだ、と思った刹那《せつな》、ぴんぽんぱんぽーん、という間の抜《ぬ》けた音が聞こえた。校舎内に響《ひび》き渡《わた》っていく。次に聞こえてきたのは、感情を乗せない聞いたことのある声。

「……名前、呼ばれちゃいましたね」

「何だろうな」

ふたりの先生が短くそうやり取りをすると、扉《とびら》は静かに戻《もど》された。早足でふたりが離《はな》れていくのがわかる。廊下《ろうか》に静寂《せいじゃく》が戻《もど》ってくる。

全身から力が抜《ぬ》けた。ここが掃除《そうじ》道具箱の中じゃなかったら、座り込んでいただろう。大きな安堵《あんど》のため息が二人分、小さな箱の中に満ちていく。

「…………」

「…………」

脳がひりつくような危機的状況《じょうきょう》から逃れて、空気が緩《ゆる》んでいくのを感じる。同時に、気恥《きは》ずかしさが戻《もど》ってくる。こんな狭《せま》いところに男女ふたり。ところどころ身体が触《ふ》れ合《あ》い、手はお互《たが》いにぎゅっと握《にぎ》ってしまっている。これじゃあ本当にバカップルだ。

男としてはこれ以上ないほど嬉《うれ》しい状態《じょうたい》ではあるものの、それとは別に口を開きづらい空気が流れていた。さっさと出てしまえばいいのに、すぐに先生も戻《もど》ってくるだろうに、なぜか僕《ぼく》らは狭《せま》い個室の中に閉じこもったままだった。

しかし、そこでがちゃん！　と勢い良く扉《とびら》を開けられてしまった。

僕《ぼく》は瞬時《しゅんじ》に早く出なかったことを後悔《こうかい》する。なんてことだ。一体だれが――。

「何やってるんですか、こんな狭《せま》いところで。このどすけべども」

「……小春《こはる》」

再び身体中から力が抜《ぬ》けていってしまう。扉《とびら》を開けたのは小春《こはる》だった。

妙《みょう》な空気のせいでなんとなく出られなかったけれど、外から開けられたおかげで僕《ぼく》らはすんなり脱出《だっしゅつ》した。

「小春《こはる》。さっきの校内放送、助かった。本当にありがとう」

僕《ぼく》がお礼を述べると、小春《こはる》は肩《かた》を竦《すく》める。「あそこで見つかってしまうのも、また一興かとも思ったんですが」と恐《おそ》ろしいことをさらっと言うが、まぁとにかく助かった。本当によかった。

「しかし、不思議なんですけどね」

小春《こはる》は僕《ぼく》たちふたりを見比べながら、首を傾《かし》げた。その視線は下へ。僕《ぼく》たちが繋《つな》いでいる手を指差した。

「一度、手を離《はな》してから先生たちと会話するなり躱《かわ》すなりして、そのあとでやり直せばよかったのでは？」

無理して一回でやろうとするより、その方が確実だったのではないか。彼女はそう言うのだ。言っている意味が一瞬《いっしゅん》理解できなかった。数秒ほど固まってしまう。それは山吹《やまぶき》さんも同じだった。

「はぁ――ッ⁉」

爆発《ばくはつ》するかのように、ふたりの叫《さけ》び声《ごえ》が同時に響《ひび》く。僕《ぼく》らは小春《こはる》に詰《つ》め寄《よ》って声を荒《あら》げた。

「なにそれ！　見つかったらそれでミッション失敗じゃないの⁉」

「まぁ失敗でしょうね。でも、またやり直せばいいでしょう。今度は見つからないように。条件は満たしているんですから、何回でもやればいいんですよ」

「いやだから、僕《ぼく》たちはミッション失敗したらそれっきりだと思っていたんだって！　そうじやないなら、なんで言ってくれなかったの⁉」

「そんなことを言われても。わたしは一言もそれっきりだなんて言っていませんし、〝青春ミッションボード〟にそんな記載《きさい》もありませんでした。勝手に勘違《かんちが》いして怒《おこ》られても。何ですか、あなたたち。呪《のろ》い相手にクレームとはいい度胸ですね」

僕《ぼく》たちの怒《いか》りの声をいなすどころか、逆に脅《おど》しをかけてくる始末。そう言われては黙《だま》り込《こ》むしかない。未だ納得《なっとく》はいっていなかったが、「陽が沈《しず》み切《き》ると、今日中にミッションをクリアすることができなくなりますよ」と言われてしまえば、早々にミッションへ戻《もど》るしかなかった。

気を取り直して。

手はずっと握《にぎ》っている。ミッションは続行中だ。あとは残りわずかの距離《きょり》を歩いていくだけ。

足を踏《ふ》み出《だ》そうとしたが、そのときにふと思う。後ろからは小春《こはる》の視線を感じていた。振《ふ》り返《かえ》ってみると、彼女はそこに佇《たたず》んだまま。その双眸《そうぼう》は確かに僕《ぼく》たちを見つめていた。

〝青春ミッションボード〟には『決して人に見つかってはいけない』と記載《きさい》されていたが……。

これ、見つかってない？

「もちろんわたしは対象外ですので、お気になさらなくて結構ですよ」

「……あ、そう」

まぁそういうことならいい。さて。恐《おそ》ろしいハプニングに見舞《みま》われて中断したせいで、まだミッションはクリアできていない。さっさと達成してしまおう。

危機的状況《じょうきょう》を回避《かいひ》できた高揚《こうよう》からか、僕《ぼく》たちは大きく足を開き、一、二、三、と数えながら飛ぶように歩いた。その数字が七を刻んだとき、両足同時に足を着き、ぺたん、と壁際《かべぎわ》に手を突く。最後まで行けた。〝青春ミッションボード〟に書かれていた条件どおり、だれにも見つからず、端《はし》から端《はし》まで廊下《ろうか》を歩き切った。

その瞬間《しゅんかん》だ。突然《とつぜん》、後ろから強烈《きょうれつ》な光が舞《ま》い込《こ》んできた。廊下《ろうか》を一瞬《いっしゅん》で覆《おお》いつくすほどの眩《まばゆ》い輝《かがや》き。振《ふ》り返《かえ》ると、その光は小春《こはる》の手の上から発生しているのが見えた。〝青春ミッションボード〟。いつの間に取り出したのか、彼女の手にはあの大きな黒い本がどっしりと乗っかっていたのだ。開かれたページから七色の光が溢《あふ》れ出《だ》している。光の中に文字が流れていく。空中に吸い込まれていく。それらは宙に飛ばされると、瞬《またた》く間《ま》に小さな結晶《けっしょう》となって消えていった。流れていった文字には見覚えがある。あのミッションの文章だ。

それらがすべて流れていったあと、光は徐々《じょじょ》に弱まっていく。本の中に戻《もど》るようにして光が消えていき、小春《こはる》がぱたん、と本を閉じると完全に消失した。

廊下《ろうか》の風景が日常のものへ戻《もど》っていく。小春《こはる》は本を持っていた手を下ろすと、静かに口を開いた。

「ミッション、完了です」

彼女の声が届いた途端《とたん》、「やったー!」と山吹《やまぶき》さんは両手を挙げて破顔《はがん》した。本当に嬉《うれ》しそうにその場でぴょんぴょんと飛《と》び跳《は》ねる。子供のような喜びっぷりだ。こちらまで頬《ほお》が緩《ゆる》んでしまう。しかし、僕《ぼく》がいることを思い出したのか、はっとした表情を作ると、「べ、別にいいじゃない！　これぐらい喜んだって！　呪《のろ》いが解けたんだから！」と何も言っていないのに怒《おこ》ったように言った。

「一時はどうなることかと思ったけど、これで解決ってわけね。あぁよかった。このまま物が持てない、って状態《じょうたい》だったらどうしようかと思ったわ……」

心底ほっとしたのだろう。穏《おだ》やかな表情を浮《う》かべながら、山吹《やまぶき》さんは廊下《ろうか》を歩いていく。どこへ行くのかと見ていると、彼女は掃除《そうじ》道具箱の前で足を止めた。視線の先には箒《ほうき》がある。さっきもも先生が置いていった箒《ほうき》だ。彼女は僕《ぼく》に顔を向けると、にやっとした笑みを見せた。手を閉じたり開いたりしてから、おもむろに箒《ほうき》へ手を伸《の》ばす。

今まで見たことがないぐらいのはしゃぎっぷりだけれど、僕《ぼく》の方も心底ほっとしている。よかった。あんなに不便な身体のままだったら、本当にどうしようかと思っていた。それももう心配無用だ。少しは、約束を守ったことになっただろうか。

彼女が嬉《うれ》しそうに箒《ほうき》へ手を伸《の》ばしていく。しかし、そこで気が付いてしまった。あの妙《みょう》なマークだ。不干渉《ふかんしょう》のマークが、彼女の横顔にしっかりと刻《きざ》み込《こ》まれたままなのだ。ミッションは達成されたというのに。

そして、その不干渉《ふかんしょう》のマークが示す通り。

彼女の手は無情にも箒《ほうき》をすり抜《ぬ》けていった。山吹《やまぶき》さんは驚《おどろ》いて自分の手を見つめる。もう一度、箒《ほうき》に触《ふ》れようとしたが、やはり上手くいかなかった。触《ふ》れられない。〝不干渉《ふかんしょう》の呪《のろ》い〟に侵《おか》されたままだ。

「どういうこと⁉　ミッションは成功したんじゃなかったの⁉」

後ろに控《ひか》えていた小春《こはる》に詰《つ》め寄《よ》る山吹《やまぶき》さん。そんな彼女に対して、小春《こはる》はどこまでも静かに言葉を返していた。

「はい。間違《まちが》いなくミッションは成功しています。ですが、所詮《しょせん》は数あるミッションの中のひとつでしかありません。ミッションはまだ続きます。こんなふうに具現化するほどの呪《のろ》いが、たったあれだけの行動で消えるわけがないでしょう」

そんなとんでもないことを。小春《こはる》は悪びれもせず言ってのけた。

……おいおい、冗談《じょうだん》だろう。あんなことがいくつも続くのか。ひとつこなせばそれで終わりだと思っていたのに、全くそんなことはないらしい。ミッションはまだまだこれからだと、彼女は言っているわけだ。……勘弁《かんべん》してほしい。

後出しの事実をさらっと言う小春《こはる》に、山吹《やまぶき》さんは口をぱくぱくさせて何か言いかけたが、結局何も言わずに肩《かた》を落とした。先ほどのこともある。きっと抗議《こうぎ》しても無駄《むだ》だと悟《さと》ったのだろう。しかし、肩《かた》を落としたいのは僕《ぼく》も同じだった。小春《こはる》は「たったあれだけの行動」、と言うが、僕《ぼく》も山吹《やまぶき》さんも随分《ずいぶん》と消耗《しょうもう》している。

「じゃあ早く、次のミッションとやらを出しなさいよー……」

顔を伏《ふ》せたまま、力なく山吹《やまぶき》さんは言う。ここで文句を言っていなされるよりは、さっさと相手の言うことを聞いた方が早い。彼女の選択《せんたく》は正しい。しかし、それさえも上手くいかなかった。

「わたしもそうしたいところですが、次のミッションがまだ来ておりません。ミッションが届くまでは待機でお願いします」

あっさりと小春《こはる》は言う。小春《こはる》はそれでいいかもしれないが、呪《のろ》いを受けている山吹《やまぶき》さんはそうはいかない。

「え、じゃあなに？　わたしはこのままってわけ⁉」

勢い良く顔を上げると、信じられない、といった様子で彼女は狼狽《うろた》えた。このままでは普通《ふつう》に生きることさえ難しいのだ。放置されるのは困るだろう。

けれど、さすがにそうはならなかった。小春《こはる》は軽く首を振《ふ》ってから、手に持っていた〝青春ミッションボード〟を叩《たた》く。本の周りに桜が舞《ま》い散《ち》り、本が光に包まれた。その姿を変えていく。本は小さな手鏡へ。それが山吹《やまぶき》さんの前へ差し出される。

その手鏡を覗《のぞ》き込《こ》み、山吹《やまぶき》さんはぎょっとした。あのマークに驚《おどろ》いたのだろうか。けれどそうではなく、彼女は「すごい美少女がいると思ったらわたしだった」なんて言っている。自分の美貌《びぼう》にぎょっとするなよ。

気を取り直して、再び鏡を見つめる。彼女の目の下にはあの妙《みょう》なマーク。山吹《やまぶき》さんはそれを見つめながら、細い指で何度もなぞっている。

「ミッションをクリアした報酬《ほうしゅう》とでもいいましょうか。呪《のろ》いの力がわずかに弱まっています。ずっと続くはずだった呪《のろ》いの効果が薄《うす》まり、一定時間で消えていくようになりました。あなたが〝不干渉《ふかんしょう》の呪《のろ》い〟を発現させてからそろそろ二時間経ちますが、呪《のろ》いの効果が続くのはその二時間程度です」

小春《こはる》がそう言った瞬間《しゅんかん》、あのマークがすぅっと薄《うす》くなっていき、やがて完全に消えていった。最初からそこには何もなかったかのようだ。きめ細やかな肌《はだ》だけが残っている。

山吹《やまぶき》さんは恐《おそ》る恐《おそ》る立てかけてあった箒《ほうき》に手を伸《の》ばすと、今度こそしっかり掴《つか》むことができた。彼女は安堵《あんど》の息を吐《つ》き、それは僕《ぼく》の口からも同じように出ていっていた。

「わかっているとは思いますが、これで呪《のろ》いが消えてなくなったわけではありません。条件が満たされれば、再びあなたはあの〝不干渉《ふかんしょう》の呪《のろ》い〟を受けます」

「条件って？」

「トリガーとなる行動があるはずです。何かしたときに呪《のろ》いが現れませんでしたか？」

言われて、思い返す。彼女《かのじょ》の顔に不干渉《ふかんしょう》のマークが現れる直前、何か変わったことをしただろうか。トリガーとなるような何か。そこで頭に浮《う》かんだのは、

『くちゅんっ』

おそらくこの世で最も可愛《かわい》らしいであろう、彼女のくしゃみであった。

「くしゃみかな……」

「くしゃみね……」

同時に思い至ったらしく、彼女も同じように口に出していた。あちゃー、と言わんばかりの表情で、肩《かた》を落としながら。

「つまりわたしは、くしゃみをするとあの状態《じょうたい》になるっていうわけね……、くしゃみしちゃダメなのかー……、キツイなー……」

確かにキツい。制御《せいぎょ》が難しい上に、一度やれば日常生活が困難になるほどのダメージを受けるところが何より辛《つら》い。悲観的になった彼女は「というかわたし、風邪《かぜ》ひいたら部屋からも出られずに野垂《のた》れ死《じ》にするんじゃないの……」と言い出す始末だ。

「自宅で呪《のろ》いが発現した場合は、わたしを呼んでくだされればフォロー致《いた》します。ただし、外ではわたしに頼《たよ》ることは控《ひか》えてください」

小春《こはる》は静かにそう言う。野垂《のた》れ死《じ》には避《さ》けられそうだが、不便さは変わらない。これからのことを思って、げんなりとしている彼女に「そ、外では僕《ぼく》がフォローするからさ」と伝えてはみたものの、彼女の顔は晴れなかった。ありがとね。疲《つか》れた顔で笑う山吹《やまぶき》さんに、僕《ぼく》の胸がじくりと痛んだ。

先生たちが戻《もど》ってくる前に学校からさっさと退散し、家が近所なので山吹《やまぶき》さんとはいっしょに帰った。いっしょに下校なんて何年ぶりだろう。けれど、彼女はどこか上の空で、いつの間にか小春《こはる》もいなくなっていたので、楽しい帰り道とはかけ離《はな》れていたのだが。

「ただいまー」

玄関《げんかん》の扉《とびら》を開けながら声を上げると、「おかえりー、遅《おそ》かったわねー」という母の声が遠くから聞こえてきた。それに曖昧《あいまい》に答える。外はすっかり暗くなっていた。僕《ぼく》は帰宅部なので、いつもならとっくに帰宅している時間帯だ。

自分の部屋へ向かうために、リビングの横を通《とお》り抜《ぬ》ける。中を覗《のぞ》くと、ソファに妹が仰向《あおむ》けで寝転《ねころ》がっていた。青葉沙知《あおばさち》。僕《ぼく》のひとつ下の中学三年生。顔は僕《ぼく》とそっくりだ。あまり長くない髪《かみ》を後ろで括《くく》っていて、小さなポニーテールを作っているのがいつもの髪型《かみがた》。今は制服も着替《きが》えずに、携帯《けいたい》をいじっている。

「沙知《さち》ー。ただいまー」

「…………」

扉《とびら》の先から声を掛《か》けても、反応がない。変わらず携帯《けいたい》をいじっている。この距離《きょり》だから、聞こえていないわけはないのだけれど。

僕《ぼく》はリビングに入っていくと、彼女の耳元で大きく「たーだーいーまー」を突きつける。沙《さ》知《ち》は嫌《いや》そうに顔を顰《しか》めると、頭の下に敷《し》いていたクッションで「うっさい！」と僕《ぼく》を叩《たた》いてきた。

「ただいまって言っているのに、何も返さないからでしょう。はい、ただいま」

「おかえり。本当おにぃ、最近鬱陶《うっとう》しいよね」

「普《ふ》通《つう》の高校生ならこんなもんでしょ」

クッションを元の位置に戻《もど》しながら、ぎろりと僕《ぼく》を睨《にら》んでくる沙知《さち》。生意気盛《なまいきざか》りらしく、最近こんなやり取りばかりしている。

「家にいるんだから着替《きが》えた方がいいんじゃない。制服シワになるよ。シワになって困るのは沙《さ》知《ち》だからね」

「もー、うるさいな！　わたしの勝手でしょ！」

沙《さ》知《ち》は声を荒《あら》げながら僕《ぼく》を叩《たた》くと、背を向けてしまった。ぜんぜん言うことを聞かない。仕方がないので部屋に向かおうとしたが、ふと思い立って沙知《さち》に尋《たず》ねてみる。

「ねえ、沙知《さち》。山吹《やまぶき》さん……、いや、灯里《あかり》ちゃんって覚えてる？」

当時の呼び方を引っ張り出してきて、沙知《さち》に問いかける。昔はよくウチにも遊びに来ていた。沙《さ》知《ち》とも顔を合わせていたけど、どうだろう。

「…………」

思った通り、沙知《さち》は渋《しぶ》い表情を浮《う》かべていた。覚えてなかったか、と思ったが、どうやらそうではないらしい。沙知《さち》は僕《ぼく》の顔を見ないまま、素《そ》っ気《け》なく言う。

「あれでしょ。おにぃの幼《おさな》馴染《なじみ》でしょ。よくおにぃがいっしょに遊んでいた」

覚えていたようだ。よくよく考えてみると、そこまで沙知《さち》が小さい頃《ころ》の話でもなかったし、覚えているのは当然かもしれない。

「あらー、懐《なつ》かしい名前が出たわね。灯里《あかり》ちゃんって」

キッチンから出てきた母さんが、手をエプロンで拭《ふ》きながらやってくる。

「昔は喜一郎《きいちろう》とよく遊んでいたものねぇ。ほら、あの頃は沙知《さち》がお兄ちゃんにべったりだったから、家に灯里《あかり》ちゃんが来るとひとりだけ機嫌《きげん》悪くなってねぇ」

「お母さん！　そんな昔の話しないで！」

がーっと沙知《さち》が怒《おこ》ると、母さんはおかしそうに笑っていた。

あぁそうだったっけ。何だか今と違《ちが》いすぎて、時間というものを強く感じさせられてしまう。

今日は久しぶりに山吹《やまぶき》さんと話すことができたけれど、きっと昔のような関係に戻《もど》ることはないのだろう。

「……なに、おにぃ」

顔を赤くし怒《おこ》っていた沙知《さち》が、眉《まゆ》を顰《ひそ》めて僕《ぼく》を睨《にら》んでくる。

「いや、沙知《さち》も昔は素直で可愛《かわい》かったのになぁって」

そう言い終わる前に、僕《ぼく》の顔にクッションが飛んできた。

※

「やめてよ、それあかりの！　かえしてってば！」

小学生になったばかりの山吹《やまぶき》さんは、イジメとまでは言わないものの、クラスの男子から嫌《いや》がらせを受けることがあった。これはその中のひとつ。何人かで山吹《やまぶき》さんの私物を奪《うば》い、山吹《やまぶき》さんに捕《つか》まらないようにしながら私物を仲間内で投《な》げ渡《わた》していく。山吹《やまぶき》さんは必死に追う。しかし、物を投げるほうが断然早い。だから、山吹《やまぶき》さんはずっと追いかける羽目になる。意地の悪い嫌《いや》がらせだ。

「ほら、こっちだよ！」

「へーい、パスパス！」

彼らとて、本気で山吹《やまぶき》さんに嫌《いや》がらせをしたかったわけではないだろう。ただ、山吹《やまぶき》さんに構ってもらいたかったのだ。好きな女の子に意地悪する。バカな男子のやりがちなことだ。こんなことをすれば、嫌《きら》われてしまうのは間違《まちが》いないのに。

「こらーっ！　あかりちゃんをいじめるな！」

そこに現れるのが僕《ぼく》。今では考えられないほどの積極性で、彼らを止めに入った。相手がガキ大将だろうと関係なかった。太った大きな身体に恐《おそ》れを抱《いだ》きながらも、僕《ぼく》は必死で山吹《やまぶき》さんを庇《かば》った。

「なんだよおまえ、あかりのことすきなのかよ」

「こいつら、できてるんじゃねーの」

返ってくるのはそんな冷やかし。しかし、その程度だ。ガキ大将も周りの男子も僕《ぼく》と殴《なぐ》り合《あ》おうとまでは思わない。「もういいじゃん、いこうぜ」と立ち去っていく。その程度の悪意。無邪気《むじゃき》な悪意。この程度なら、ちょっとの勇気で撥《は》ね返《かえ》せる。

もしこれが、陰湿《いんしつ》な悪意に塗《まみ》れたものなら、きっと僕《ぼく》の手に余っただろう。けれど、そうではない。所詮《しょせん》、小学生の、しかも低学年がすることだ。

秋人《あきひと》も「いじめられっ子だった俺《おれ》を助けてくれた」と大袈裟《おおげさ》に言うが、僕《ぼく》がやったことはそんな大それたことじゃない。クラスのみんながサッカーやドッジボールで遊ぶとき、秋人《あきひと》は身体が小さかったから仲間に入れてもらえなかった。それに僕《ぼく》が声を上げただけだ。「秋人《あきひと》も仲間に入れようよ」と。精々《せいぜい》その程度のことしかしていないのだ。

そんな少しの勇気だけで、ヒーローになれた。

いじめられて泣いてしまった山吹《やまぶき》さんの手を引いて、僕《ぼく》は彼女といっしょに帰った。

「きぃくん、あかりもうやだよ。いつもいじわるされてばっかり。きっとあしたもいじわるされちゃうよ」

そう言って泣く。その度に僕《ぼく》は「だいじょうぶだよ」とか「またぼくがたすけにいくよ！」

なんて胸を張って言った。

「……きぃくんは、なんでいつもあかりのことをたすけてくれるの？」

「それはね、ぼくがあかりちゃんのことがだいすきだから！」

「……えへ。あかりも、きぃくんのことだいすき！」

めそめそ泣いていた彼女が、ようやく笑顔になった。花が小さく咲《さ》くように。きっとそのときの僕《ぼく》は、彼女にずっとこうやって笑っていてほしいと思ったんだろう。

だから、こんなことを言った。

「ねぇ、あかりちゃん。ぼく、やくそくするよ」

「なにを？」

「あのね——」

※

「おにぃ。朝。起きてってば」

「……ん」

身体をゆさゆさと揺《ゆ》すられたせいで、微睡《まどろ》んでいた頭が徐々《じょじょ》に目を覚ます。妹の気だるげな声とともに、外から鳥の鳴き声が聞こえてきていた。朝か。窓から差し込む光が眩《まぶ》しくて、つい目を細めてしまう。

むくりと起き上がると、パジャマ姿の沙知《さち》がさっさと背中を向けた。未だぼうっとしている頭で、「おはよう。ありがと」とだけ告げる。彼女はそのまま部屋を出ていった。さすがに朝から挨拶《あいさつ》がどうの、と言う気にはなれない。

「……また、懐《なつ》かしい夢を見たなぁ」

随分《ずいぶん》昔の夢だ。本当に小さかった頃《ころ》の、山吹《やまぶき》さんと仲のいい幼馴染《おさななじみ》をやっていたときの夢。昨日の出来事が原因だろう。目覚めが良くないのも、昨夜、寝《ね》つきが悪かったせいだ。あんなことがあって平気で寝《ね》られるほど、僕《ぼく》の神経は太くなかった。

部屋を出て階段を下り、洗面所に入って顔を洗う。眠気《ねむけ》を覚ますためにもザバザバと。歯ブラシに手を伸《の》ばしながら、頭に浮《う》かぶのは見たばかりの夢のことだ。

夢の中では、僕《ぼく》はヒーローだった。

いじめっ子から彼女を助け、泣き顔を笑顔に変えられるヒーロー。ちょっとだけ勇気を持ったヒーローだ。

そうじゃなくなったのは、いつの頃《ころ》からだろうか。鏡の中の自分を見つめる。ぱっとしない平凡《へいぼん》な顔だ。山吹《やまぶき》さんのようにかわいいわけでもなく、秋人《あきひと》のように格好良いわけでもない。普通《ふつう》の、顔だ。

山吹《やまぶき》さんは昔から可愛《かわい》かった。世界一とは言わないまでも、子供心でも可愛《かわい》らしいと思えるような顔立ちだった。僕《ぼく》は当然、別段格好良いわけではなかったが、そんなことは気にならなかった。子供だったからだ。それに何より、あの頃《ころ》の僕《ぼく》はヒーローだったわけで。

彼女がかわいいお姫《ひめ》様だというのなら。

僕《ぼく》はすげー格好良いヒーローなのだ。

しかし、歳《とし》を重ねればそれが違《ちが》うことに気が付く。子供ながらに理解する。自分は、それほど特別ではない。子供たちの中でさえ、特別になれないということに。

ちょっとの勇気だけじゃ、どうにもならないことに気が付く。

例えば、めちゃくちゃに足が速い子。勉強がとっても得意な子。クラスで一番背が高い子。容姿がすごく可愛《かわい》らしい子。凄《すご》い特技がある子。

そういう子たちは特別だ。得意な分野で一番になれる子たちは、やっぱりヒーローだった。さらに歳《とし》を重ねれば、漠然《ばくぜん》としていたその基準がより明確になってくる。

運動部の一年生でレギュラーになった子。偏差値《へんさち》の高い学校に入学した子。何人もの男子に告白された女の子。女の子からいつもきゃーきゃー言われるような男の子。

　もちろん、山吹《やまぶき》さんはその特別側の人間だった。ふたりで遊んでいたときは気が付かなかったが、小学校に入学し、学年が上がっていくにつれてはっきりとわかった。彼女は年齢《ねんれい》が上がる度《たび》に可愛《かわい》らしく、女の子らしくなっていって、小学校高学年で既《すで》に敵なしだった。きっといろんな男の子の初恋を奪《うば》っていっただろう。

　彼女が綺麗《きれい》になればなるほど、彼女の周りには特別な人が集まっていった。格好良い人、かわいい人、勉強ができる人、運動ができる人。まるで特別な人間同士じゃないと関われないとさえ思えたくらいだ。

　彼女は特別だ。周りも同じように特別である。

　だけど僕《ぼく》は、特別じゃない。

　僕《ぼく》はヒーローだ、と信じていたときならいざ知らず、平凡《へいぼん》を思い知った僕《ぼく》はもう彼女のそばにいることができなかった。

　別に劣等感《れっとうかん》を覚えたわけではない。山吹《やまぶき》さんのことが嫌《いや》になったわけじゃない。ただ、山吹《やまぶき》さんの近くに僕《ぼく》がいることが、場違《ばちが》いだと思えてしまったのだ。

　特別な人同士でいる方が、彼女のためだと思ったのだ。

　そうなってから、僕《ぼく》と山吹《やまぶき》さんの関係は徐々《じょじょ》に疎遠《そえん》になっていき、小学校を卒業するときにはすっかり交流がなくなってしまっていた。

　そして、今に至る。

いつも通り学校に向かう。最初は通うのに戸惑《とまど》った電車通学も、一ヶ月経てばすっかり慣れてしまった。

昨日は不可思議な現象の連続で、今もその渦中《かちゅう》にいるというのに、特に変わらずいつも通り学校へ行けてしまう。周りもいつも通りの風景。違《ちが》うのは、電車の中でつい山吹《やまぶき》さんの姿を探してしまったことくらいだろうか。

彼女は昨日、無事に過ごせただろうか。

山吹《やまぶき》さんに直接訊《き》けたらよかったのだが、僕《ぼく》は彼女の携帯《けいたい》の番号も知らない。それに、もし〝不干渉《ふかんしょう》の呪《のろ》い〟が発現していたら、携帯《けいたい》を持つこともできないだろう。確認する術《すべ》がなかった。

残念ながら電車内に山吹《やまぶき》さんはおらず、普段《ふだん》と変わらない駅で降りていく。駅から学校まで徒歩十分。学校まではほぼ一本道で、その間も住宅街がある程度なので、その駅で降りていくのは学生ばかりだ。学校へ向かう道中で、学ランとセーラー服だけだった生徒の中に、ブレザーの学生姿が混ざっていく。行き先は同じ。分かれるのは敷地《しきち》に入ってからである。

県立桜東《おうとう》高校と桜東《おうとう》中学校。同じ敷地内《しきちない》にあるのに、制服は高校が学ラン、セーラー服、中学はブレザーと分かれている。中学から高校へ進学する生徒の間では、これが賛否両論あるらしい。僕《ぼく》は違《ちが》う中学校だったので、そこに思うところはないのだけど。

ふたつの学校があるので敷地《しきち》は普通《ふつう》の学校よりかなり広く、生徒数も多い。一部の施設《しせつ》は共用にされているものの、それでもだ。通学路を歩く生徒の数も多い。

「……ん」

歩いていると、随分《ずいぶん》と目立つ背中が見えた。セーラー服が違和感《いわかん》を醸《かも》し出《だ》している女の子。遠くからでもよくわかる。日本人離《ばな》れした銀色に桃色《ももいろ》の混じった髪《かみ》を大きな三つ編みにして、地面スレスレのところで揺《ゆ》らしている。色だけでなく量も凄《すご》い。あれで肌《はだ》は褐色《かっしょく》なのだから、どんなに遠くでも見間違《みまちが》いようがなかった。

「……おはよう、小春《こはる》。普通《ふつう》に登校してくるんだね」

僕《ぼく》と同じように登校していたのは、〝青春の呪《のろ》い〟の精霊《せいれい》。小春《こはる》だ。彼女はほかの生徒と同じように、歩いて学校へ向かっていた。

「あぁ、喜一郎《きいちろう》さん。おはようございます。わたしだって登校しますよ。ここの生徒なんですから」

彼女はにこりともせずに、そんなことをすらすらと言う。周りの人も小春《こはる》に違和感《いわかん》を覚えていないようだ。何とも不思議な光景だった。桜の木から現れた精霊《せいれい》が、制服を着て登校しているというのは。

しかし、彼女があくまで学校の生徒だ、と主張するなら、疑問になることがひとつある。

「小春《こはる》って普通《ふつう》に人として生活しているってこと？　どこかに家もあるの？」

「やめてください、こんな道端《みちばた》でどこ住み？　なんて。朝っぱらからナンパですか、このすけべ」

「……別にすけべではない。それにナンパでもない」

どうやら真面目に答えてくれる気はないらしい。それならそれで仕方ない。ならば今度は小《こ》春《はる》のことではなく、彼女のことを聞くことにした。

「今朝は山吹《やまぶき》さんは？　小春《こはる》が登校するのなら、てっきり山吹《やまぶき》さんといっしょだと思っていたんだけど」

「呼ばれたら行きますけど、呼ばれなかったら行きませんよ。それに昨夜、灯里《あかり》さんは一度くしゃみをしていないので、〝不《ふ》干渉《かんしょう》の呪《のろ》い〟も発現しませんでした」

……そうか。それならよかった。いくら家にいるといっても、あの状態にされてしまったら辛《つら》いだろうから。

そのまま小春《こはる》といっしょに登校して、昨日と同じように教室へ入っていった。小春《こはる》は迷うことなく教室の一番後ろの席へ移動し、そこに鞄《かばん》を置いた。昨日までそこに机はなかった。ほかの席の位置も、辻褄《つじつま》を合わせるように移動している。けれど、周りの生徒は気にした様子もなく、小春《こはる》におはよう、と声を掛《か》けている。

「おはよう、白熊猫《しろくまねこ》」

そんな声が聞こえてぎょっとした。なんだその不気味な言葉は。と思ったが、あれだ。小春《こはる》の苗字《みょうじ》だ。白熊猫《しろくまねこ》小春《はる》。彼女は容姿だけでなく、名前も凄《すさ》まじい。

呆《あき》れながら、僕《ぼく》も自分の席へ向かう。それとなく視線を巡《めぐ》らせていると、山吹《やまぶき》さんは既《すで》に教室の中にいた。自分の席でほかの子とおしゃべりしている。その姿を見て、何となくほっとする。頬《ほお》にも不干渉《ふかんしょう》のマークはない。彼女は無事に、学校へ来られたようだった。

僕《ぼく》がひとりで安心していると、山吹《やまぶき》さんと目が合ってしまった。彼女は一瞬《いっしゅん》、視線を外しかけたが、ぎこちない動きで軽く手を上げてくれた。僕《ぼく》も同じように返す。きっと僕《ぼく》の方がよっぽど動きが硬《かた》かっただろうけど。

「おう、喜一郎《きいちろう》。おはようさん」

僕《ぼく》の前の席のつばさが、口をもごもごさせながら挨拶《あいさつ》をしてくる。その手には袋《ふくろ》詰《づ》めのポテトチップス。バリボリと豪快《ごうかい》に食べているせいで、あぐらをかいたスカートの上にぼろぼろと落ちてしまっている。口の周りにもつけながら。おはようを返してから、「ついてる」と指《し》摘《てき》すると、彼女は手の甲《こう》でぐしぐしと拭《ぬぐ》った。

「おいおい、小野塚《おのづか》。そりゃないだろう。これ使っていいから、手と口を拭《ふ》けって」

ちょうど通りかかった秋人《あきひと》に見られていたらしく、彼はポケットティッシュをつばさに差し出した。悪びれもせず、「おお、さんきゅ」とつばさは受け取ると、これまた乱暴にティッシュで口元を拭《ぬぐ》う。

　つばさに秋人《あきひと》。昨日、放課後に小春《こはる》と別れの挨拶《あいさつ》を交わしていたふたりだ。ふたりとも変わった様子は見られなかった。しかし、思わず僕《ぼく》は尋《たず》ねてしまう。

「あのさ、ふたりとも。ちょっと聞きたいんだけど。小春《こはる》って前からこのクラスにいた？」

「は？」

「あん？」

　つばさはバカにしたような目で、秋人《あきひと》はきょとんとした様子で。何を言っているんだこいつは、と言わんばかりの表情を僕《ぼく》へ向けてくる。

「わけのわからないことを言うじゃないか、喜一郎《きいちろう》。それってどういう意味だ？」

「いや、えっと……。じゃあ、小春《こはる》って何か特別な感じがしない？　その、見た目とかさ。普《ふ》通《つう》の高校生じゃないっていうか」

「見た目？　おれは別に特別だって感じたことはねーけど」

　つばさは小春《こはる》に目を向けながら、不審《ふしん》そうに言う。僕《ぼく》の言動がおかしい、とでも言いたげに。

しかし、銀髪褐色《ぎんぱつかっしょく》の少女を特別に感じない、というのは明らかに変だろう。

「白熊猫《しろくまねこ》、昨日のアレ観《み》た？」

「昨日わたしが見ていたのは虚空《こくう》くらいなものですよ」

「えぇ、なにそれこわ……」

ほかのクラスメイトも小春《こはる》とは普通《ふつう》に接している。以前からのクラスメイトでもあるかのように、平然とだ。違和感《いわかん》を覚えているのは僕《ぼく》と、さっきからちらちらと小春《こはる》の様子を窺《うかが》っている山吹《やまぶき》さんだけのようだ。

「変な奴《やつ》だなぁ」

つばさは呆《あき》れた声を出しながら、食べ切ったポテチの袋《ふくろ》をクシャクシャと丸めていた。

「……あ、そうだ。喜一郎《きいちろう》、山吹《やまぶき》さんのこと、いつでも相談に乗るからな。力になれるかどうかわからないけど、頼《たよ》ってくれよ」

席を離《はな》れる直前、思い出したように秋人《あきひと》は僕《ぼく》へ耳打ちしてくる。そして、男前に笑うのだ。早速《さっそく》、「実は山吹《やまぶき》さん、呪《のろ》われているんだけどどう思う?」と相談したくなるような笑みだった。

昼休みに小春《こはる》から呼び出された。お昼には青春ミッションが届くはず。そういう予定らしいので、山吹《やまぶき》さんといっしょにだ。

向かったのは、屋上へ続く階段の踊《おど》り場《ば》。屋上は開放されていないので、ここへやってくる生徒はおそらくいない。聞こえてくる声も遠かった。

内容が内容だけに、ほかの人に聞かれたら妙《みょう》な誤解を受けかねないので、わざわざ人気《ひとけ》のないところを選んだわけだ。

小春《こはる》と山吹《やまぶき》さんは隣《となり》同士で階段に腰掛《こしか》け、僕《ぼく》は向かい合わせに座る。思い思いの昼ご飯を取り出した。

「ミッションはまだ来ていないの？」

僕《ぼく》が弁当箱を開きながら小春《こはる》に尋《たず》ねると、「もう少しで来ると思います」という返事をもらう。彼女は市販《しはん》の焼きそばパンを持ってきており、小さな口で齧《かじ》っていた。

「何でもいいから早く来てほしいものだわ」

山吹《やまぶき》さんが疲《つか》れた表情を浮《う》かべた。彼女もお弁当だ。僕《ぼく》のものよりいくらか小ぶりの、可愛《かわい》らしいピンクの容器。しかし、その蓋《ふた》がぱかっと開けられて、僕《ぼく》はぎょっとする。その中身にだ。小さな弁当箱にぎゅうぎゅうに詰《つ》められている、レタス、キュウリ、キャベツ、トマト、ブロッコリー。真ん中にはどん、と豆腐《とうふ》が乗っかっている。野菜と豆腐《とうふ》オンリー。それ以外に存在していない。

「……何そのお弁当。凄《すご》いね」

言われ慣れているのか、彼女はフォークを取り出しながら歌うように言う。

「生野菜。それは健康と美しさの秘訣《ひけつ》。豆腐《とうふ》はおばあちゃんが身体にいいって言ってたから。わたしは外側はもちろん、中身も世界一でありたいのよ」

サラダにフォークを突《つ》き刺《さ》し、さくさくと食べている。「おいしー」と小さく呟《つぶや》いているあたり、無理して食べているわけじゃなさそうだ。豆腐《とうふ》サラダだけで足りるのか、とも思ったが、あれだけの量の野菜を食べたらお腹いっぱいにもなるだろう。

「〝青春ミッションボード〟のルールについて、昨日説明しきれなかったことがひとつありまして」

焼きそばパンを半分ほど食べたあと、小春《こはる》が指を一本立ててそう言う。

「『記憶《きおく》』についてです」

なにそれ、と山吹《やまぶき》さんが声を上げた。

「少しややこしいのですが」

そう前置きをしてから、小春《こはる》はゆっくり口を開く。

「青春ミッションを完了した際、その完了の証明として『記憶《きおく》』を頂戴《ちょうだい》することがあります。もらう記憶《きおく》は〝青春ミッション〟に関わること。要求された場合、その記憶《きおく》を差し出さない限り、ミッションを完了することはできません。どんな記憶《きおく》を奪《うば》われるのか、奪《うば》われる前にわかることもわからないこともあります」

記憶《きおく》を、奪《うば》われる。

それだけ聞くと、何とも重い話ではあるのだが、いまいち実感しづらい。どんな記憶《きおく》が奪《うば》われるかわからない、奪《うば》われるかどうかすらわからない。それでは覚悟《かくご》しようがない。

「……あれ？　じゃあ、僕《ぼく》たちってもしかして昨日ので記憶《きおく》を奪《うば》われたりしたの？」

昨日、僕《ぼく》たちはひとつのミッションをこなした。そのおかげで呪《のろ》いの力はわずかに弱まった。ミッションは完了しているはずだけれど、記憶《きおく》を奪《うば》われたようには思えない。いや、本当に記《き》憶《おく》を奪《うば》われていたとしたら、それにも気が付かないのか。

「いいえ。昨日のミッションで記《き》憶《おく》を要求されることはありませんでしたので、奪《うば》われてはおりません」

小春《こはる》は静かに否定する。どうやら、昨日のミッションは記《き》憶《おく》が要求されないほう、だったらしい。

「質問。記《き》憶《おく》を奪《うば》われてしまった場合、その記《き》憶《おく》の抜《ぬ》けた部分はどうなるの？　ぽっかり穴が開いて、思い出せなくなるってこと？」

山吹《やまぶき》さんが釈然《しゃくぜん》としない様子で尋《たず》ねる。小春《こはる》は小さく首を振《ふ》った。彼女は焼きそばパンをちぎると、それを前へ差し出してみせる。

「例えば、『わたしたち三人がお昼ご飯を食べている』という記《き》憶《おく》を奪《うば》われたとします。そうなった場合」

彼女はちぎったパンを口の中に放り込むと、新しくパンをちぎり、再び前に差し出す。

「『いつも通りのお昼休みを過ごした』だとか『いつもの友達とお昼ご飯を食べた』とか最も辻褄《つじつま》の合う記《き》憶《おく》で埋《う》められることになります。なので、記《き》憶《おく》を奪《うば》われたことには気が付かないのです」

……なるほど。そんなふうにされてしまえば、奪《うば》われたという実感すら持てない。それは不気味だ。できれば避《さ》けたい。しかし、記憶《きおく》を要求された場合、記憶《きおく》を失わなければ、ミッションは完了したことにならないという。選択肢《せんたくし》は最初からないようなものだった。

「まぁどうせ避《さ》けられないので、悩《なや》む必要もないのですが……、っと失礼」

小春《こはる》が説明を途中《とちゅう》で区切ったかと思うと、ポケットから携帯《けいたい》を取り出していた。着信があったのだろうか。こう見ると完全にただの女子高生だ。実は彼女は留学生か何かで、今までのはすべてドッキリなのでは、という気さえ起きてしまう。

しかしそれは、ただの現実逃避《とうひ》だ。すぐにそれが証明されてしまう。

小春《こはる》が携帯《けいたい》を取り出し、ディスプレイを眺《なが》めながら「きました」と言った瞬間《しゅんかん》、その携帯《けいたい》が弾《はじ》け飛《と》んだ。細かい桜の花びらに姿を変えながら、空中へ勢い良く四散する。それが宙でぴたりと止まった。時間を巻《ま》き戻《もど》すように再び小春《こはる》の手の上に集まったかと思うと、花びらはその姿を変化させている。黒い装丁《そうてい》の大きな本に。

〝青春ミッションボード〟。突然現れたそれに対して、山吹《やまぶき》さんは「心臓に悪い」と渋《しぶ》い顔をした。

彼女はページを開きながら、「これが新しいミッションです」と僕《ぼく》たちの前へ差し出す。僕《ぼく》と山吹《やまぶき》さんは同時に顔を見合わせた。心臓が嫌《いや》なリズムで音を鳴らす。昨日のミッションは苦難ばかりで、とても上手くいったとは言えない。今度はどんな難題をふっかけられるというのか。またあの詩のような言い回しを、読み解かなくてはならないのか。

僕《ぼく》と山吹《やまぶき》さんは頷《うなず》き合《あ》うと、開かれたページを覗《のぞ》き込《こ》んだ。果たしてそこには、僕《ぼく》たちが担《にな》うミッション内容が書かれていたのである。

『夜の学校にこっそり忍《しの》び込《こ》んで、かわいいあの子とプールではしゃいじゃえ〜！　きゃー！　青春☆』

「文体統一して」

読んだ瞬間《しゅんかん》にそんな言葉が飛び出した。いやなにこれ。思っていたのとぜんぜん違《ちが》うんだけど。

「なんでこんなに頭の悪そうな文章なの……。昨日のはちょっと詩みたいな、回りくどい文体だったじゃない」

「わたしに聞かれても知りませんよ」

僕《ぼく》の疑問に小春《こはる》は鬱陶《うっとう》しそうに答える。いや、これは物申したくなるだろう。呪《のろ》いなんだったら、そこはきっちり厳格なままでいて欲しかった。

「まぁちょっとアレな文章だけど……、その代わり、わかりやすくはあるんじゃない？」

山吹《やまぶき》さんが苦笑をこぼす。……まぁ確かに、昨日のミッションと違《ちが》い、ストレートな表現なので間違《まちが》いようがないし、わかりやすい。内容ははっきりしていた。

ただ、その内容が問題ではあるのだけれど。

「夜の学校に忍《しの》び込《こ》む……、か。大丈夫《だいじょうぶ》なのかな」

「できるできないで言ったらできるんだろうけど……、まぁ見つかったら怒《おこ》られるわよね」

山吹《やまぶき》さんと顔を見合わせ、お互《たが》いにちょっと困った顔をしてしまう。何せ、ふたりともあまり悪いことに対して経験がない。物怖《ものお》じするのは仕方なかった。

「忍《しの》び込《こ》めたとしても、指示も曖昧《あいまい》だしね……、プールではしゃぐってどうすればいいんだろう」

「そうねぇ……、まぁ『かわいいあの子』はわたしでいいとして」

「…………」

さらりと言ってのける。僕《ぼく》が思わず彼女の顔をまじまじと見てしまうと、山吹《やまぶき》さんは「？」と首を傾《かし》げた。……あぁ、おかしなことは何も言っていない。確かに彼女はかわいいのだから。

「じゃあ……、まぁ。とにかく行ってみましょうか。それで青葉《あおば》くん、悪いんだけど今夜早速《さっそく》、付き合ってくれる？」

彼女の言葉に僕《ぼく》は頷《うなず》く。夜の学校に忍《しの》び込《こ》むのは抵抗《ていこう》があるけれど、ミッションならば仕方がない。

それに、なんだかんだでこの状況《じょうきょう》に少しばかり興奮を覚えていたのだ。確かにこれは、青春っぽいかもしれない。

——で。

およそ二十時。僕《ぼく》と山吹《やまぶき》さんは、家の近くで待ち合わせしていた。ご近所さんの強みだ。すっかり暗くなった住宅街はあまり物音が聞こえてこない。たまに車が通ることで、ようやく人の気配を確認できる程度。まだそんなに遅《おそ》くなっていないのに、随分《ずいぶん》静かだ。虫が電灯に集まるのを見つめる。

「お待たせ」

山吹《やまぶき》さんの声が聞こえて、そちらに目を向ける。彼女は手をひらひらとさせながら笑っていた。時間ぴったりである。こうやって夜に会うのはなかなか新鮮《しんせん》なのだけれど、服装はいつもと変わらずセーラー服。僕《ぼく》も学ランである。一応、学校内に入るわけだから、制服で来た方がいいと判断したのだ。

「それじゃあ、いこっか」

山吹《やまぶき》さんに促《うなが》されて歩き出す。夜だからといって、学校への行き方は変わらない。駅で電車に乗ってあとは徒歩だ。だからこそ、こうもすんなりと山吹《やまぶき》さんが出てこられたことに少し驚《おどろ》いた。

「山吹《やまぶき》さん、なんて言って家を出てきたの？」

「ん？　学校に忘れ物を取りに行くって言って出てきたけど？」

僕《ぼく》と同じだ。親には忘れ物をした、と言ってある。そこまで遅《おそ》い時間ではないし、何より僕《ぼく》は男だったので、特に心配されることもなかった。けれど山吹《やまぶき》さんは違《ちが》う。こんなにもかわいい女の子を、夜道に出すのは危険だとは思わなかったのだろうか。

「あ、大丈夫《だいじょうぶ》。お母さんには『青葉《あおば》くんといっしょに行く』って言ったら、じゃあいいよ、って言われたから」

「…………」

信頼《しんらい》の言葉は嬉《うれ》しいような、申し訳ないような。山吹《やまぶき》さんのお母さんとは会えば挨拶《あいさつ》はするけれど、信頼《しんらい》してもらえるような間柄《あいだがら》ではない。未だに親たちの目からは、仲の良かった頃《ころ》と同じように見えているのかもしれない。

まぁ今回はそれがいい方向に転んだわけだけど。山吹《やまぶき》さんがいないとミッションはクリアできない。ミッションを行うのは僕《ぼく》だけれど、ミッションボードには「かわいいあの子」という表記があった。僕《ぼく》がひとりで行ってもミッションは遂行《すいこう》できない。

そもそも、ひとりだったらどうやってプールではしゃぐのか、という話だけど。

いつもと同じように電車に乗り、同じ駅で降りる。違《ちが》うのは座れるくらいに乗客が少ないことと、周りに学生がいないことだろうか。それは降りてからも同じだった。登下校時は学校から駅まで生徒がたくさん歩いているが、今は人の気配がない。おかげで、見咎《みとが》められることなく、校門前までやってこられた。

しかし、当然のように校門は閉まっている。校舎も真っ暗だ。暗いグラウンドに静まり返った校舎、いつもの学校とは全く違《ちが》った雰囲気《ふんいき》である。立ち入りを禁じる。そう暗に言われているかのようだった。

「中は……、だれもいない、のかしら」

「多分。先生たちももう帰っちゃったんじゃない？」

校門前でひそひそと内緒話《ないしょばなし》をする僕《ぼく》たち。しばらく様子を窺《うかが》う。けれど、確証が得られない。

本当にだれもいないのだろうか。

「……一応、学校の周りをぐるっと回って確認してみようか」

「そうしましょう。中で鉢合《はちあ》わせするのが、一番怖《こわ》いし」

山吹《やまぶき》さんと頷《うなず》き合《あ》う。侵入《しんにゅう》してから実は人が残っていました、ではお話にならない。教師に見つかればただじゃ済まないだろうし、ここは慎重《しんちょう》にいくのが一番だろう。

僕《ぼく》たちは学校内に目を向けながら、周りの道を歩いていく。静かだった。学校の中も、僕《ぼく》たちが歩いている道も。通行人も見掛《みか》けない。今、校門を乗り越えて侵入《しんにゅう》しても、きっとだれにも見られないのではないだろうか。

「えーと、『夜の学校』はこれでクリアでしょ。『かわいいあの子』はわたし。で、あとはプールではしゃげば、ミッションはクリアでいいのよね？」

山吹《やまぶき》さんが指折り数えながら、ミッションの内容を確認している。

「だと思うよ。プールではしゃぐ、っていう指示が曖昧《あいまい》でやりづらいけど」

「白目を剝《む》きながら、あばばばーってプールサイドを走り回ればはしゃいでる感出ない？」

「それだれがやるの？　僕《ぼく》じゃないよね？」

彼女は僕《ぼく》の問いには答えず、「ま、今回のミッションは問題なさそうでよかったわ」と笑う。

まぁ、それは確かに。前回のミッションは大変な目に遭《あ》った。毎回あんな思いをしたくはない。

実際のところ、僕《ぼく》たちはほとんどミッションをクリアした気になっていた。難関は既《すで》に突破《とっぱ》しているからだ。今回のミッションで難易度が高いのは、夜に家を抜《ぬ》け出《だ》すことと、学校に忍《しの》び込《こ》むこと。前者は既《すで》に達成したし、確認できれば学校内の侵入《しんにゅう》も容易だろう。問題はない。

……そう思って、僕《ぼく》たちはすっかり油断していたのだ。

「……君たち、こんな時間に何をしているのかな」

突然、後ろから声を掛《か》けられて、びくっと飛び上がりそうになる。恐《おそ》る恐《おそ》る振《ふ》り返《かえ》ると、なんとそこには警察官が立っていた。中年の男性と若い男性。彼らは人の良さそうな笑顔を向けながらも、僕《ぼく》たちの姿をじろじろと見ている。

「この学校の生徒さん？　それ、ここの制服だよね？　でも、学校はもう真っ暗だし、何をしているのかなーって声掛《か》けさせてもらったんだけど」

……まずい。

制服で来たのが裏目に出た。深夜というわけではないし、「こんな時間に」と言われるような時刻ではないような気はするが、状況《じょうきょう》がまずかった。制服を着た男女ふたりが、真っ暗な学校の前でうろうろしていたら、そりゃ警察官だったら声も掛《か》けるだろう。

「あぁ、ええと、その……」

ふたりの警察官を前に、僕《ぼく》は何も言えなくなってしまう。威圧感《いあつかん》が強すぎる。悪いことをしていなくても警察官を見れば身構えるのに、今はその悪いことをしようとする前だ。普通《ふつう》の高校生なら怯《ひる》んでしまう。言い訳も出ない。どうしよう、補導されてしまうのだろうか……？

「そっちの子はどうしたの。こっちを向きなさい」

若い方の警察官が、山吹《やまぶき》さんに声を掛《か》ける。彼女はなぜか、前を向いたまま決して振《ふ》り返《かえ》ろうとはしなかった。反抗《はんこう》しているわけではないらしい。目をぐりぐりと動かして、焦《あせ》りの表情を浮《う》かべている。

「ど、どうしたの」

僕《ぼく》が小声で尋《たず》ねると、彼女も同じように小声で、「いや、振《ふ》り返《かえ》ったらわたしは絶対顔を覚えられる」と早口で言った。……なるほど。世界一の美貌《びぼう》が、こんなところで裏目に出るとは。

「ほら、どうしたの。理由があってここにいるのなら、その理由を言ってごらん」

諭《さと》されても、言えるような理由ではない。こっちは学校に忍《しの》び込《こ》もうとしているのだ。かといって、代替《だいたい》になる言い訳も持っていない。前もって考えておくんだった。混乱を起こしている頭では、何も思い付きそうにない。

どうしよう。どうするべきか。

視線を感じて、横を見る。山吹《やまぶき》さんが目線をこちらへ向けていた。その瞳《ひとみ》には何かの決意を感じる。彼女はきゅっと引き結んだ唇《くちびる》を一瞬《いっしゅん》緩《ゆる》め、「やるしかない」と僕《ぼく》にだけ聞こえる声で言う。……ちょっと待って。僕《ぼく》が戸惑《とまど》っているのに、山吹《やまぶき》さんは力強く頷《うなず》いた。……この人、やる気だ！

「ゴウッ！」

その掛《か》け声《ごえ》とともに、山吹《やまぶき》さんは見事なフォームで地面を蹴《け》った。道をまっすぐに駆《か》け抜《ぬ》けていく。それに引っ張られるように、僕《ぼく》も同じ方向へ駆《か》け出《だ》した。

「あ、こら！　待ちなさい！」

警察官の叫《さけ》び声《ごえ》と、僕《ぼく》たちを追いかけてくる音が耳に届く。四つの靴《くつ》が地を叩《たた》いている。怖《こわ》くて振《ふ》り返《かえ》ることができず、僕《ぼく》は山吹《やまぶき》さんの背中を見ながら、ひたすら足を動かしていた。

彼女は角を一度曲がり、さらに曲がった。随分《ずいぶん》と一生懸命《いっしょうけんめい》走ったおかげか、後ろからの足音も遠く感じる。それでも振《ふ》り返《かえ》れなかったけれど。そうしているうちに、学校の周りをぐるりと一周していた。すると、山吹《やまぶき》さんは僕《ぼく》の顔を見ながら、指先を校門へぴっと向けた。口は開《ひら》かない。しかし、彼女が言いたいことはわかった。

僕《ぼく》たちは走る勢いをそのままに、校門を飛び越えた。

山吹《やまぶき》さんは見事だった。スカートを翻《ひるがえ》しながら、綺麗《きれい》に門を越えて着地してみせる。……僕《ぼく》は足を門に引《ひ》っ掛《か》けてしまった上に、ちょっとつんのめった。が、校門は越えた。すぐに物陰《ものかげ》に隠《かく》れる。

「…………………」

「…………………」

外の様子を窺《うかが》う。お互《たが》いにじっと押《お》し黙《だま》って。肩《かた》が触《ふ》れ合《あ》うくらいに身を寄せ合い、縮こまって小さくなろうと必死になる。心臓は痛いくらいにバクバクと鳴っていた。山吹《やまぶき》さんが近いからではない。楽しいときめきは今はない。

「……追いかけて、こないわね」

「……うん」

十分すぎるほど待ってから、静かに口を開く。さっきから何も聞こえてこない。遠くで犬が吠《ほ》えたくらいだ。

多分、大丈夫《だいじょうぶ》。きっと諦《あきら》めたのだろう。

「はぁー……」

ほとんど同時に深い、本当に深いため息を吐《つ》く。身体から力が抜《ぬ》けていく。そのまま地面に座り込んでしまった。見ると、山吹《やまぶき》さんも同じような格好になっている。それがおかしくて、お互《たが》いに笑ってしまった。

「危なかったわね……。まさか、補導されかけるなんて。逃《に》げ切《き》れてよかったわ」

「逃《に》げ出《だ》すとは思わなかったけどね……。山吹《やまぶき》さん、意外と肝《きも》が据《す》わってるよね」

「そう見える？」

山吹《やまぶき》さんは苦笑すると、自分の手を掲《かか》げてみせた。明らかにぶるぶる震《ふる》えている。今も止まらないようだ。僕《ぼく》も自分の両手を見ると、同じように震《ふる》えていた。また笑ってしまう。

「さ、いつまでも笑ってないで行きましょ。まだわたしたち、何も終わらせてないんだし」

彼女は立ち上がり、プールの方を指差す。確かにそうだ。既《すで》にどっと疲《つか》れているし、今ごろになって汗《あせ》も噴《ふ》き出《だ》してきたのだけれど、何も成《な》し遂《と》げてはいないのだ。

山吹《やまぶき》さんはプールに向かって駆《か》け出《だ》す。僕《ぼく》も慌《あわ》てて追いかけた。どうやら人は残っていないようだし、外から見られる心配を考えると、走った方がいいのだろう。収まっていない動悸《どうき》が、再び強くなる。走っているからではない。だれもいない夜の学校に侵入《しんにゅう》する昂揚感《こうようかん》、警察官からの逃亡劇《とうぼうげき》。悪いことをしている実感が、痺《しび》れるような興奮を身体に刻《きざ》む。

「あは。なんだかドキドキするわね」

隣《となり》を走る山吹《やまぶき》さんは、笑みを堪《こら》えることなくそう言う。同感だ。ちょっといつもと違《ちが》うだけで、こんなにも心臓は高鳴っている。

わずかな月明かりだけを頼《たよ》りに走り、屋外プールへ辿《たど》り着《つ》く。僕《ぼく》たちはまだ一度も使ったことがないプールだ。しかし、中学とそれほど変わりはない。プールの周りはフェンスで囲って

あり、すぐ近くに更衣室《こういしつ》が併設《へいせつ》されている。

フェンスの扉《とびら》に手を掛《か》ける。かしゃん、という乾《かわ》いた音が鍵《かぎ》の存在を知らせていた。

「鍵《かぎ》、掛《か》かってるわね」

「そうだね。わかってたことだけど」

「そうなると……、これも乗り越えるしかないわよね」

そういうことになる。フェンスはそれほど高いわけでもないし、鍵《かぎ》を開ける方法を探すよりずっと簡単だろう。山吹《やまぶき》さんはフェンスに両手を掛《か》けて、「よっと」という掛《か》け声《ごえ》とともに足を引っかける。身軽な身のこなしだ。これなら数秒と掛《か》からずフェンスを乗り越えられるだろうが……、いいのだろうか。山吹《やまぶき》さんはスカートだ。フェンスを登っていけば、下にいる僕《ぼく》は幸せなことになる。わざわざ指摘《してき》するつもりもないけれど。

「あ」

残念ながら途中《とちゅう》で気が付いてしまったらしい。山吹《やまぶき》さんは照れ笑いを浮《う》かべながら、「ごめん、先行って」とフェンスから降りてしまった。……うん、まぁわかっていたことだ。そんなラッキーはなかなか回ってこないってことを。

僕《ぼく》はフェンスに足を掛《か》けると、そのままひょいひょいと乗り越える。山吹《やまぶき》さんも同じように簡単に乗り越えていた。

ふたりして地に足を着けたあと、目の前の光景に「おー」と声を上げた。

夜だからプールも暗くてよく見えないのかと思っていたけれど、思《おも》い違《ちが》いだった。水面が光《ひか》り輝《かがや》いている。遠くの電灯の光、空にぽっかりと浮《う》かぶ月、ちりばめられた星の瞬《またた》き。それらがプールの上で揺《ゆ》れているのだ。綺麗《きれい》に光を反射させながら、そこに佇《たたず》んでいる。予想していたよりも綺麗《きれい》で、幻想的《げんそうてき》なプールの光景に、僕《ぼく》たちはつい声を漏《も》らしてしまっていた。

「思ったよりも綺麗《きれい》ね。プールも水も」

山吹《やまぶき》さんがたたたっとプールへ近付いていく。「プールサイドは走ると危ないよ」と僕《ぼく》はつい声をかけてしまうが、別に濡《ぬ》れてはいないし、靴《くつ》も履《は》いているし、そうでもないんだろうか。しかし、山吹《やまぶき》さんはいつの間にか靴《くつ》も靴下《くつした》も脱《ぬ》いでしまっていた。濡《ぬ》れてはいないが、あのはしゃぎようは本当に転んでしまいそうだ。

「きゃー、気持ちいい」

プールの近くにしゃがみこむと、ぱしゃぱしゃと嬉《うれ》しそうに水を弾《はじ》いている。僕《ぼく》も山吹《やまぶき》さんに倣《なら》って靴《くつ》を脱《ぬ》ぎ、裸足《はだし》になってから彼女のそばへ寄っていく。

「水、冷たい？」

「ぬるい！　ぬるいけど、ちょうどいいぬるさ！　ここ最近ちょっと暑かったからねー、気持ちいいよ」

うーん、本当に気持ち良さそうだ。つい僕《ぼく》も小走りになってしまう。

彼女の隣《となり》に座り込み、光《ひか》り輝《かがや》く水面に手を入れる。小さく飛沫《しぶき》を上げた。山吹《やまぶき》さんの言う通り、あまり冷たくはなく、しかしそれが心地好《ここちよ》い。先ほどまで走っていたこともあって、熱くなった身体を癒《いや》してくれた。飛沫《しぶき》がまた光を反射させる。ぴかぴかと光るプールの水と、心地《ここち》好《よ》い温度の水に手が触《ふ》れていると、次の欲求が生まれてきてしまう。

「……むしろ、飛び込んでしまいたいわね」

山吹《やまぶき》さんがプールを眺《なが》めながら、ぼそりと言う。

「わかるけどさ。さすがにそれは、ね」

いくら何でも、プールに入るのはダメだろう。そのときは気持ちいいかもしれないが、あとが大変だ。現実的ではない。それは山吹《やまぶき》さんもわかっているのだろう、ちぇーっと唇《くちびる》を尖《とが》らせた。「気持ち良さそうなのになぁ」と。

しばらくはしゃがんで水と遊んでいたが、我慢《がまん》できずに今度は足を水の中へ突っ込んだ。ふたり並んで足で水を弾《はじ》く。これがまたいい。少しばかり夏を先取りしているようで、特別な気分になってくる。

しかし。

「……で、どうしよ」

山吹《やまぶき》さんがぽつりと呟《つぶや》く。「どうしようね……」と返す僕《ぼく》の声も弱々しい。

『夜の学校にこっそり忍《しの》び込《こ》んで、かわいいあの子とプールではしゃいじゃえ〜！　きゃー！　青春☆』

あのアホっぽいミッション内容を思い出す。〝青春ミッションボード〟にはそう書かれていた。そして、僕《ぼく》たちはそのミッションに従っているはずなのだ。

「クリアしたなら、きっと小春《こはる》が来てくれるはずよね？　でも、何も起こらないってことは……」

「クリアしていないんだ、きっと。ミッションを達成できてない。でも……」

場所はクリアした。同行人もクリアしている。ならば、あと足りていないものといえば……。

「はしゃぎ方が足りない……？」

「そう……、なるよね」

はぁ、と山吹《やまぶき》さんがため息を吐《つ》く。足で水面を揺《ゆ》らしながら、「わたし、結構はしゃいでなかった？」と困ったように笑う。うん。はしゃいでいた。

「でも、まだまだってことなのかな……？　もっともっと、はしゃげってこと……？」

なかなかに難しい注文だ。そもそも、はしゃぐって言われてやるようなことじゃないし。プール以外に何もないこの場所で、これ以上テンションを上げるにはどうすればいいのだろうか。

「よし、やろ！　もっともっと、はしゃごう！」

山吹《やまぶき》さんは自分に言い聞かせるように声を張り上げると、水をばしゃっと蹴《け》り上《あ》げた。立ち上がってプールサイドに立つと、僕《ぼく》に向かって「ささ、青葉《あおば》くんも早く！」と手招きする。戸惑《まど》いながらも、僕《ぼく》は彼女の正面に立つ。

「ほら、青葉《あおば》くん！　テンション上げて！　白目白目！」

「白目に対する信頼《しんらい》が凄《すご》い」

しかし、そう指定されてしまうとやらなければいけない気がしてくる。よし。ミッションのためだ。山吹《やまぶき》さんのためだ。ここはバカにでも何にでもなるしかない——！

僕《ぼく》は彼女の言う通り、白目になると「あばばばー！」と声を上げながら、その場で妙《みょう》なステップを踏《ふ》んでみせる。どすどすと踏《ふ》みしめる。それを見て、山吹《やまぶき》さんは呆気《あっけ》に取られたというか、素《す》に戻《もど》りそうになっていたが、すんでのところで「いいねー！」と僕《ぼく》に人差し指を突きつけた。

「よーし、わたしも踊《おど》るわよー！　はしゃぐよ！　イェイイェイ！」

自棄《やけ》になっているとしか思えないテンションだった。声も上擦《うわず》っている。しかし、そうなりながらも彼女は踊《おど》っていた。腕《うで》を振《ふ》り振《ふ》り、腰《こし》を振《ふ》り振《ふ》り。裸足《はだし》で腰《こし》をくねらせているのは煽《せん》情的《じょうてき》ではあったのだけど、僕《ぼく》もおかしな動きをするのに忙《いそが》しかった。

しばらくの間、お互《たが》いに奇声《きせい》と妙《みょう》な動作を続けていたが、どちらともなく動きが止まった。バテたのだ。あまりにカロリー消費の激しい運動に、先に体力が尽《つ》きてしまった。荒《あら》い息をぜいぜいと繰《く》り返《かえ》す。

「…………」

「…………」

肩《かた》で息をしながら待ってはみたけれど、何も起こらなかった。

周《み》りを見渡《わた》しても、小春《こはる》が来る様子はない。ミッションを達成したときの光もない。ミッションは未だクリアに至っていないらしい。

「……うぐぅ」

突然、妙《みょう》な呻《うめ》き声をあげながら、山吹《やまぶき》さんはその場でしゃがみこむ。両手で顔を覆《おお》って、ぷるぷると震《ふる》えていた。耳まで真っ赤だ。泣き出しそうな声で、「は、恥《は》ずかしすぎる……、何がイエイよ、バカじゃないの……？」と己《おのれ》の行動を嘆《なげ》いている。いや、僕《ぼく》のあばばばーよりはマシでしょ。

「でも、困ったね。どうしよう、これ」

途方《とほう》に暮れる。八方塞《はっぽうふさ》がりだ。意図的にあれ以上のテンションを生み出すのは難しいし、かといってほかにはしゃげるようなギミックもない。これ以上、何をすればいいのかがわからないのだ。

「ね、本当にどうしよっか……」

山吹《やまぶき》さんが気落ちした様子でプールに目を向ける。僕《ぼく》も同じようにプールを眺《なが》めながら、手でぱたぱたと顔を扇《あお》いだ。暑い。わけのわからない動きで汗《あせ》をかいてしまった。見ると、山吹《やまぶき》さんも顔を扇《あお》いでいる。一筋の汗《あせ》が頬《ほお》を伝っていた。

「……あ」

何か閃《ひらめ》いたらしい。山吹《やまぶき》さんは声を上げると、水面を指差した。「ちょっと青葉《あおば》くん。あれ見てよ、あれ」と声を弾《はず》ませる。

「あれ？　あれってどれ？」

「あれだってば。ほら、真ん中のほう。見えない？」

「んー？」

山吹《やまぶき》さんの指を差しているものがわからない。何か浮《う》かんでいるのだろうか？　よく見えないので、プールに近付いて目を凝《こ》らしてみる。水面に揺《ゆ》れはない。月の光が水の中へと溶《と》け込《こ》んでいる。綺麗《きれい》な姿があるばかりで、そこにおかしなものは見られなかった。

そのときだ。

「はーい、ちょっと失礼しますねー」

山吹《やまぶき》さんが背後にぴたりとくっついて、僕《ぼく》のポケットへ手を滑《すべ》り込《こ》ませていた。身体が硬《こう》直《ちょく》する。なんだ。なんだろう、急に。あまりにも突然に急接近されて、しかもポケットに手を突っ込まれるという謎《なぞ》の行動に混乱する。

「え、あ、あの、ちょっと、何を……？」

しどろもどろで尋《たず》ねてみるけれど、彼女は何も答えてはくれない。ごそごそとポケットを漁《あさ》るばかりだ。抵抗《ていこう》できずにされるがままになってしまう。

「お、あったあった。財布《さいふ》と携帯《けいたい》は、濡《ぬ》れちゃうとまずいじゃない？」

ようやく僕《ぼく》のポケットから手を抜《ぬ》いたかと思うと、ポケットの中身までいっしょに持っていってしまった。どういうつもりなのだろう。彼女が僕《ぼく》から離《はな》れたので、慌《あわ》てて振《ふ》り返《かえ》る。

なぜかそこには、満面の笑みで立っている山吹《やまぶき》さんがいた。

「はい、どーん」

「え」

思わぬ衝撃《しょうげき》に、身体がぐらつく。バランスを崩《くず》す。視界には、僕《ぼく》を笑顔でプールへ突き飛ばす山吹《やまぶき》さんの姿だけがあった。

どぼん、と勢い良く水の中へ落ちていく。全身に水の温度が届いていく。不確かな視界と服が水を吸っていくのを感じながら、ごぼごぼと口から泡《あわ》を吐いた。慌《あわ》てて、プールの底に足をついて身体を起こす。

「な、なにするのさ、山吹《やまぶき》さんっ！」

当然ながら、そんな抗議《こうぎ》の声を彼女に上げる。プールに突き飛ばすなんて何を考えているのだ。どうしようもなくずぶぬれだ。上から下までぐっしょりだ。どうするんだこれ。帰りも電車だというのに――。

「……え」

ここまで濡《ぬ》れてしまうと、本当に困る。どうしようもない。そうなってしまっているからこそ、その光景には驚《おどろ》いた。目を疑った。

山吹《やまぶき》さんが、僕《ぼく》に向かって思い切り飛び込んできていた。プールサイドから足を離《はな》し、水の中へ向かって飛んできている。セーラー服が揺《ゆ》れる。スカートがたなびく。月明りを背にして、空を映す水面へ彼女は飛ぶ。

その光景がとても綺麗《きれい》だった。輝《かがや》く水面に負けないほどの笑顔で、プールへ飛び込んでくる彼女はどんなものよりも美しかった。

僕《ぼく》が心を奪《うば》われている間に、ばしゃん、と勢い良く彼女は着水する。飛沫《しぶき》が激しく舞《ま》い上《あ》がる。僕《ぼく》の顔にも思い切りかかった。

しばらくは水の中でごぼごぼとしていた彼女だったが、飛び込むときと同じくらいの勢いで顔を出した。ぷは、と口を開く。ぷるぷると首を振《ふ》ると、髪《かみ》から小さな水飛沫《みずしぶき》が生まれていく。

「あーッ！　気持ちイイ！　最高に気持ちいいよ！」

彼女は顔を拭《ふ》くと、叫《さけ》ぶように言った。

「いや、気持ちいいじゃないよ！　どうするのさ、僕《ぼく》たちふたりともずぶぬれだよ！」

「うるさいうるさーい！」

僕《ぼく》の抗議《こうぎ》を無視して、山吹《やまぶき》さんは僕《ぼく》に水をばしゃばしゃと掛《か》けてくる。僕《ぼく》が顔を庇《かば》うと、山《やま》吹《ぶき》さんは楽しそうに笑い声をあげた。本当に楽しそうだ。だれもいない学校内で、彼女の笑い声だけが響《ひび》いている。

「やったな、このっ！」

「わぁ！」

その笑い声につられるように、僕《ぼく》の方まで楽しくなってきてしまった。お返しに水を掛《か》けてやる。力いっぱい彼女の方に水を飛ばしていると、彼女は「ひゃー！」と声を上げながら、水の中へと逃《に》げていってしまった。僕《ぼく》もそれを追いかけるが、水面に顔を出した途端《とたん》にまた水を掛《か》けられてしまう。こなくそ。僕《ぼく》も負けじと水をまき散らす。お互《たが》いにばしゃばしゃと水を掛《か》け合《あ》った。

夜の学校に忍《しの》び込《こ》み、フェンスを乗り越えて制服のままプールで泳ぐ。罪を重ねていることとずぶぬれになってしまったことへの昂揚《こうよう》が、僕《ぼく》たちのテンションをどこまでも引き上げてしまっていた。楽しい。楽しい。楽しいと思っている場合じゃないんだけど、それはもう死ぬほど楽しい。

しかし、しばらくはしゃぐとさすがに疲《つか》れてきてしまった。僕《ぼく》たちはいっしょにプールサイドへ上がる。制服が水を吸ってしまってめちゃくちゃ重い。水があらゆるところから滴《したた》り落《お》ちてくる。髪《かみ》からも制服からも。

「あー、すっごく気持ち良かったわ！」

満足そうに胸を張る山吹《やまぶき》さん。彼女ももちろんずぶぬれである。水を吸って重くなった髪《かみ》をかきあげ、プールサイドに水滴《すいてき》を落としていた。素足《すあし》なのでぺたぺたと足跡《あしあと》までつけている。

白いセーラー服はぴったりと肌《はだ》に張り付き、袖《そで》の部分はすっかり透《す》けてしまっている。白に浮《う》かぶ肌《はだ》の色。それがどうしようもなく色っぽい。ため息が出てしまいそうだ。透《す》けて見えた肌《はだ》に対する安直な興奮と、水を纏《まと》う彼女への心酔《しんすい》、それが混ざってただただ目を奪《うば》われる。

「ん。大丈夫《だいじょうぶ》だよー、下に着てるから下着は透《す》けないわよ」

残念でした、と山吹《やまぶき》さんはにっこり笑いながらピースサインをしてくる。確かに、黒い布地が見えるだけで、下着は透けていない。しかし、甘《あま》い、甘《あま》すぎる。水が滴《したた》るその姿だけで、劣《れっ》情《じょう》を抱《いだ》くには十分すぎるというのに……。彼女はそれを自覚していないらしく、僕《ぼく》の目の前でスカートを絞《しぼ》ったりしている。めちゃくちゃ揺《ゆ》さぶられているぞ、僕《ぼく》。

「……にしても、どうしようねこれ。どうやって帰ろうかしら」

「……いや、本当に。山吹《やまぶき》さん、あとのことを考えていた？」

「ぜんぜん」

へへ、と悪びれもせず笑ってみせる。まぁそれもそうだろう。後先を考えない無茶をしたからこそ、ここまで楽しかったことは否定できない。こんな水浸《みずびた》しでどうしろというのか。明日も学校だし、今から電車にも乗らなきゃいけないし、家には親もいるのに。

僕《ぼく》が口を開こうとした、その瞬間《しゅんかん》である。

「きた」

山吹《やまぶき》さんは腰《こし》に手を当てて、男前ににっと笑う。

「そうよ。ここまでしたんだから、来てもらわないと困るってものよ」

眩《まばゆ》い光がプールサイドを大きく照らした。暗い空に、その光はどこまでも届いていく。虹色《にじいろ》の輝《かがや》く光。その光には見覚えがある。昨日見たばかりの光だ。そのときと同じように、その人はいつの間にかそこへ立っていた。

小春《こはる》である。彼女は当然のように僕《ぼく》たちの近くに立っていて、手に持った書物からは光が放たれている。〝青春ミッションボード〟。彼女の手にはそれが握《にぎ》られている。白いページから放たれる光には文字が流れて、宙を舞《ま》って消えていく。

「ミッション、完了です。見事な青春でした」

光が消えた本をぱたんと閉じると、小春《こはる》は静かにそう言った。

ようやく。ようやくである。散々苦労させられたが、どうにかミッション完了までこぎつけた。安堵《あんど》のため息が漏《も》れる。山吹《やまぶき》さんもぐったりとしながら、気の抜《ぬ》けた笑みを浮《う》かべていた。

いえー、と力なく腕《うで》を振《ふ》り上《あ》げる。

あまり元気は残っていないようで、「で、どう、小春《こはる》。もうわたしの呪《のろ》いは消えていった？」と問いただす声に力は入っていない。

「いえ。残念ながら、まだ」

「あぁそう……、いや、何となくそんなことじゃないかと思っていたんだけど。じゃあ、また次のミッションが来るまで待機しないといけない？」

「いえ」

小春《こはる》は閉じたはずの本を再び開くと、その白いページを撫《な》でながら言う。

「次のミッションは既《すで》に現れています。……おそらくですが、このミッションをクリアすれば、この〝青春の呪《のろ》い〟も終わりとなりそうです」

小春《こはる》は僕《ぼく》たちの前に黒い本を差し出す。開かれているのは白いページ。そのページは淡《あわ》くて白い光を帯びており、七色に変化する文字が刻まれていた。

『ふたりの男女が心を晒《さら》す　ともに行き　ともに活《い》き　ともに往く　昔の残滓《ざんし》を拾い上げながら　それは思い出にすべきことではない　心残りがある限り　決して前には進めないのだから』

osananajimi no yamabuki san

第三章

デートへ行きましょう

※

遠くで灯里《あかり》ちゃんが笑っている。楽しそうに笑っている。

彼女はクラスの中心人物だった。人気者だった。それは彼女の周りにいる人たちもそうだ。特別な人たちだけのグループの中で、灯里《あかり》ちゃんはほかの人といっしょに笑っていた。

僕《ぼく》はあの中には入れない。

だって、何も持っていないから。特別じゃないから。彼女といっしょにはいられないのだ。

「何で山吹《やまぶき》って、お前みたいな冴《さ》えない奴《やつ》といっしょにいるの？　変じゃね？　お前、何もねーのに。そんな価値ないじゃん」

真正面からそう言われたとき、僕《ぼく》は何も言い返せなかった。

みんなそう思っていたのだろうか。そんなふうに僕《ぼく》たちを見ていたのだろうか。そう考えると怖《こわ》くなった。いてもたってもいられなくなった。

なんで、僕《ぼく》は当然のような顔をして、灯里《あかり》ちゃんの隣《となり》にいたんだろう？

何もないのに。

彼女と肩《かた》を並べるようなものは、何もないのに。

ぐらぐらと揺《ゆ》れる、不確かな学校の廊下《ろうか》を歩いていく。前から灯里《あかり》ちゃんが歩いてくる。その周りにはクラスの人気者たち。彼らは笑いながら、僕《ぼく》の方へ歩いてくる。

「あ」

灯里《あかり》ちゃんが僕《ぼく》に気付いて、手を挙げた。けれど、僕《ぼく》はそれには応えなかった。黙《だま》ってすれ違《ちが》う。彼女は驚《おどろ》いた顔をして振《ふ》り返《かえ》ったけど、追いかけてはこなかった。

僕《ぼく》には確かに何もない。

でも、もし。そんな僕《ぼく》でも彼女が必要としてくれるのなら、応えようと思った。彼女が自分の隣《となり》にいてほしい、と思ってくれるのなら、覚悟《かくご》をしただろう。周りに何を思われても言われても、彼女の隣《となり》に居続けることを選んだと思う。灯里《あかり》ちゃんのそばで、約束を守っていこうとしただろう。

けれど、そうはならなかった。

必要とされなかったのだ。

結局のところ、僕《ぼく》は彼女の友人のひとりに過ぎなかったわけだ。その他大勢。特別でも何でもない。

僕《ぼく》は灯里《あかり》ちゃんから離《はな》れた。灯里《あかり》ちゃんは追いかけてはこなかった。そこまでの関係。

僕《ぼく》たちは、その程度の関係だったのだ。

※

二つ目のミッションをクリアした翌朝。いつものように妹に起こしてもらい、普段《ふだん》通り食卓《しょくたく》で朝ごはんを食べていた。向かいには沙知《さち》が座っている。朝の早い父さんは、この時間には既《すで》に仕事へ向かっていた。

……昨夜、ずぶぬれだった僕《ぼく》と山吹《やまぶき》さんが、どうやって帰ってきたのか。どうやって家族に見つからずに家に入ったのか、どうやって制服を翌朝も着られるようにしたのか。これらをきちんと説明しようとすると、それはもう気合を入れて熱を持って話さないといけない。最初から最後までしっかりと話したい。だけど、それは長くなりそうなので、今回は割愛《かつあい》させて頂く。

「……うーん。わからん」

僕《ぼく》はパンを齧《かじ》りながら、目の前に書かれた文章を眺《なが》めていた。ノートを破って書いたメモ。そこには新しく現れたミッションの内容が書かれていた。僕《ぼく》の独り言に反応して、向かいに座っていた妹が鬱陶《うっとう》しそうに一瞥《いちべつ》してくる。

新しいミッションの文章は、最初のとテイストが似ていた。しかし、似ているだけだ。似て非なるもの。今回のミッションはあまりにわかりづらく、伝えるつもりがあるのかどうかすら怪《あや》しい。難解すぎる。これならば、二つ目の頭の悪そうな文章の方がマシだとさえ思えた。

ミッションが現れてから、僕《ぼく》と山吹《やまぶき》さんはふたりで頭を悩《なや》ませていたけど、結局答えは出なかった。仕方がないので、ミッションに関しては宿題である。何か思いついたら、彼女に報告するつもりではいるのだけれど、にらめっこしていてもなかなか閃《ひらめ》かない。答えは出ないままだ。

『ふたりの男女が心を晒《さら》す　ともに行き　ともに活《い》き　ともに往く　昔の残滓《ざんし》を拾い上げながら　それは思い出にすべきことではない　心残りがある限り　決して前には進めないのだから』

……わからない。

顔を上げる。パジャマ姿の妹が、つまらなさそうにパンをちまちま食べている。リビングのテレビからはニュース番組の音が漏《も》れ聞《き》こえていた。

「沙知《さち》」

「……なに」

声を掛《か》けると、あれだけつまらなさそうな顔をしていたくせに「話しかけんな」とでも言いたげな表情を見せてくる。ただ、沙知《さち》が不機嫌《ふきげん》なのはいつものことなので、僕《ぼく》は気にせずに尋《たず》ねることにした。

「沙知《さち》は何か、心残りってある？」

「は？」

何かヒントにならないだろうか。ミッションの一部を切り取って質問にしてみると、思い切りバカにしたような声が返ってきた。反抗期《はんこうき》め。しかし、一旦《いったん》は反抗《はんこう》してもきちんと答えてくれるのがうちの妹である。

「……そりゃだれだってあるんじゃないの。心残りのひとつやふたつくらい」

頬杖《ほおづえ》を突きながら、独り言のように沙知《さち》は言う。例えば？　と尋《たず》ねると、「それはおにぃには教えない」と言われてしまった。

「おにぃだってあるでしょ、それくらい」

「……まあね。普通《ふつう》の高校生なら、そりゃ」

あるに決まっている。心残りがない人、後悔《こうかい》をしない人なんて、この世にいるのだろうか。

いつもあぁしておけばよかった、こうしておけばよかった、と思ってばかりである。

山吹《やまぶき》さんのことだってそうかもしれない。呪《のろ》いのことではなく、もっと昔の話だけれど。

結局、答えは出ないままだ。僕《ぼく》はメモを制服のポケットに仕舞《しま》いこむと、いつも通り朝の準備をし始めた。

すると、制服に着替《きが》えた妹が血相を変えて飛んできた。僕《ぼく》のところまでやってきて、服の裾《すそ》を引っ張ってこう言う。

「おにぃ。なんか家の外にえげつない美人がいる」

「えげつない美人？」

そんな知り合いはひとりしかいないけれど。しかし、僕《ぼく》の家の前にいる理由がわからない。

本当に彼女だろうか。

僕《ぼく》が鞄《かばん》を持って慌《あわ》てて家を出ると、確かにそこにはえげつないほどの美人が立っていた。

「や」

「山吹《やまぶき》さん」

彼女は僕《ぼく》の家の前に立っていた。セーラー服に身を包み、白い肌《はだ》を陽に照らされながら。まるで彼女から光の粒子《りゅうし》が出ているかのように、輝《かがや》いて見えた。これはえげつない。こんな普通《ふつう》の住宅街に、ワールドクラスにかわいい女の子が立っている。

遠慮《えんりょ》がちに片手を挙げて、こちらの様子を窺《うかが》うように声を掛《か》けてくる山吹《やまぶき》さん。「どうしてここに」という言葉が飛び出すのは当然だろう。確かに家は近所だけれど、迎《むか》えに来てくれるような関係になった覚えはない。いっしょに学校へ行くことだってなかったはずだ。昨夜以外は。

そこで気が付く。彼女は制服に袖《そで》を通してはいるけれど、その手には何も握《にぎ》られていなかった。学生鞄《かばん》もだ。手ぶらで登校しようとしている。僕《ぼく》が訝《いぶか》しんでいると、山吹《やまぶき》さんは無言で自分の顔を指差した。目の下の部分。

「あ」

そこにはしっかり〝不干渉《ふかんしょう》の呪《のろ》い〟のマークが描《えが》かれていた。ハートマークと手のマーク。そして、『STOP!!』という文字。つまり、今の彼女は呪《のろ》いによって何も触《ふ》れることができなくなっている。

「……やっちゃったんだ」

「そういうこと。家から出たあとに、はっくしょん、って」

苦笑《う》いを浮かべながら、山吹《やまぶき》さんは言う。

「これじゃあわたし、ひとりで電車も乗れないから。悪いんだけど、いっしょに登校してくれない？　定期は持ってるから」

「それはもちろんいいけど……」

願ったり叶《かな》ったりだけども。こういうピンチのときに助けてくれるはずの、呪《のろ》いの精霊《せいれい》はどうしたんだろうか。山吹《やまぶき》さんはひとりだ。あの褐色《かっしょく》の少女はそばにいない。

「小春《こはる》はどうしたの？」

「呼んだら来てはくれたんだけどね。鞄《かばん》は学校まで持っていくから、あとは何とかしろって言われちゃって。何とかしろっていうのは、こういうことかなって」

そう言ってから彼女は、「ごめんね」と照れ笑いを浮《う》かべた。可憐《かれん》な笑みだ。こんな子といっしょに登校できるのなら、いくらでも手伝いをしたくなる。

僕《ぼく》と山吹《やまぶき》さんは駅へ向かって歩き出す。道すがら、小春《こはる》のことについて尋《たず》ねた。今回の「自分で何とかしろ」という発言といい、以前の「あまり外では自分に頼《たよ》るべきではない」という言葉といい、本当に小春《こはる》は山吹《やまぶき》さんの力になっているのだろうか。

「あぁ、家の中じゃ甲斐甲斐《かいがい》しくお世話してくれたわよ。昨日も、寝《ね》る直前に部屋の前でくしゃみしちゃってね、呼んだらすぐに出てきてくれた」

出てきてくれた、というのは言葉通りのことなんだろう。呪《のろ》いの精霊《せいれい》である彼女は、その気になればどこへでも姿を現すことができるらしい。

山吹《やまぶき》さんは指折りながら、小春《こはる》にしてもらったことを挙げていく。

「ドアを開けてもらって、もう寝《ね》るから布団《ふとん》を掛《か》けてもらって。抱《だ》き枕《まくら》がないと眠《ねむ》れない、って言ったら、抱《だ》き枕《まくら》にまでなってくれて」

「……抱《だ》き枕《まくら》にして寝《ね》たの」

〝不干渉《ふかんしょう》の呪《のろ》い〟を受けているときは物には触《ふ》れられないが、人はその限りではない。人を抱《だ》き枕《まくら》にすることは可能だ。しかし、想像すると自分の中で、こう、なんというか、もやもやとしたものが。いや、これはムラムラか？

山吹《やまぶき》さんに抱《だ》き枕《まくら》にされるとは。羨《うらや》ましいというよりは、最早《もはや》形容しがたい複雑な感情が浮《う》かんでくる。小春《こはる》は小春《こはる》で、髪《かみ》は綺麗《きれい》だし顔立ちは可愛《かわい》らしいし、髪《かみ》の長いふたりがベッドの中でくるまっていると思うと、うん。……うん。

……こんなことを考えていると、また小春《こはる》にすけべだと言われてしまいそうだ。僕《ぼく》は頭を振《ふ》って、興味の矛先《ほこさき》をずらした。

「山吹《やまぶき》さんって、普段《ふだん》抱き枕《まくら》使って寝《ね》てるんだ」

「いや、一度も使ったことないんだけどね」

「…………」

小春《こはる》を抱《だ》き枕《まくら》にしたいがための口実か。凄《すご》いなこの人。ピンチをチャンスに変える人かよ。

僕《ぼく》の呆《あき》れた視線にも気が付かずに、彼女は指をわきわきとさせながら、幸せそうな表情で「うへへ」と笑う。

「小春《こはる》って抱《だ》きしめるのにちょうどいいサイズ感でねー……、気持ち良かったわ。腰《こし》は細いし、肌《はだ》すべすべだし、ほどいた髪《かみ》はさらさらだし。幸福感が凄《すご》くて、枕《まくら》にしているのに眠《ねむ》りたくないようなジレンマがとても心地好《ここちよ》かったわ……」

幸せそうな顔で彼女は語る。本当に嬉《うれ》しそうだった。

山吹《やまぶき》さんのそんな話を聞きながら、駅へと向かっていく。物を持てない彼女を自動改札機に通すのは大変だったが、何とかやり遂《と》げ、ホームで電車を待つ。朝の時間帯だけにホームには人が溢《あふ》れていた。電車待ちの行列に並びながら、「それでねー」と話す山吹《やまぶき》さんを見ていると、いくつもの視線を感じる。彼女は人目を引く。男はもちろん、女性も「おお」といった顔で彼女に目を向けている。その視線はどれも山吹《やまぶき》さんの美貌《びぼう》に向けられたもので、不干渉《ふかんしょう》のマークに気付いた人はいなかった。彼女も視線を向けられることには慣れているのか、見られていても気にしていない。

「そういえば、山吹《やまぶき》さん。青春ミッションの内容、思い当たる節ってあった？」

頬《ほお》のマークを見つめながら尋《たず》ねてみる。途端《とたん》に彼女はうーん、と渋《しぶ》い顔を作って腕組《うでぐ》みをした。

「ぜんぜん意味はわかんなかったけど、心残りを解消して前へ行けってことはわかった」

『ふたりの男女が心を晒《さら》す　ともに行き　ともに活《い》き　ともに往く　昔の残滓《ざんし》を拾い上げながら　それは思い出にすべきことではない　心残りがある限り　決して前には進めないのだから』

　それは僕《ぼく》も思い至った。何かしらの心残りがキーワードであることは想像できる。問題はその内容だ。

「山吹《やまぶき》さんが心残りにしていることってある？」

「……んー」

　僕《ぼく》が尋《たず》ねると、彼女は前を向いたまま曖昧《あいまい》な返事をする。ちらりと僕《ぼく》を横目で一瞥《いちべつ》すると、

「そうじゃないわよね」と小声で呟《つぶや》くのが聞こえた。どういうことだろう。僕《ぼく》が様子を窺《うかが》っていると、彼女はぱっと声を明るくしてこう言った。

「色々考えてみたんだけど、最近の出来事で心残りっていうと、もしかしてアレかなーっていうのは一個だけあったのよ」

「おお」

「いや、期待しないで。この前ね、麻里亜《まりあ》といっしょに遊んだんだけど」

　だれかと思えば、クラスメイトの森園麻里亜《もりぞのまりあ》さんだ。以前、教室で山吹《やまぶき》さんに「ブース」と罵声《ばせい》を浴びせて喧嘩《けんか》に発展していたあの子。そんな関係になっていたのか。手が早いというか、

なんというか。あの関係から遊びに行くまでの間柄《あいだがら》になっているのは凄《すご》いことである。

僕《ぼく》の感心には気が付かず、彼女は手ぶりを交えて話を進めていた。

「最初はふたりきりでショッピングモールとかをだらだらデートする予定だったのよ。でも遊ぶって聞きつけた友達が、何人か集まっちゃって。結局みんなで水族館行っちゃったのよね。もちろん楽しかったたし、麻里亜《まりあ》とも仲良くなれたからよかったんだけど、ちょーっとだけ、デートもしたかったなーって」

なるほど。言わんとしていることはわかる。女の子同士で遊ぶことに対して、頑《かたく》なにデートという言葉を使っているのは置いといて。

それならば、と僕《ぼく》は口を開く。これは青春ミッションとしてではなく、単に思ったことなんだけれど。

「なら、また改めて森園《もりぞの》さんを誘《さそ》えばよかったんじゃない？　今度こそ、ふたりで遊びに行こうよって」

予定が変わったのなら、また立てればいいだけの話だ。森園《もりぞの》さんも最初はふたりで行くつもりだったんだろうし、二回目はダメってこともないだろう。

けれど、山吹《やまぶき》さんは何やら微妙《びみょう》な表情を浮《う》かべる。照れ笑いと苦笑いのちょうど中間くらいの表情。

「……いや、別にそれでもいいんだけど。改まってまた誘《さそ》うとなると、何だかマジっぽく思われない？」

心配しなくても今でもかなりマジっぽいけど。

ホームに電車が入ってきたので、ぞろぞろ乗り込んでいく。電車内は混雑していた。座ることもできないので、僕《ぼく》と山吹《やまぶき》さんは隣《となり》同士で並ぶ。僕《ぼく》が吊革《つりかわ》に摑《つか》まって立っていると、山吹《やまぶき》さんは何やら険しい表情を浮《う》かべていた。電車が動き出す。がたん、と揺《ゆ》れた拍子《ひょうし》に、山吹《やまぶき》さんは吊革《つりかわ》に手を伸《の》ばしたけれど、それは虚《むな》しく空《くう》を切った。バランスを崩《くず》して僕《ぼく》にぶつかってくる。

「ご、ごめん……」

身体を離《はな》しながら、山吹《やまぶき》さんは困ったような表情を浮《う》かべている。あぁそうか。物に触《ふ》れることができない彼女は、吊革《つりかわ》も摑《つか》めない。揺《ゆ》れる電車内を体幹《たいかん》だけで支えなければならないのだ。それは大変だ。僕《ぼく》は彼女にこそっと、「僕《ぼく》の服、摑《つか》んでいてもいいから」と伝える。すると彼女は、頰《ほお》を緩《ゆる》めながら「ありがとぉ」と言ってくれた。上目遣《うわめづか》いの笑顔の威力《いりょく》が高すぎて、僕《ぼく》はそっと前を見る。

山吹《やまぶき》さんがきゅっと僕《ぼく》の服の裾《すそ》を摑《つか》む。目立たないように。「よかった、これはセーフなのね」と山吹《やまぶき》さんは安心したように言う。僕《ぼく》も同じ気持ちだ。裾《すそ》は摑《つか》めるかどうか心配だったけれど、身体の一部分として捉《とら》えられているようだ。しっかりと摑《つか》めている。

僕《ぼく》は彼女の手を意識しないように、ポケットに手を入れる。取り出したのは破ったノートのメモ。そこには昨日の〝青春ミッションボード〟の文言が書かれている。再び青春ミッションについて考えていると、同じように切《き》れ端《はし》を見ていた山吹《やまぶき》さんが「……心を晒《さら》す、かぁ」とぽつりと呟《つぶや》く。僕《ぼく》が目を向けると、照れくさそうに軽く手を振《ふ》った。

「いやね、心を晒《さら》すって言い方じゃなくて、本音を言うって感じなんだけど。本音を言うと、わたしは麻里亜《まりあ》とデートがしたいっていうよりはだれかとのんびり過ごしたかったのかもなぁって」

さっきの森園《もりぞの》さんの話か。僕《ぼく》が黙《だま》って続きを待っていると、彼女は指を立てながら言う。

「わたしってだれかと遊びに行くときは、大人数になりがちだから。それはもちろん楽しいし、わいわいするのも好きなんだけど、たまにはだれかとゆっくり休日を過ごしたかったのかもしれない。ぶらぶらしながら、そのときの気分次第《しだい》で遊ぶっていうか。人が多いと、わがままも言《い》い辛《づら》いでしょ」

その気持ちは何となくわかる。僕《ぼく》も人と遊ぶときは、人数が多いほど楽しいと思うタイプだ。その反面、少ない人数でのんびりするのもそれはそれで楽しい。どっちも好きなのだ。片方がよりいい、という話ではなく、たまには違《ちが》う方も選びたい、という話。

ということは、山吹《やまぶき》さんは「のんびり遊ぶことができなかった」というのが心残りだというわけだ。

それならば。

「なら、山吹《やまぶき》さんの心残りである『だれかとのんびり遊ぶこと』を実行すれば、ミッション成功になるのかな」

「え？　いやぁ、どうだろ。それだと、ここだけしか合ってなくない？」

言いながら、山吹《やまぶき》さんは文の一部を指でなぞるようにして示した。『心残りがある限り　決して前には進めないのだから』。確かにそうだ。このミッション通りにするというのなら、もっと合わせる必要がある。そこで目に入った。『ふたりの男女』という文字列。これは初めてのミッションでも書かれていた一文だ。実際あのときは、僕《ぼく》と山吹《やまぶき》さんで『ふたりの男女』を演じた。僕《ぼく》はそこを指差して言う。

「なら、僕《ぼく》と山吹《やまぶき》さんが休みの日にのんびり遊べば、ミッション通りになるかもしれない。えと、ショッピングモールだっけ。今度、行ってみる？」

僕《ぼく》の口からはそんな言葉が飛び出していた。考えるより先に。言ってから、とんでもないことを口にしていることに気が付いた。デートに誘《さそ》っている。全世界のだれよりも可愛《かわい》らしい女の子を、この僕《ぼく》が。普通《ふつう》の高校生でしかない僕《ぼく》が。

しかし、出た言葉は引っ込められない。僕《ぼく》はそのまま固まってしまう。しかし、不思議なことに、山吹《やまぶき》さんも同じように固まっていた。カチコチだ。僕《ぼく》の顔を見ながら、驚《おどろ》いた表情を浮《う》かべている。

「……え、えーと。山吹《やまぶき》さんがよければ、だけど」

　彼女の固まった顔を見ながら、僕《ぼく》は恐《おそ》る恐《おそ》る付け足す。すると彼女は「……行く」と小さな声で呟《つぶや》いた。反射的に「え」と声を漏《も》らしてしまう。

「行く！　行きたいっ！」

　ぎゅっと服の裾《すそ》を掴《つか》みながら、僕《ぼく》に身体を寄せて彼女は言う。その瞳《ひとみ》はきらきらと輝《かがや》いていた。その眼に吸い込まれそうになりながら、僕《ぼく》は何とか「そ、それならいつにしよう」とたどたどしく口にする。そこでようやく、強く摑《つか》んでいた手が僕《ぼく》から離《はな》れる。

「あ、待って待って！　予定帳見るから！　今週空いてたかしら……」

　ほころんだ顔で、予定帳を取り出そうとする山吹《やまぶき》さん。僕《ぼく》がその姿に心を奪《うば》われていると、彼女の動きがぴたりと止まった。妙《みょう》なポーズのままで固まっている。どうしたの、と尋《たず》ねる必要もない。彼女は今、鞄《かばん》も何も持っていないし、そもそも呪《のろ》いで物に触《ふ》れられないのである。

「……予定帳が見られるようになったら、また言うわね。待ってて」

「うん……」

　あまりのテンションの落差に、何も言えなくなってしまう。彼女は前を向いたまま、軽く息を吐いた。僕《ぼく》は横目でその姿を見つめる。すると、山吹《やまぶき》さんは両手を合わせて口元へ持っていき、「んへへ」と締《し》まりのない顔で笑った。

「楽しみだ」

　独り言だったのだろう。彼女は視線を落としながら、静かにそう言った。ふにゃっとした笑みはだれかに向けられたわけではない。彼女の手は自然に僕《ぼく》の服の裾《すそ》を摑《つか》み、電車の中で揺《ゆ》れていた。

「…………」

そんなにも穏《おだ》やかな時間の中で、僕《ぼく》は気付いてしまう。

車両の端《はし》から感じる無遠慮《ぶえんりょ》な視線。違《ちが》う学校の制服を着た男子三人が、そっと山吹《やまぶき》さんのことを指差している。何を話しているのかはわかる。その表情を見れば一目瞭然《いちもくりょうぜん》だ。山吹《やまぶき》さんが人の視線を吸い寄せてしまうのは、いつものことである。

けれど、その表情がにわかに曇《くも》る。舌打ちでも飛び出してきそうだ。山吹《やまぶき》さんの手が、僕《ぼく》の服に伸《の》びているのが見えたのだろう。僕《ぼく》と彼女は特別な関係ではない。しかし、こんな姿では誤解されるのは仕方がないし、何であれ彼女の隣《となり》に立つ男はそんな視線を受けることになる。

その上で乗せられる、「なんであんな奴《やつ》が」という視線。

そう言いたくなるのはわかる。容姿が平凡《へいぼん》な僕《ぼく》が隣《となり》に立っていれば、そう思われるのは仕方がない。それは別にいい。けれど、山吹《やまぶき》さんが「あんな男といるような女」と思われるのは嫌《いや》だった。

揺《ゆ》れる電車の中で、裾《すそ》を摑《つか》む彼女の手ばかり気になっていた。

電車を降り、再び改札を通っても、彼女の呪《のろ》いは終わらなかった。未だ例のマークが印《しる》されている。そこでひとつ、山吹《やまぶき》さんに異変が起きていた。

駅から学校までの道中だ。さっきまで元気だった山吹《やまぶき》さんは、なぜか口数が減り、まっすぐに前を見つめて歩いていた。その割に歩みが遅《おそ》い。先ほど改札を通るのに手こずったこともあり、余裕《よゆう》のあった登校時間は今やギリギリになっていた。このまま行けば遅刻《ちこく》はしないが、余《よ》裕《ゆう》だってない。既《すで》に周りには生徒の姿もなかった。

彼女が黙《だま》り込《こ》んでしまうと、こちらも声を掛《か》けづらくなってしまう。思《おも》い詰《つ》めた表情だからだ。互《たが》いに口を開くこともなく、ただ淡々《たんたん》とふたりで歩いていく。

「青葉《あおば》くん。今、何時かしら」

黙《だま》って歩いていると、彼女が突然そう尋《たず》ねてきた。遅刻《ちこく》の心配だろうか。答えると、彼女は苦虫を噛《か》み潰《つぶ》した表情になる。時間はまだ大丈夫《だいじょうぶ》なのだが、どうしたのだろう。歩いているうちに学校の敷地《しきち》内《ない》には入っていて、遅刻《ちこく》の心配はほとんどないはずだけれど。

チャイムが聞こえてくる。だが、まだ予鈴《よれい》だ。歩く速度はますます遅《おそ》くなっていたけれど、間に合いそうではある。

「……ごめん、青葉《あおば》くん。お願い」

下駄箱《げたばこ》の前で言われたときは何のことかわからなかったが、靴《くつ》だ。前と同じく、履《は》き替《か》えさせてくれ、と頼《たの》まれているのだ。大人しく従う。眩《まぶ》しいほどに白い足やスカートのすぐ下に跪《ひざまず》くのは変わらないはずなのに、全くドキドキしなかった。それというのも、彼女の表情がそれをさせてくれなかったのだ。あまりにも表情が険しい。僕《ぼく》の肩《かた》に置かれた手にも力が入っている。なぜそこまで力んでいるのかはわからないが、彼女は何かと戦っていた。僕《ぼく》には見えない何かと。

予鈴《よれい》が鳴っていることもあり、昇降口《しょうこうぐち》や廊下《ろうか》に生徒の姿はない。静かなものだ。そのおかげで女子の靴《くつ》を履《は》き替《か》えさせる、というおかしなシーンは見られなかったが、焦《あせ》りは覚える。時間がない。早く教室に入ってしまいたい。だというのに、山吹《やまぶき》さんの足取りはさらに牛歩《ぎゅうほ》じみたものになり、しまいにはふらついて壁《かべ》に手を突《つ》いてしまった。そこでようやく気付いた。山吹《やまぶき》さんは、体調が悪いのではないだろうか。僕《ぼく》は慌《あわ》てて駆《か》け寄《よ》る。しかし、彼女はバッと僕《ぼく》の前に手のひらを差し出すと、「さ、触《さわ》らないで……、揺《ゆ》らさないで……」と息も絶え絶えに言った。

「だ、大丈夫《だいじょうぶ》、山吹《やまぶき》さん。体調悪かったの？　ごめん、気が付かなかった。保健室行ける？」

「違《ちが》うの、そうじゃないの……」

山吹《やまぶき》さんは顔を伏《ふ》せながら、呻《うめ》くように言う。違《ちが》うのか。なら、なんだというのだろう。僕《ぼく》は中途半端《ちゅうとはんぱ》に両手を彼女に向けながら、何もできずにおろおろしていた。

そこでようやく彼女は顔を上げる。その表情は悲痛に歪《ゆが》んでいた。この世に絶望していると言ってもいい。目を潤《うる》ませながら、「どうしよう……」と消え入りそうな声で言う。一体何だというのだろう。その表情に僕《ぼく》はこれ以上ないほどの危機感を覚える。

そして、彼女はゆっくりとその原因を口にした。

「……トイレ……、行きたい……」

「…………」

行きなよ。

肩《かた》の力が一気に抜《ぬ》ける。なんだ、そんなことか。心配して損《そん》をした。トイレがどこにもない状況《じょうきょう》ならまだしも、数歩ほど歩けばすぐトイレへ辿《たど》り着《つ》く。簡単に危機は回避《かいひ》できる。もしかして、彼女はずっとトイレを我慢《がまん》していたんだろうか。駅にもトイレはあっただろうし、学校へ来る途中《とちゅう》にコンビニもあっただろうに。女の子の考えることはよくわからない。

僕《ぼく》が半ば呆《あき》れながら、「行けばいいじゃない」と言うと、思い切り睨《にら》まれてしまった。その迫力《はくりょく》にたじろぐ。「行けるならとっくに行ってる!」と吠《ほ》えるように言われてしまった。どういうことだ。僕《ぼく》がいつまで経っても理解しないことを悟《さと》ると、山吹《やまぶき》さんは涙《なみだ》を浮《う》かべながら自分の頬《ほお》を指差した。

「……あ」

そこに描《えが》かれているのはハートのマーク。〝不干渉《ふかんしょう》の呪《のろ》い〟の証明である。そこでようやく、僕《ぼく》にも事態が呑《の》み込《こ》めた。彼女は物に触《ふ》れられない。トイレだって行けない。冷《ひ》や汗《あせ》が吹《ふ》き出《だ》してくる。想像以上の危機的状況《じょうきょう》をぶつけられて、崩《くず》れ落《お》ちそうになった。

もし自分がトイレを我慢《がまん》していて、それが限界に達していて。いつものように小便器に立つものの、ベルトもチャックも手が素通《すどお》りしていくのである。いくらジタバタしても。足踏《あしぶ》みしながら、ただただ小便器の前で半べそをかく自分を想像した。

地獄《じごく》である。

その地獄《じごく》を彼女は体験中なわけだ。僕《ぼく》は声を荒《あら》げる。

「時間は⁉　小春《こはる》は確か、呪《のろ》いは二時間程度だって言ってた！　くしゃみしてから、どれくらい経つ⁉」

「多めに見積もって、一時間半くらい……。あと三十分はあるわね……」

「三十分……」

山吹《やまぶき》さんは壁《かべ》に頭を押《お》し付《つ》けて、うふふ……、と消え入りそうな笑みを浮《う》かべている。どう見ても、三十分は持ちそうにもない。ようやく合点がいった。彼女はずっとトイレを我慢《がまん》していたから、道中あんな様子だったのだ。あの鬼気迫《ききせま》る表情を思い出すと、今がどれだけ我慢《がまん》した結果なのかがよくわかる。もう限界の限界だからこそ、彼女の足はついに止まってしまったわけだ。しかし、諦《あきら》めるわけにはいかないだろう。我慢《がまん》が無理ならもう出すしかない。

僕《ぼく》がそれを伝えると、彼女はカッと目を見開き、「トイレのドアも自分で開けられないのに⁉」と声を荒《あら》げた。

「と、トイレにいる人にドアを開けてもらうとか……」

「ドアを開けてもらうだけじゃダメなの！　わたしは今、下着を下ろすことも、トイレットペーパーに触《ふ》れることも、水を流すこともできないんだから！」

「……頼《たの》んで下着を下ろしてもらうとか」

「バッカじゃないの⁉　事情を知らない人からしたら、とんだド変態じゃない！」

山吹《やまぶき》さんにガーッと怒鳴《どな》られて、何も言えなくなってしまう。そもそも、僕《ぼく》が今思いつくようなことなら山吹《やまぶき》さんもとっくに考え付いていて、その上で解決策がないのだから今こうしているわけだ。大ピンチなわけだ。山吹《やまぶき》さんはもう諦観《ていかん》の段階に入ってしまっているのか、「高校生にもなって……、やだ、もぉ……」とマジ泣きしている。

どうすればいい。どうすれば……。僕《ぼく》が何とか解決策を得ようと、頭の中でフル回転させていると、山吹《やまぶき》さんの「事情を知らない人からしたら」という言葉が引《ひ》っ掛《か》かった。呪《のろ》いの件を知らない人からすれば、トイレを手伝って、という要求はあまりにアレすぎる。しかし、事情を知っている人ならば。小春《こはる》には頼《たよ》るなと言われている。けれど、事情を知る者はここにひとりいる。

「……山吹《やまぶき》さん」

「なに……」

ほろほろと泣いている山吹《やまぶき》さんに、僕《ぼく》はできるだけ静かに告げる。

「僕《ぼく》なら、君を手伝える」

僕《ぼく》がそう言うと、山吹《やまぶき》さんはきょとんとした顔で僕《ぼく》を見つめていた。しかし、僕《ぼく》の言葉の意味を呑み込《こ》むと、見る見るうちに顔を赤くさせて、煙《けむり》が出そうなほどの顔色で「はぁ——ッ⁉」と叫《さけ》んだ。

「な、なにを、何を言っちゃってるのよ、あなたは！　自分が何を言っているかわかってるの⁉」

「わかってるって！　普《ふ》通《つう》の高校生ならこんなこと言わない！　でも小春《こはる》もほかの人にも手を借りられない今、手伝えるのは僕《ぼく》しかいないじゃないか！」

「で、でも、でもでもでも！　全部やってもらえって⁉　パンツを下ろすところから処理するところまで、何から何まで⁉　男の子相手に⁉　無理に決まっているじゃないッ！」

「でもこのままだと君は！　学校で漏《も》らしてしまうんだろ⁉」

言葉を重ねて無理だと声を荒《あら》げる彼女に、どうしようもない事実を叩《たた》きつける。山吹《やまぶき》さんはうっと声を詰《つ》まらせて、壁《かべ》に手を突《つ》いた。目線は地面を向いている。顔をこれ以上ないほど赤くしながら、「でも、そんなの……、そんなのって……っ！」と究極の選択《せんたく》を前に震《ふる》えている。顔を手で隠《かく》しながら、目をぐるぐると回している。葛藤《かっとう》が伝わってくるようだ。うううー……、と唸《うな》り声《ごえ》を上げている。

しかし、それがやんだかと思うと、軽く首を振《ふ》って、彼女は僕《ぼく》に目を向けた。

「ご、ごめん、青葉《あおば》くん。せっかく青葉《あおば》くんが親切に言ってくれているのに、わたしは自分のことばっかりで。青葉《あおば》くんもトイレの処理なんて汚《きたな》い役、絶対したくないだろうに……」

「いや、僕《ぼく》はぜんぜん構わないけど……」

「え？」

「え？」

「え？　じゃないですよ、このどすけべどもが」

突然介入《かいにゅう》してきた声に、僕《ぼく》たちの身体が同時にびくっとなる。さすがにこのパターンにも慣れてきたが、驚《おどろ》かないのは難しい。声の主はサポート役の少女。いつからそこにいたのか、小《こ》春《はる》は僕《ぼく》たちのすぐそばで、無表情な目を僕《ぼく》らに向けていた。

「さすがにこれ以上は青春とは違《ちが》った別の何かなので、ここらで止めさせていただきます。さあ、灯里《あかり》さん。トイレなら、わたしが付き合いますから」

「え、でも……」

小春《こはる》がやってきてくれたのはよかったけれど、山吹《やまぶき》さんの表情は浮《う》かないままだった。もじもじとしながら、手をぎゅっと握《にぎ》りしめている。その顔は未《いま》だ赤い。小春《こはる》の顔を見ながらも、辛《つら》そうに瞳《ひとみ》を揺《ゆ》らしている。それを見て、小春《こはる》は「大丈夫《だいじょうぶ》ですよ」と口を開いた。

「わたしは呪《のろ》いの精霊《せいれい》ですから。人間のそういうものが汚《きたな》い、といった感情もありません。何ひとつ抵抗《ていこう》もありません。問題なく処理致《いた》しますから、何なりと申し付けてくれればいいんですよ」

「そ、そう……？」

安心させるように言う小春《こはる》の声に、山吹《やまぶき》さんの表情がやわらいだ。確かにそう言ってもらえるなら、心は幾《いく》ばくか軽くなりそうだ。あとは自分の羞恥心次第《しゅうちしんしだい》か。とはいえ、小春《こはる》は同性であるし、「抵抗《ていこう》がない」と言ってくれるのなら、山吹《やまぶき》さんも多少は気が楽なのではないだろうか。その証拠《しょうこ》に、さっきまでの切羽詰《せっぱつ》まった表情は消えていて、小春《こはる》に対して口元を緩《ゆる》めていた。頬《ほお》はまだ赤く染まり、瞳《ひとみ》は仄《ほの》かに潤《うる》んでいる。それどころか、息が荒《あら》い気さえした。いや、ちょっと待って。

「……なんでちょっと嬉《うれ》しそうなの、山吹《やまぶき》さん」

「は、はぁ!?　わたしが嬉《うれ》しそう!?　小春《こはる》にトイレの世話をしてもらうことが!?　バカ言わないでよっ！」

そうは言うが、顔がにやけている。妙《みょう》な興奮を覚えているのが見て取れる。どういうつもりなんだ。変なものに目覚めないといいけど……。

結局、山吹《やまぶき》さんは小春《こはる》といっしょにトイレへと入っていった。変な心配はあるけれど、僕《ぼく》はもう介入《かいにゅう》できない。できるわけがない。彼女たちの背中を見送ってから、ひとり教室へ向かった。

「おお。今日は遅《おそ》かったな、喜一郎《きいちろう》」

自分の席に腰掛《こしか》けると、前の席のつばさが声を掛《か》けてくる。背もたれに身体を預けたまま、こちらを見上げる形で。幼い顔立ちがより幼く見えた。

曖昧《あいまい》な返事をしながら、僕《ぼく》はそっと山吹《やまぶき》さんの机に目を向ける。机の鞄掛《かばんか》けに鞄《かばん》が掛《か》かっており、机の上には一時間目の用意が行儀《ぎょうぎ》良く並んでいた。あれなら安心だ。一時間目が始まってしばらくすれば、二時間目が経過して呪《のろ》いが消えるだろう。小春《こはる》の細やかなフォローに感心する。

「…………」

僕《ぼく》は、上手くやれているだろうか。彼女の力になれているだろうか。山吹《やまぶき》さんの隣《となり》に、いてもいいのだろうか。

本鈴《ほんれい》が鳴《な》り響《ひび》く頃《ころ》、慌《あわ》ただしく山吹《やまぶき》さんと小春《こはる》が教室へ入ってきた。小春《こはる》は無表情で大きな三つ編みを揺《ゆ》らしているが、山吹《やまぶき》さんの頬《ほお》は赤い。クラスメイトに遅《おそ》かったね、と言われ、彼女もまた曖昧《あいまい》な笑みを返していた。

今回は何とかやり過ごせたトイレ騒動《そうどう》だったが、またこのような危機的状況《じょうきょう》が起こらないとも限らない。やはり早急《そうきゅう》にミッションをこなすべきだ。山吹《やまぶき》さんを、呪《のろ》いから解放するべきだ。そんなことを考えていると、つい授業も上の空になってしまう。先生の話を聞きながらも、あのミッション内容が僕《ぼく》の頭の中をぐるぐる回っていた。

そんな中、ポケットの携帯《けいたい》がメッセージの着信を知らせる。先生の目を盗《ぬす》んでそっと覗《のぞ》いた。

送信者の名前は山吹《やまぶき》さん。

『今週の土曜日にどう？』

短いメッセージだった。電車内で話したショッピングモールのことだと、最初はわからなかったくらいだ。今週の土曜日。確か暇《ひま》だ。山吹《やまぶき》さんと違《ちが》って、僕《ぼく》は予定帳を見る必要もないので、そのまま行ける旨《むね》を書き込んだ。

別にわざわざ授業中に連絡《れんらく》しなくてもいいのに、と思いながら顔を上げる。視線は山吹《やまぶき》さんの席へ。すると、彼女と目が合ってしまった。彼女はピンクの予定帳を持ち上げながら、にへっと笑った。その頬《ほお》にはもう〝不干渉《ふかんしょう》の呪《のろ》い〟のマークはない。

『最初はふたりきりでショッピングモールとかをだらだらデートする予定だったのよ。でも遊ぶって聞きつけた友達が、何人か集まっちゃって。結局みんなで水族館行っちゃったのよね。もちろん楽しかったし、麻里亜《まりあ》とも仲良くなれたからよかったんだけど、ちょーっとだけ、デートもしたかったなーって』

彼女の声が頭の中で響《ひび》く。

……やっぱりこれってデートになるんだろうか。今更《いまさら》ながら心臓が痛いくらいに激動し、体温が一気に上がっていくのを感じた。

それから土曜日までは生きた心地《ここち》がしなかった。

ミッションは土曜日まで実行することができないし、山吹《やまぶき》さんも校内でくしゃみすることもなかったから、土曜日の予定については携帯《けいたい》でやり取りするだけだった。予定が決まっていくごとに、妙《みょう》な現実感のなさと悶《もだ》えそうなほどの期待と不安が交互《こうご》に襲《おそ》ってきて、それはもう大変だった。

結局それは解消されることなく、僕《ぼく》は土曜日を迎《むか》えることになる。

『それじゃ、土曜日の十二時に駅前で』

そう言われていたので、僕《ぼく》は余裕《よゆう》を持って家を出た。遅刻《ちこく》するわけにはいかない。事前に、『わたし駅前にひとりで立っていると引くくらいナンパされるから、早めに来てね』と言われているのだ。どうせ家が近いのだから、どちらかが家に迎《むか》えに行くことも考えたが、家族に見つかるのは恥《は》ずかしい。駅前集合で問題ないだろう。

服装は迷わないように前日に決めていた。釣《つ》り合《あ》わないのはわかっているけれど、少しでも良くしたくて悩《なや》み倒《たお》した。最終的には秋人《あきひと》に泣きついた。「女の子とデートへ行くための最適な服装がわからない」と携帯《けいたい》でメッセージを送ると、彼はわざわざ僕《ぼく》の家を訪ねてくれたのだ。

その結果、シャツにカーディガンを合わせ、下はチノパンという組み合わせに落ち着いた。これくらいでいいらしい。あんまり気合を入れても、相手を引かせてしまうとか何とか。色々僕《ぼく》にアドバイスをしてくれた。

秋人《あきひと》はいつもオシャレな私服で僕《ぼく》の前に現れる。そんな秋人《あきひと》からアドバイスをしてもらったのだから、服装に関しては大丈夫《だいじょうぶ》だ。だと思う。

「まぁデートだからってあんまり気合を入れないで、楽しんでこいよ。でも少しは頑張《がんば》れよな」

そう言って、僕《ぼく》の背中を叩《たた》いてくれた。持つべきものは友達である。

心臓の音をうるさく感じながら、僕《ぼく》は駅前で待つ。時計を見ると待ち合わせの五分前。駅前は広場になっているので、ほかにも待ち合わせをしている人はちらほら見掛《みか》けた。中にはカップルの姿もある。土曜日の昼間だからだろうか、賑《にぎ》やかで楽しげな声が色んなところから聞こえてきていた。

「あ、青葉《あおば》くん。ごめーん、待った？」

僕《ぼく》は身体を跳《は》ねさせる。山吹《やまぶき》さんの声だ。ドキドキしているうちに待ち合わせの時間になっていたらしい。僕《ぼく》が声の方に目を向けると、彼女は小走りでこちらへ向かってきていた。

彼女は白のストライプシャツを着ており、首元には控《ひか》えめなネックレスが飾《かざ》られていた。いつもは清水のようにまっすぐ流れている髪《かみ》が、緩《ゆる》くウェーブがかかっている。その髪《かみ》を黒のキャスケットが包んでいる。下はデニム生地《きじ》のミニスカート。白くて長い足がばっちり映《は》え、可《か》愛《わい》らしいヒールがそれをより強調する。

顔には少しだけメイクを施《ほどこ》し、いつもかわいい彼女がより美しく見える。さらに飾《かざ》るのは赤ぶちの大きな眼鏡。彼女の視力は悪くないはず。だからアクセサリーなのだろうが、それがとても似合っていた。

鞄《かばん》を肩《かた》から下げて、彼女はぱたぱたと走ってくる。

私服。私服だ。山吹《やまぶき》さんの私服を見たのなんていつ以来だろう。随分《ずいぶん》と可愛《かわい》らしく、女の子らしい服装になったものだ。正直言って狼狽《うろた》えた。腰《こし》が砕《くだ》けそうになった。なんて可愛《かわい》さだ。気《き》の利いたことも言えず、僕《ぼく》は山吹《やまぶき》さんの姿をただ凝視《ぎょうし》することしかできなかった。

「晴れてよかったわよねー、崩《くず》れるんじゃないかと思ってひやひやしたわ」

そう言って彼女はにっこり笑う。そして、自然に僕《ぼく》の服に手を触《ふ》れながら「お、爽《さわ》やかな服装ねー。カーディガンを着こなす男はポイント高いよー」と褒《ほ》めてくれた。しかし、僕《ぼく》が何も言えないままでいると、彼女は首を傾《かし》げてこちらの様子を窺《うかが》う。そこで、ぽん、と手を叩《たた》いた。

「さては、わたしのあまりの可愛《かわい》さに言葉を失っているな？」

悪戯《いたずら》っぽい笑みを浮《う》かべながら、僕《ぼく》を指差す山吹《やまぶき》さん。「あ、はい。その通りです」と僕《ぼく》はそのまま口にしてしまう。

「一応、覚悟《かくご》して待っていたんですが、その予想を簡単に超えてしまうものですから。普通《ふつう》の高校生なら、だれもが言葉を失います」

艶《つや》のある髪《かみ》が緩《ゆる》やかなウェーブを作っているのも、いつもより足が見えるのも、可愛《かわい》らしい服装も。頭をぶん殴《なぐ》られた思いだ。あまりに衝撃《しょうげき》と刺激《しげき》が強すぎる。

僕《ぼく》の言葉に山吹《やまぶき》さんは少しだけ驚《おどろ》いたような顔を作ったけれど、すぐに頰《ほお》を緩《ゆる》める。「このー、正直者め」と僕《ぼく》に向かってポスポスと拳《こぶし》をぶつけてくる。ぱんちぱんち、という掛《か》け声《ごえ》付きで。

「ま、わたしがかわいいのは世界の理《ことわり》だからいいとして、電車が来るからもう行きましょ」

そう言って山吹《やまぶき》さんは駅を指差す。確かにそろそろ電車がやってくる時間だ。彼女に見惚《みと》れて電車を乗り過ごす、なんて間抜《まぬ》けなことはさすがにしたくない。

僕《ぼく》たちの目的地は駅をいくつか跨《また》いだ先にある、ショッピングモールだ。僕《ぼく》たちの家と学校の中間ぐらいにあるところで、近所の中高生が遊ぶのにちょうどいい場所だった。複合施設《しせつ》になっているので、買い物だけじゃなく、映画館やボウリング、ゲームセンターにカラオケ、その他もろもろの娯楽施設《ごらくしせつ》が集まっている。のんびり遊ぶにはぴったりだ。

しかし、遊ぶ前に腹ごしらえ。昼食をいっしょに食べることにしているので、まずはご飯だ。もちろんショッピングモール内には様々な飲食店がある。

「山吹《やまぶき》さん、何食べたい？」

隣《となり》に座る山吹《やまぶき》さんにそう尋《たず》ねる。すると、彼女は「青葉《あおば》くんは？」と尋《たず》ね返《かえ》してきた。

「僕《ぼく》は何でもいいけど」

「それならわたし、らーめんが食べたい」

また意外なところだ。つばさならともかく、山吹《やまぶき》さんがらーめんを食べたいと言い出すのは予想外である。子供の頃《ころ》は特に好きな印象はなかったけれど。

「いいけど、山吹《やまぶき》さんってらーめんが好きだったんだ」

僕《ぼく》がそう言うと、彼女は少しばかり照れくさそうに「そういうわけじゃないんだけど」と軽く手を振《ふ》った。

「ほら、女の子だけだとらーめん屋なんて普通《ふつう》入らないから。ひとりなら尚更《なおさら》だし。せっかく男の子といっしょにいるんだから、そういうところにも行きたいなって」

何とも可愛《かわい》らしいことを言われて、つい頬《ほお》が緩《ゆる》みそうになる。そういうことなら是《ぜ》が非《ひ》でもらーめん屋に行こう。こんな美人を連れてらーめん屋だなんて、世の男たちに張《は》り倒《たお》されそうな気もするが。

駅からショッピングモールまでの道のりに、評判のいいらーめん屋さんがあるから、そこへ行くことになった。魚介類《ぎょかいるい》ベースのあっさりとしたらーめんを出すお店だ。女の子でもこれなら食べやすいだろう。ただ、昼時ということもあって店の前には列が出来上がっていた。これなら三十分は並ばないといけないだろうか。

それを伝えると、彼女は「三十分くらいなら並びましょ」と列に吸い込まれていく。つばさといっしょだとこうはいかない。彼女はらーめんは好きだが、もっぱらこってり派で、何より列待ちするのが嫌《きら》いなのだ。

「わたし、列なら四時間待ったことあるわよ。テレビで紹介《しょうかい》されたパンケーキ店さんで」

「四時間？　それは凄《すご》いな……。そこまでして食べたかったの？」

「というよりは、あーゆーのって並ぶのも醍醐味《だいごみ》みたいなところがあるからねぇ」

そう言って笑う。さすがに僕《ぼく》も一時間くらいでギブアップしそうだ。並ぶのが楽しいっていうのがよくわからない。

「…………」

ただ、横で山吹《やまぶき》さんが楽しそうに話しているのを聞いていると、こうやって並ぶのも悪くないな、と思えた。

あっという間に三十分が過ぎ、運良くテーブル席へ案内される。店内はお客さんでいっぱいだったけれど、いい意味であまりらーめん屋らしくない内装だった。シックで落ち着きがある。外で待っている人もいるので、あまりのんびりはできないが。

「どれがおいしいのかしら」

わくわくとした様子でメニューを眺《なが》める山吹《やまぶき》さん。しかし、迷うほどメニューに幅《はば》があるわけではないので、すぐに頭にタオルを巻いた店員さんが「お決まりですかっ」とやってくる。

その勢いに少し驚《おどろ》く山吹《やまぶき》さん。あまりにも可愛《かわい》らしい女の子が座っていてびっくりする店員さん。ふたりがびくっとなっている中、僕《ぼく》はメニューを眺《なが》めながら言う。

「ええと、らーめん大盛りで」

「あ、わたしは普通《ふつう》で」

「わたしはらーめん大盛りに、あと替《か》え玉《だま》をください」

……本当にいつの間に、という感じである。さらりと注文に加わったのは、神出鬼没《しんしゅつきぼつ》の呪《のろ》いの精霊《せいれい》。山吹《やまぶき》さんの隣《となり》に小春《こはる》がちゃっかり座っている。彼女はいつもと変わらない無表情顔で、いつも通りのセーラー服でそこに座っていた。

「いやぁ、すみません。おいしそうだったもので、つい」

店員さんが行ってから、全く悪びれる様子もなく、言葉だけの謝罪をする小春《こはる》。「どうもわたし、麺類《めんるい》が好きみたいなんですよね」と他人事《ひとごと》のように言う。

「あ、もちろん、らーめん食べたら帰りますので、ご心配なく」

「……いや、別にいいんだけどね」

いっしょにいたら気を遣《つか》うわけでもないし。山吹《やまぶき》さんも笑みを浮《う》かべて小春《こはる》を見ている。

「でも、小春《こはる》が出てきたってことは、やっぱり今日のことは青春ミッションに関係あるっていうこと？」

山吹《やまぶき》さんが小春《こはる》の顔を覗《のぞ》き込《こ》みながら、そう訊《き》く。あぁそうか。そういえば、今は青春ミッションを行っている最中だったんだ。デートという言葉にどうしようもなく緊張《きんちょう》を覚えていたので、すっかり忘れていた。

「いえ、別にそういうわけでは。わたしはらーめんにつられて出てきただけで、青春ミッションには関係ありません」

彼女は首を振《ふ》って無情なことを言う。僕《ぼく》たちは同時に力が抜《ぬ》けた。あのミッションで何より悩《なや》んでいるのは、その内容の難解さだ。きちんと内容がわかれば、すぐにそれを実行するのに、それができない。僕《ぼく》たちが今やっていることはすべて徒労《とろう》に終わることだってあるわけだ。

けれど、小春《こはる》は「わたしは導くことはできません。が、今こうしていることに無駄《むだ》なことはひとつもないということは伝えておきます」と何とも曖昧《あいまい》な言葉を僕《ぼく》たちにくれた。

そんな話をしている間に、三つのらーめんと替《か》え玉《だま》を店員さんが届けてくれた。湯気がテーブルの上で混ざりながら昇《のぼ》っていく。浮《う》かぶ鰹節《かつおぶし》の香《かお》りが鼻を通っていった。透《す》き通《とお》るスープに黄金色《こがねいろ》の麵《めん》、麵《めん》の上で踊《おど》るネギ、メンマ、チャーシューの数々。胃袋《いぶくろ》が空腹を訴《うった》えてくる。

「おー、おいしそう」

どんぶりを覗《のぞ》きながら声を上げる山吹《やまぶき》さん。だけど、「あ、曇《くも》るわこれ」とそばに眼鏡を置いた。

僕《ぼく》ら三人は手を合わせて、「いただきます」と声を重ねる。

重なる麵《めん》に箸《はし》を入れると、ふわっと香《かお》りがより湧《わ》き立《た》つ。それに食欲を刺激《しげき》されながら、僕《ぼく》は麵《めん》をすすった。その瞬間《しゆんかん》に口の中を香《かお》りが抜《ぬ》けていく。魚介類《ぎよかいるい》のダシをしっかり効かせながらも、あっさりとした味わいを舌に残していく。麵《めん》もコシがあって良い。次々に麵《めん》をすすりたくなる魔力《まりょく》があった。

「わ、おいしい」

山吹さんが驚《おどろ》いたように言う。その反応が少し嬉《うれ》しかった。隣《となり》の小春《こはる》は何も言わないが、淡々《たんたん》と麺《めん》をすするペースは早い。

「あ、青葉《あおば》くん、見て見てっ」

しばらく黙《だま》って麺《めん》をすすっていたが、急に山吹《やまぶき》さんに名前を呼ばれる。顔を上げると、彼女はスープから麺《めん》を引き上げるところだった。口を箸《はし》へ近付けていく。さっきまで外していたはずの眼鏡を、なぜかかけ直して。彼女は髪《かみ》を軽くかきあげて、小さな口を開いた。目を少しばかり細めている。その仕草、表情はどこか艶《つや》っぽくて、言うまでもなくどきりとさせられる。

不思議なのは、彼女がその姿勢のまま止まってしまったことだ。麺《めん》を口に含《ふく》もうとしない。その代わり、彼女は声を上げた。

「今わたし、可愛《かわい》さの世界新記録、出てない？」

「出てる。世界新出てる」

思ったことをそのままに口に出してしまう僕《ぼく》。いや、実際そう言ってしまうほど可愛《かわい》らしかったのだ。これなら世界新も間違《まちが》いない。

「それならら一めんより、パスタとかクレープの方が合っているのではないですか」

既《すで》に替《か》え玉《だま》をスープに投入している小春《こはる》が言う。

「いや、かわいい女の子がらーめんを食べている姿がいいんだって」

僕《ぼく》が言うと、山吹《やまぶき》さんはうんうんと力強く頷《うなず》いていた。「ギャップよね、ギャップ」と手をひらひらとさせながら付け足している。

「あ、でも待って。クレープはちょっとズルい。山吹《やまぶき》さんがクレーム食べていたら、これはもう世界新どころじゃないかもしれない」

「えー……、でもクレープってちょっとあざとすぎない？」

「普通《ふつう》の高校生なら、そういうあざといのが好きなんだって」

そんなことを話しながら、僕《ぼく》たちはらーめんを食べ切った。

本当に小春《こはる》はらーめんを食べに来ただけらしく、店を出る頃《ころ》には既《すで》に姿を消していた。いなくなるのもいつものことなので、僕《ぼく》らは気にしないでデートの続きを始めることにした。

らーめん屋から少し歩けば、すぐにショッピングモールには辿《たど》り着《つ》いた。どん、と構えた大きな建物は遠くからでもよくわかる。広い駐車場《ちゅうしゃじょう》はひっきりなしに車が出入りしていて、よく繁盛《はんじょう》しているのが見て取れた。僕《ぼく》たちと同じような若者や、家族連れが大きな入口へと吸い込まれていく。

色んな店を回りたい、という彼女の提案に乗って、僕《ぼく》と山吹《やまぶき》さんは入りたいと思った店を順に覗《のぞ》いていく。とはいえ、ほとんどが山吹《やまぶき》さんの選ぶ服屋さんだけれど。意外とこれが面白《おもしろ》かった。よく、女性に付き合わされる買い物はつまらないと聞くけれど、山吹《やまぶき》さんが服を身体に当てて、「どう?」と訊《き》いてくるのは楽しい。神をも超えた可愛《かわい》さを持つ山吹《やまぶき》さんでも向き不向きがあるらしく、どうしても着こなせない服はあるらしい。もちろんすごく似合う服も。それをいっしょに探すのは新鮮《しんせん》だった。

しかし、あまりにも真剣《しんけん》な表情で布地まで見ているので、「本気すぎない?」と言ってしまった。すると彼女は、服に触《ふ》れながら、

「わたしは自分の可愛《かわい》さを維持《いじ》するために、妥協《だきょう》するわけにはいかんのだよ」

という言葉を頂戴《ちょうだい》する。ストイックなスポーツ選手のようだ。「美容と健康のために、毎朝五キロは走るしね」と付け加えた言葉がよりそれっぽさを出す。

あとは恐縮《きょうしゅく》ながら、山吹《やまぶき》さんに服を選んでもらった。僕《ぼく》の身体に服を合わせて、真剣《しんけん》に品定めする彼女の姿はとても直視できない。物理的に距離《きより》が近いのもある。しかし何より、このシチュエーションがそれこそカップルのようで照れくさかったのだ。

「ふふ」

違《ちが》う店に行く途中《とちゅう》で、彼女が急に笑い出す。

「どうしたの」

「いやぁ、男の子といっしょだと服屋周りも楽だなって。ほら、わたしの場合ってすぐ男の人

が寄ってくるから。店員さんかと思ってたら、その店員さんに口説かれることもあるからねぇ」

……そういう意味では確かに楽なのかもしれない。実際、彼女は目を離《はな》すと、すぐにだれかに見られている。声を掛《か》けようと近付いていた人もいるくらいだ。僕《ぼく》が慌《あわ》ててそばに寄ると、男たちはつまらなさそうに離《はな》れていく。

ただ、彼女は楽だからいいと言っているけど、僕《ぼく》としては複雑だ。それって、僕《ぼく》と山吹《やまぶき》さんの関係が勘違《かんちが》いされているということだろう。近付く男たちが不愉快《ふゆかい》そうな表情を浮《う》かべるくらいには、僕《ぼく》と彼女は釣《つ》り合《あ》っていないわけで。それが彼女に申し訳ないと思うところなのだ。

そのあとは山吹《やまぶき》さんがやりたい、というのでスポーツ施設《しせつ》で卓球《たっきゅう》をやったりした。

「でも、僕《ぼく》結構強いよ」

「お。青葉《あおば》くんらしからぬ自信のあるお言葉。でも、別に卓球部《たっきゅうぶ》じゃなかったわよね？」

「つばさの相手させられるのはいつも僕《ぼく》だから。負けると何かしらおごりになるし」

「へえ。つばさって運動神経いいのによく相手できるわねえ。それならわたしとも、ひとつ勝負しよっか」

山吹《やまぶき》さんはそれなりに自信があったみたいだけれど、残念ながら僕《ぼく》には一歩及《およ》ばなかった。山吹《やまぶき》さんも運動神経はいいのだが、さすがにつばさほどではない。

「むう」

悔《くや》しそうに唇《くちびる》を尖《とが》らせている山吹《やまぶき》さんが、とても可愛《かわい》らしかった。

卓球《たっきゅう》のあとはゲームセンター。山吹《やまぶき》さんは女の子とたまに来るらしい。とはいえ、やるのはビデオゲームではなく、体感ゲームやクレーンゲーム、あとはプリクラが主なようだ。そんな彼女に合わせて、僕《ぼく》もそれらのゲームをいっしょに遊んだ。

とはいえ、さすがにプリクラはやらないだろう。そう思っていたのだが、彼女はゲーム機の前を通ると悪戯《いたずら》っぽい笑みを浮《う》かべる。

「せっかくだからやっておきましょうか、青葉《あおば》くん」

「ちょ、ちょっと山吹《やまぶき》さん」

強引《ごういん》に引っ張られて、ゲーム機の中に連れ込まれる。

中は想像以上に広かった。真っ白なカーテンに囲われていて、モニターからは音声が鳴《な》り響《ひび》いている。戸惑《とまど》っている僕《ぼく》をよそに、彼女はモニター画面を慣れた様子で操作していた。

「え、本当に撮《と》るの……？」

プリクラなんて撮《と》ったことないんだけど。しかも女の子とふたりきりだなんて。その相手が山吹《やまぶき》さんだっていうんだから、普通《ふつう》に写真を撮《と》るのとは全く意味合いが異なってくる。

「なによぉ。わたしと撮《と》りたくないの？」

ふてくされるような声を上げながら、彼女はモニターから目を離《はな》さない。指が器用に画面に触《ふ》れていく。撮《と》りたいか、撮《と》りたくないか、で言えばもちろん。

「……撮《と》りたいです」

「素直でよろしい」

山吹《やまぶき》さんは僕《ぼく》へ向き直ると、微笑《ほほえ》みを浮《う》かべる。そして、「ほら、もう撮《と》るよー」と僕《ぼく》の腕《うで》を摑《つか》んだ。ぐいっと引っ張られてしまう。ゲーム機の音声が「準備はいーい？」なんてかわいい声で言ってくる。よくない。何ひとつ準備できていない。

ゲーム機の仕切りの中は広かったけれど、それは奥行《おくゆ》きがあるという意味だ。実際にカメラの前に立ち、ふたりが並んで撮《と》ろうとするとかなり接近しなくてはならない。彼女がぐっと身体を寄せてくる。引きで撮《と》ればいいのだろうが、山吹《やまぶき》さんはこのカメラの位置がいいらしい。きっと一番可愛《かわい》く撮《と》れるポイントなのだろう。

彼女の肩《かた》が僕《ぼく》の肩《かた》に触《ふ》れる。細い肩《かた》の感触《かんしょく》が伝わる。手が触《ふ》れてしまいそうな距離《きょり》だ。その気になれば、キスだってできてしまうほどの近い距離《きょり》。たやすく肩《かた》に手を回せる距離《きょり》。身体がガチガチになっているところで、機械の音声がカウントダウンを始めた。

「ほら、青葉《あおば》くん。前向いて、笑顔で」

彼女はカメラ目線でにっこりと笑う。完璧《かんぺき》な笑顔。僕《ぼく》もそれにつられるようにしながら、笑顔を作った。すぐ横で彼女が笑っているおかげか、僕《ぼく》もそれなりに笑えたと思う。

「お、いい感じに撮《と》れたわね」

山吹《やまぶき》さんがにこにこしながら、モニターを見つめている。確かに良く撮《と》れていた。すごく可《か》愛《わい》らしく笑っている山吹《やまぶき》さんと、ぎこちないながらも笑顔の僕《ぼく》。その差異が何だか面白《おもしろ》い。彼女はそれを眺《なが》めながら、「それじゃ、仕上げをしておこう」と付属のペンを手に取った。ふたりが映ったモニターに力強く文字を書いていく。

僕《ぼく》と山吹《やまぶき》さんの間に、丸っこい女の子らしい文字で「幼馴染《おさななじみ》ズ☆」とカラフルに書かれていた。

「なんてね」

そう言って彼女は、照れくさそうに笑うのだった。

しばらく待つと、仕上がったシールが排出《はいしゅつ》された。山吹《やまぶき》さんは慣れた様子で半分に切ると、その半分を僕《ぼく》に渡《わた》してくれた。

「でも、せっかく撮《と》ったけどこれじゃあ貼《は》れないわね」

山吹《やまぶき》さんは困ったように笑う。確かにその通りだ。こんなものを何かに貼《は》って見られでもすれば、間違《まちが》いなく誤解される。

「…………」

しかし僕《ぼく》は台紙から一枚はがすと、そっと携帯《けいたい》の裏に貼《は》った。

もうこの携帯《けいたい》は、人前では使えないなぁ、と思いながら。

散々歩いて遊んではしゃいだせいか、さすがに疲《つか》れてしまった。休憩《きゅうけい》しよう、と山吹《やまぶき》さんに連れられたのは、ショッピングモール内の喫茶店《きっさてん》。静かな雰囲気《ふんいき》の場所だった。こぢんまりとしているお店で、腰《こし》を落ち着けるにはちょうどいい。入店を知らせるベルが控《ひか》えめに鳴ると、大人しそうなお姉さんが案内してくれる。お好きな場所へどうぞ、と言われたので、山吹《やまぶき》さんは適当な席に座ろうとしたが、僕《ぼく》が奥《おく》の席がいい、と言ったら従ってくれた。

「あぁ、疲《つか》れた」

彼女はぽすん、と椅子《いす》に腰掛《こしか》けながらそう言う。同意見だ。さすがにあっちこっちと行き過ぎてしまった。しかし、疲《つか》れたと言っているにも関わらず、山吹《やまぶき》さんは早速《さっそく》メニューを手に取っている。

「ここのチーズケーキは絶品でね、絶対食べたいと思ってたんだー」

ご機嫌《きげん》に山吹《やまぶき》さんは言う。注文を取りに来た店員さんに、朗《ほが》らかな笑顔でケーキセットを注文していた。卓球《たっきゅう》勝負で負けた罰《ばつ》ゲームでご馳走《ちそう》してくれるらしいので、僕《ぼく》も同じものを注文する。店員さんの「可愛《かわい》らしいカップルだなぁ」という視線は気になったけれど、気が付かないふりをしておく。

「あ。七夕祭りのチラシが貼《は》ってある」

店の壁《かべ》に貼《は》ってあった紙を見ながら、山吹《やまぶき》さんは眼鏡の位置を直す。子供が描《か》いたであろう、笹《ささ》の葉と短冊《たんざく》、そして星空のイラストが描《か》かれたチラシだった。その中で大きく書かれた「七夕祭り」の文字。場所や日時もしっかりと書かれている。開催日《かいさいび》は七月一週目の土曜日。場所は僕《ぼく》らの家の近所だ。

七夕祭りは毎年恒例《こうれい》のちょっとしたお祭りで、神社の前の通りに屋台が並ぶ。そこかしこに笹《ささ》が用意してあって、参加者は短冊《たんざく》を引っかける。ただそれだけのお祭り。けれど、その辺りの子供たちにとっては楽しみなお祭りなのである。小さい頃《ころ》の僕《ぼく》も同じだ。山吹《やまぶき》さんといっしょに行ったのをよく覚えている。

「もうそんな時期かぁ。ね、青葉《あおば》くんは去年行った?」

頬杖《ほおづえ》を突《つ》きながら、山吹《やまぶき》さんがそう尋《たず》ねてくる。

「いや。去年は行ってないなぁ」

沙知《さち》が反抗期《はんこうき》に入るまではいっしょに行ったけれど。去年は誘《さそ》っても、「行くわけないでしょ。バカじゃないの」ってつれない態度だったし。

「……昔はいっしょに行ったわよね。覚えてる?」

ちらりとこちらを窺《うかが》うようにして、尋《たず》ねてくる山吹《やまぶき》さん。そりゃあ覚えている。疎遠《そえん》になるまでは、毎年いっしょに行ったくらいなのだから。

僕《ぼく》の表情を見て肯定《こうてい》と受け取ったのだろう。彼女は目を細めると、思い出すようにしながら言う。

「楽しかったな。そんなに派手なお祭りっていうわけじゃないのに。短冊《たんざく》をつける笹《ささ》を探しながら、屋台巡《めぐ》りをするだけで楽しかった」

そんな風に言われると、遠い思い出が蘇《よみがえ》ってくる。お祭りの煌《きら》びやかな光や祭囃子《まつりばやし》の音。いつもは静かな神社の前が、そのときだけは賑《にぎ》やかになる。華《はな》やかになる。屋台の明かりが夜を照らして、通行人の笑い声に包まれる。どこからか聞こえる太鼓《たいこ》の音。お祭りの中を歩いているだけでわくわくした。夜なのに明るくて、みんな楽しそうに笑っているのだ。

そして、僕《ぼく》は山吹《やまぶき》さんと手を繋《つな》いで、お小遣《こづか》いを握《にぎ》りしめてその中を歩いていた。自然と、当時の思い出が僕《ぼく》の口をついて出る。

「……あぁ、そうだ。確か、どこに短冊《たんざく》を引っかけるか迷っていたら、いつの間にか境内《けいだい》まで入っちゃってて」

風景が頭の中に蘇《よみがえ》ってくる。なぜか僕《ぼく》たちは、お祭りの喧騒《けんそう》から離《はな》れて、暗くて静かな夜の社の前にいたのだ。せっかくだから一番いい場所に短冊《たんざく》を飾《かざ》りたい、と思っているうちに、迷《まよ》い込《こ》んでいたのだろう。

「あったあった。でも、なぜか境内《けいだい》にも笹《ささ》が一本だけあったのよね。気が付いているのはわたしたちだけで」

よく覚えている。社《やしろ》の近くに、控《ひか》えめに小さな笹《ささ》が用意してあったのだ。境内《けいだい》は普段《ふだん》と何ら変わりはない。明かりもなかった。お祭りから切《き》り離《はな》された場所だというのに、だれかがひっそりと準備してくれていたのだ。

屋台とともに並んだ笹《ささ》にはもちろん、たくさんの短冊《たんざく》がかけてあった。しかし、境内《けいだい》の笹《ささ》にはひとつもない。当然だ。境内《けいだい》へは長い階段を上らなくてはならない上に、ぱっと見では何もないように見えるのだから。僕《ぼく》たちだけの笹飾《ささかざ》りだ！　と喜んで僕《ぼく》らはそこに短冊《たんざく》をかけたのだった。

「あのときは疑問に思わなかったけど、だれがあんなところに用意したのかしらね。今も用意されるのかなぁ」

ぼんやりと言う。沙知《さち》と七夕祭りへ行ったときは見に行かなかった。もしかしたら、未《いま》だにあそこにはだれかが用意してくれていて、笹《ささ》がひっそりと揺《ゆ》れているのかもしれない。想像することしかできないけれど。

「……ね。まだあそこに笹《ささ》があるか、確認しに行ってみない？」

僕《ぼく》が物思いに耽《ふけ》っていると、山吹《やまぶき》さんが控《ひか》えめな声でそう言った。視線を戻《もど》すと、彼女は少し前かがみになりながら、僕《ぼく》の様子を窺《うかが》うように見上げている。透《す》き通《とお》った瞳《ひとみ》が揺《ゆ》れる。一瞬《いっしゅん》、何を言われたか上手く把握《はあく》できずに、「お祭りに？　僕《ぼく》と？」と問い返してしまった。「ほかにだれがいるのよ」と彼女は苦笑する。

「ダメかな」

上目遣《うわめづか》いで、ちょっと不安そうに微笑《ほほえ》む山吹《やまぶき》さん。そんな顔で言われてしまえば、だれであろうと断れるはずがない。僕《ぼく》はスマートに返事をする。「ぼ、ぼぼぼぼぼ、ぼくで、よければ」。ぜんぜんスマートじゃなかった。彼女の珍《めずら》しい表情が思いのほか破壊力《はかいりょく》があったせいだ。椅子《いす》に座っていなければその場で崩《くず》れ落《お》ちていただろう。

「えへ。今度はわたしからさそっちった」

ふにゃっとした笑みを浮《う》かべると、彼女は幸せそうに目を瞑《つぶ》った。僕《ぼく》は相当腑《ふ》抜《ぬ》けた顔をしているだろう。身体中の力が抜《ぬ》け落《お》ちてしまいそうだ。

「それじゃ、約束ね。もう予定帳に書きこんじゃうからね。ダメだって言ってももう遅《おそ》いからね」

山吹《やまぶき》さんは歌うように言うと、鞄《かばん》からピンク色の予定帳を取り出す。七月のページを開くと、七夕祭りの日に「青葉《あおば》くんと七夕祭り！」と丸っこい字で書きこんだ。くるくると花丸までつけている。僕《ぼく》は予定帳を持っていないけれど、この予定を忘れることは絶対ないだろう。しっかりと頭に刻《きざ》み込《こ》んだ。

「お待たせいたしました」

ちょうど、山吹《やまぶき》さんが予定帳を鞄《かばん》にしまったタイミングで、店員さんがやってきた。ふたつのトレイを器用に手のひらへ載せている。丁寧《ていねい》にテーブルの上に置くと、「ごゆっくりどうぞ」と微笑《ほほえ》みながら戻《もど》っていった。

「きたきた。うーん、やっぱりおいしそう」

山吹《やまぶき》さんがご機嫌《きげん》に目の前のトレイを眺《なが》めている。トレイに載せられているのは、チーズケーキと紅茶のケーキセット。チーズケーキはふっくらとした仕上がりで、表面のきつね色が実に綺麗《きれい》だ。側面の白は眩《まぶ》しさを覚えるほど。上品な色味だった。紅茶ポットとカップが隣《となり》に並んでいて、気品を感じさせる。これは確かにおいしそうだ。

「今日一日、これが楽しみだったの」

今にも鼻歌でも口ずさみそうな陽気さで、山吹《やまぶき》さんはフォークを手に取る。チーズケーキがゆっくりと切り取られるのが見えた。あーん、と彼女は小さく口を開くと、ケーキはそこへ吸い寄せられていく。

しかし。

「くちゅっ」

ケーキを口に含《ふく》もうとするその瞬間《しゅんかん》。彼女はくしゃみをしてしまった。「あ」。僕《ぼく》と山吹《やまぶき》さんの口から、同時にそんな声が漏《も》れる。

次の瞬間《しゅんかん》、彼女の手からフォークがすり抜《ぬ》け、皿に落ちてカツンと音を鳴らした。切り取られたケーキもいっしょにだ。そして、彼女の頬《ほお》にはあの例の「STOP!!」というマークが浮《う》かび上《あ》がってしまう。彼女はもう物を手にすることができない。干渉《かんしょう》できない。ケーキだって食べられない。

「…………」

彼女はフォークを落とした姿勢のまま固まり、呆然《ぼうぜん》とケーキを見つめている。しばらくそれを眺《なが》めたあと、放心した様子で僕《ぼく》を見た。その眼には光が失われている。それも仕方がない。

一日楽しみにしていたケーキが奪《うば》われたのだから、ダメージの方も凄《すさ》まじいのだろう。女の子はそういうものらしい。僕《ぼく》も妹の楽しみにしていたアイスを勝手に食べて、阿修羅《あしゅら》の如《ごと》くキレられたことがあるからわかる。

「……まぁ、何となくこんなことになるんじゃないかと思ってたんだけど」

頭を掻《か》きながら、彼女のフォークに手を伸《の》ばす。念のため、奥《おく》の席にしてもらってよかった。ここなら周りから見られないだろう。僕《ぼく》は彼女のフォークを手に取りケーキを拾うと、本来収まるべきだった口へ向かわせる。

「え」

「ほら、口開けて。あーん」

ようやく正気に戻《もど》った彼女が、僕《ぼく》が持っているフォークを見ながら目を白黒させる。明らかに戸惑《とまど》っている。恥《は》ずかしいのはわかるけれど、こうでもしないと山吹《やまぶき》さんは楽しみにしていたケーキを食べることができない。さすがに二時間も待てないし。これしか方法はないのだ。

「あ……、あーん」

こうするのがベストだと彼女も思ったのだろう。前のめりになり、恐《おそ》る恐《おそ》る口を開いた。その中にチーズケーキを置いていく。

「あぁ、やっぱりおいしい」

口にした瞬間《しゅんかん》、ほにゃっと彼女は頬《ほお》を緩《ゆる》めた。本当に幸せそうな顔だ。そのおいしさの前では多少の羞恥《しゅうち》は吹っ飛ぶらしく、彼女はぱかっと口を開いて次を催促《さいそく》してきた。親にエサをねだる小鳥のようだ。望み通り、僕《ぼく》はチーズケーキをせっせと運んでいく。

「青葉《あおば》くん、そろそろ紅茶欲しぃ」

「はいはい。砂糖とミルクは?」

「どっちも。砂糖はいっこ」

今度は紅茶の催促《さいそく》をする始末。僕《ぼく》はフォークを置くと、カップにとくとくと紅茶を注いだ。ミルクを入れて、角砂糖を放り込み、スプーンでくるくるとかき混ぜる。これでは召使《めしつか》いとお姫様《ひめ》だ。カップルと勘違《かんちが》いされるのも困るけれど、この姿を見られるのもそれはそれで困る。つくづく奥《おく》の席にしてよかったと思う。

僕《ぼく》がせっせと紅茶の準備をしていると、視線を感じて顔を上げた。さっきまでケーキと紅茶をせがんでいた山吹《やまぶき》さんは、物憂《ものう》げな顔で僕《ぼく》を見つめていた。何だろう。こんなにも近いというのに、彼女は遠い目をしているのだ。

「わたし、青葉《あおば》くんに謝《あやま》らなくちゃいけないことがふたつある」

表情を変えないまま、彼女はぽつりとそんなことを言う。なに? と尋《たず》ねると、彼女は小さな声で独白するように言った。

「〝青春の呪《のろ》い〟のこと。呪《のろ》いを受けたのはわたしだっていうのに、ずっとずっと、青葉《あおば》くんに迷惑《めいわく》かけてる。今日だってそう。わたしのために休みまで使わせてしまって。本当にごめんなさい」

……なんでまた、そんなことを。俯《うつむ》いてしまっている彼女を見ながら、僕《ぼく》は何とも言えない気持ちになってしまう。寂《さび》しさを感じてしまう。なんで今さらそんなことを。

いや、もしかしたら彼女はずっと言いたかったのかもしれない。自分の事情に付き合わせてしまっていることを。申し訳ないと思う気持ちがあったものの、今まで口にするタイミングがなかっただけなのかもしれない。けれど、僕《ぼく》はそれを寂《さび》しいと思ってしまう。そんなことをわざわざ伝えなくてもいい関係に戻《もど》れたと思っていたのに。

僕《ぼく》はスプーンから手を離《はな》しながら、ゆっくりと口を開く。誤解のないよう、しっかりと伝えたかった。

「いい。僕《ぼく》がやりたくてやっていることだし、巻《ま》き込《こ》まれたのも自分の意思だ。謝《あやま》る理由はないよ。それなら、ありがとうって言われる方がいい」

僕《ぼく》がそう言うと、山吹《やまぶき》さんは眩《まぶ》しそうに目を細めて、小さく笑みを作る。ありがとぉ、と穏《おだ》やかな声で言った。

本当ならお礼だっていらないのかもしれない。僕《ぼく》の行為《こうい》は自己満足の色が強い。彼女が覚えていないだろう約束を、未《いま》だに大事に取っておいて、今更《いまさら》それを守ろうとしている。そうすることで、僕《ぼく》は僕自身《ぼくじしん》をヒーローなんだと思いたいだけなのかもしれない。

「もうひとつは？」

考え込んでいると良くない方向にいきそうだったので、話を次に進めることにした。すると彼女は、少しばかり言《い》い淀《よど》む素振《そぶ》りを見せる。言いにくいことなのだろうか。ようやく出てきた声も、ぽそぽそとしたものだった。

「子供の頃《ころ》、青葉《あおば》くんを怒《おこ》らせちゃったことがあったでしょう」

……あっただろうか。全く身に覚えがない。自分で言うのも何だか、子供の頃《ころ》の僕《ぼく》と彼女はとても仲が良く、ケンカなんて無縁《むえん》だったように思う。彼女の記憶《きおく》に残るほど、怒《おこ》ったことなんてあっただろうか。

すると彼女は、思いもよらぬ言葉を口にした。

「わたしたちが疎遠《そえん》になるきっかけ、かな。小さい頃《ころ》はずっといっしょだったのに、青葉《あおば》くんがわたしから距離《きょり》を取ったときがあったじゃない？　前触《まえぶ》れがなかったから理由もわからなくて、きっとわたしが何か怒《おこ》らせるようなことをしたんだって思った。謝《あやま》ろうと思ったけど、理由もわかっていないのに謝《あやま》ったら却《かえ》って失礼だと思って、それがわかってから謝《あやま》ろうとしていたけど、結局わからずに時間だけが経っちゃってて。そうしているうちに、どうこうできる段階じゃなくなってて。もう取り返しがつかないぞってなっちゃって……」

山吹《やまぶき》さんは視線を上げる。遠くを見上げるようにしながら、「もっとわたしが努力してたら、ずっとこんなふうに遊べていたのかなぁ」としんみりするように言っていた。

僕《ぼく》はそんな彼女に何も言えなかった。

ただ茫然《ぼうぜん》としていた。

そんなふうに山吹《やまぶき》さんが考えていたなんて、想像もしなかった。できるわけがなかった。言わば、あれは僕《ぼく》のわがままだ。特別すぎる彼女の隣《となり》に立つことが申し訳なくて、僕《ぼく》は彼女から離《はな》れた。もし、山吹《やまぶき》さんが僕《ぼく》を必要としてくれているのならそばにいようと思っていたけれど、結局それも叶《かな》わなかった。だから離《はな》れた。それを、山吹《やまぶき》さんはこんな風に考えていたなんて。

じゃあ、なにか。僕《ぼく》は彼女から必要とされていないと勝手に思って離《はな》れ、山吹《やまぶき》さんは僕《ぼく》が怒《おこ》っていると思って追いかけなかった。きちんと心の内を明かしていれば、山吹《やまぶき》さんの言う通り、ずっといっしょに遊べていたのではないだろうか。なら、それなら、一体この数年間は――。

「ね。青葉《あおば》くんは、一体何に怒《おこ》っていたの？」

僕《ぼく》の考えがまとまる前に、彼女がそう尋《たず》ねてくる。腕《うで》をテーブルに置いて前かがみになり、僕《ぼく》の顔を覗《のぞ》き込《こ》むように。頭が上手く回らない。どう答えていいかわからず、僕《ぼく》があやふやな返事をしていると、山吹《やまぶき》さんは慌《あわ》てて手を振《ふ》りながら身体を引いた。

「あぁ、ごめん。無神経だったわよね。それとも、昔のことだからもう覚えてないかしら。まあどっちにしても、こうしてまた遊べているんだから、掘《ほ》り返《かえ》す必要もないわよね」

僕《ぼく》に気を遣《つか》ったのか、それとも話しても仕方がないと思ったのか、彼女は強引に話を打ち切った。話すべきだろうか。彼女が胸の内を明かしたように、僕《ぼく》も正直な気持ちを言うべきだろうか。

「山吹《やまぶき》さん……」

「山吹《やまぶき》さん」

僕《ぼく》が言いかけると、なぜか山吹《やまぶき》さんは僕《ぼく》の言葉を復唱した。自分の名前を呼びながら、己《おのれ》を指差している。「青葉《あおば》くん」。今度は僕《ぼく》の名を呼びながら、人差し指を僕《ぼく》に向けた。何だろう。

突然始まった彼女の行動に、話の続きをできないでいる。

「いつからだっけ。わたしたちがこんなふうに呼び合うようになったのってさ。青葉《あおば》くんに山《やま》吹《ぶき》さん。なんだか、他人行儀《たにんぎょうぎ》だなって。……ね、呼び方、戻《もど》してみない？」

「えぇ」

突然の提案に戸惑《とまど》ってしまう。確かに昔に比べると、僕《ぼく》たちの呼び方は堅《かた》い。他人行儀《たにんぎょうぎ》と言われても仕方がない。けれどそれは、同級生とかクラスメイトにしては適切だ。昔の距離《きょり》が近かったというだけで。

ただ、戸惑《とまど》う反面、嬉《うれ》しくもあった。呼び方を戻《もど》すことによって、昔の関係に戻《もど》れたようで。そんなことはないんだろうけれど。それでも、提案されたのは嬉《うれ》しかったのだ。

「ほら、呼んで呼んで」

かまんかまん、と山吹《やまぶき》さんが催促《さいそく》をしてくる。ここで変に固辞《こじ》したら、きっともう二度と昔の呼び名には戻《もど》せないだろう。そんなの絶対後悔《こうかい》する。僕《ぼく》は意を決して、顔が熱くなるのを自覚しながら、声を絞《しぼ》り出《だ》した。

「あ、灯里《あかり》ちゃん」

「はぁい｜」

のんびりと間延びした言い方で返事をされる。すぐに彼女は緩《ゆる》むように笑った。くすぐったそうにしながら、山吹《やまぶき》さんは口を開く。

「懐《なつ》かしいなぁ。今じゃわたしにちゃん付けする男の子なんて、いないからねぇ。これは光栄なことだよ」

僕《ぼく》にぴっと指差しながら、おどけるように彼女は言う。明らかな照《て》れ隠《かく》し。実際、彼女を「灯里《あかり》ちゃん」などと呼ぶ歳《とし》の近い男は見たことがない。山吹《やまぶき》さ——灯里《あかり》ちゃんは男子とも距《きょ》離《り》は近い方だと思うけれど、それでも呼ばれるときは「山吹《やまぶき》」か「山吹《やまぶき》さん」だ。

恐《おそ》れ多《おお》いんじゃないかと思う。これだけ可愛《かわい》くて人気のある女の子を、馴《な》れ馴《な》れしく下の名前で呼ぶことができないという思春期ゆえの距離《きょり》感《かん》。普通《ふつう》の高校生なら仕方がない。

そんな人を僕《ぼく》がちゃん付けで呼んでいいのか、という心配はあるけれど、本人がいいというのだからいいのだろう。

「ねぇ、きぃくん？」

「…………」

それよりも、こちらの方が問題だった。彼女は頰杖《ほおづえ》をつきながら僕《ぼく》にそんなふうに囁《ささや》きかけた。悪戯《いたずら》っぽい表情で。そんな甘《あま》い呼び名で呼ばれることに対する恥《は》ずかしさ、照れくささは尋常《じんじょう》ではない。僕《ぼく》はろくな返事もできずに固まってしまう。それを見て、満足そうに灯里《あかり》ちゃんは笑った。

でも、どうだろう。世界で一番かわいい、みんなが好きな山吹《やまぶき》さんから呼ばれている、というようなふわふわとした感情は沸《わ》かない。幼馴染《おさななじみ》の女の子。灯里《あかり》ちゃんがそう呼んでくれるからこその、くすぐったさなんじゃないかと思った。

ショッピングモールからの帰り道。

「ふんふんふーん」

灯里《あかり》ちゃんはご機嫌《きげん》だった。後ろ手を組み、鼻歌を口ずさむ。身体を揺《ゆ》らすようにしながら、僕《ぼく》の前を歩いている。本当に機嫌《きげん》がいい。ここまで上機嫌《じょうきげん》な彼女を見るのは、一体いつ以来だろうか。

彼女の後ろ姿を見ているのは微笑《ほほえ》ましくはあったけれど、僕《ぼく》は彼女と同じように楽しそうにすることはできなかった。

さっきから、彼女の言葉がぐるぐると頭の中を回っている。灯里《あかり》ちゃんは言った。昔、僕《ぼく》を怒《おこ》らせたことがあると。そのせいで、距離《きょり》を取ることになってしまったと。言うまでもなく誤解だ。僕《ぼく》は怒《おこ》ってなんかいない。平凡《へいぼん》すぎることが、普通《ふつう》の人間でしかないことが、後ろめたかっただけだ。

しかし、その旨《むね》を僕《ぼく》が正直に打ち明けていれば。

灯里《あかり》ちゃんが何も考えずに「何を怒《おこ》っているの？」と言ってくれていたならば。

もしかすると、僕《ぼく》たちはずっと楽しく過ごしていたかもしれないのだ。

……頭が痛くなってくる。もしそうだとすれば、この数年間は何だったんだ、という話だ。

急に色褪《いろあ》せて見える。灰色へ変わっていく。過ぎたことだから仕方がない、と言ってしまえばその通りだが、とてもそんなふうに割り切れそうになかった。

けれど、そのモヤモヤでさえ口にすることはなく、僕《ぼく》はぐるぐると考えてしまっている。

一方、灯里《あかり》ちゃんは浮《う》かれていた。何がそんなに彼女のお気に召《め》したかはわからないが、彼女は気分が浮《うわ》ついていた。

僕《ぼく》はぼうっとしている。

彼女は浮《う》かれている。

もっと気を付けるべきだったのだ。忘れてはならなかった。言ってしまえば、きっと多少慣れてしまっていたのだろう。何度かそれを繰《く》り返《かえ》すうちに、少しずつ危機感が薄《うす》れてしまっていた。

彼女は呪《のろ》われている。呪《のろ》いを、受けている。たくさんのマイナスの感情を集めてしまい、今まさにその呪《のろ》いが発現してしまっているのだ。だからもっと、気を付けるべきだった。危機感を持つべきだった。その事故を引き起こしたのは、僕《ぼく》と彼女の不注意だろう。

僕《ぼく》たちは狭《せま》い歩道を歩いていた。ガードレールと塀《へい》に挟《はさ》まれた道だ。ふたり並べばいっぱいになってしまうだろう。だからこそ、灯里《あかり》ちゃんは少し前を歩いているのかもしれない。空を見上げながら、今も鼻歌を口ずさんでいる。

だから、前方から自転車が迫《せま》っていることにギリギリまで気が付かないでいた。自転車に乗っているのはおじいちゃんで、危なっかしい手つきで運転している。

「っと」

「あぁ、ごめんよ」

直前で自転車に気付き、慌《あわ》てて灯里《あかり》ちゃんは避《よ》ける。自転車は無事に彼女を避《よ》け、僕《ぼく》の横を通り過ぎていく。しかし、そこで問題が起きた。灯里《あかり》ちゃんがふらついたのだ。慌《あわ》てて自転車を避《よ》けたせいでバランスを崩《くず》し、よろめいてしまう。彼女はガードレールに手を伸《の》ばした。それで安心だ。灯里《あかり》ちゃんはガードレールに手をつき、「あぶなっ」と息を吐《は》くはずだった。

「――え」

その声は彼女から漏《も》れたのか、それとも見ていた僕《ぼく》か。

灯里《あかり》ちゃんは手を伸《の》ばした。車道と歩道を隔《へだ》てるガードレールにだ。普通《ふつう》なら、そこで崩《くず》れた姿勢は正されるはずだった。

けれど、そうはならない。彼女は今、〝不干渉《ふかんしょう》の呪《のろ》い〟を発現させている。……ガードレールに、触《ふ》れることはできない。干渉《かんしょう》できない。手は無慈悲《むじひ》にガードレールをすり抜《ぬ》ける。それに引っ張られるように、身体までガードレールを素通《すどお》りしていった。

手をつこうとして空振《からぶ》りしたとき、身体は思った以上にバランスを崩《くず》す。彼女もそうだった。盛大《せいだい》に転んだ。普段《ふだん》なら一笑い起きそうなくらい、べちゃっと地面に倒《たお》れ伏《ふ》してしまった。

笑えないのは、転んだ先が車道だったこと。

それに加え、勢い良く突っ込んでくる車がいたこと。

ドライバーからすれば、災難な話だ。信号がない道を走っていたら、歩道から女子高生が倒《たお》れてくるのだから。

突然車道に投げ出され、灯里《あかり》ちゃんは状況《じょうきょう》が判断できないようだった。己《おのれ》に突っ込んでくる車を見上げ、ただただ茫然《ぼうぜん》としていた。けたたましく鳴らされるクラクション。けれど、意味を為《な》さない。彼女は何が起こったか理解できていない。そして、車側も容易《たやす》く停まれるような速度ではなかった。

「灯里《あかり》ちゃんッ！」

反射的に地面を蹴《け》る。しかし、どうすればいい。どうすればいい？　今、猛然《もうぜん》と突っ込んでくる自動車相手に、僕《ぼく》が取れる選択肢《せんたくし》は多くない。今もつい飛び出してしまっただけだ。何かを考えていたわけではない。だって僕《ぼく》は、もうヒーローなんかじゃない。普通《ふつう》の高校生だ。そんな僕《ぼく》に何ができる？

〝ねえ、あかりちゃん。ぼく、やくそくするよ〟

〝なにを？〟

〝あのね――〟

「――――――っ！」

約束。そう、約束だ。難しいことなんて考える必要はない。まだヒーローだったときのように、飛び出していけばいいだけの話だ！

ガードレールを飛び越える。以前、校門を飛び越えたときのように、つんのめることはなかった。着地すると同時に、灯里《あかり》ちゃんの肩《かた》を掴《つか》んで引き寄せる。胸に抱《だ》く。車は目の前に迫《せま》っている。衝突《しょうとつ》する、と本能が危機を訴《うった》える中、僕《ぼく》はさらに地面を蹴《け》った。後ろへ飛んだのだ。

ガードレールに背中を激しく打ち付ける。

それと同時に、自動車がかなり無理に進路を曲げた。ぐにゃりと揺《ゆ》れる。タイヤと地面を激しく擦《こす》り合《あ》わせながら、どうにか僕《ぼく》たちを躱《かわ》した。豪快《ごうかい》に反対車線にはみ出し、尻《しり》を振《ふ》りながらも車は走り去っていく。

ぶつかっては、ない。

恐《おそ》ろしく荒《あら》い息の中、投げ出された足を見る。そのすぐそばを、車のタイヤ痕《こん》が通っていた。ギリギリ。ギリギリだった。だけど、どうやら助かった、らしい。

「…………………」

冷《ひ》や汗《あせ》が噴《ふ》き出《だ》してくる。上手く息ができない。運良く大惨事《だいさんじ》にはならずに済んだが、身体が緊張《きんちょう》を解こうとはしない。妙《みよう》な痺《しび》れが全身を覆《おお》っている。

それは、灯里《あかり》ちゃんも同じようだ。僕《ぼく》の胸の上に頭を乗せている彼女は、青い顔で目を見開き、僕《ぼく》と同じように荒《あら》い息を吐《は》いている。はっはっ、と息苦しそうにしている。

「──だ、大丈夫《だいじようぶ》、灯里《あかり》ちゃん？」

「う、うん……。生き、てるのよね、わたしたち……」

ふたりして、はーっと大きく息を吐《は》く。よかった。……本当によかった。まさか、呪《のろ》いがこんなふうに機能するとは思ってもみなかった。完全に油断していた。ドライバーが避《よ》けてくれなかったら、僕《ぼく》があと一秒出遅《でおく》れていたら、仲良く車に撥《は》ねられるところだった。今度からはもっと気を付けよう……。

身体からようやく力が抜《ぬ》けていくのを感じながら、灯里《あかり》ちゃんの帽子《ぼうし》が転がっていることに気付く。引き寄せたときに落ちたのだろう。僕《ぼく》はそれを拾い上げると、「よかったよ、無事で」と彼女の頭にその帽子《ぼうし》を乗せた。

すると、彼女はきょとんとした顔を作る。自分の帽子《ぼうし》を見上げ、そろそろと僕《ぼく》の方に視線を向けた。そこでカァっと顔が赤くなる。もぞ、と胸の上で彼女が動く。目線を忙《せわ》しなく動かしながら、彼女はこほ、こほ、と小さく咳《せき》をした。

「あ、あの、きぃくん……」

「ん？」

「助けてくれたことには、とっても感謝しているんだけど……、その……、ちょ、ちょっと近いかなって……」

言われて、気が付く。

僕《ぼく》は彼女を抱《だ》き寄《よ》せたままだったのだ。灯里《あかり》ちゃんの腰《こし》をがっちり掴《つか》み、力強く自分に引き寄せている。身体が密着している。その拘束《こうそく》があるせいで、灯里《あかり》ちゃんは未だ僕《ぼく》に折り重なったままだし、顔だって物凄《ものすご》く近い。彼女の顔はすっかり赤くなってしまい、僕《ぼく》の視線から避《さ》けるようにして胸元《むなもと》に固定されている。彼女の髪《かみ》が僕《ぼく》の上で広がっている。熱くやわらかい灯里《あかり》ちゃんの身体が僕《ぼく》に密接していることに対し、僕《ぼく》はパニックを起こしかけた。けれど、彼女の狼狽《ろうばい》する姿を見て、冷静さを取《と》り戻《もど》す。頭がまだふわふわしていたのも大きい。

「ご、ごめん。夢中だったもので。えっと、立てる？」

慌《あわ》てて拘束《こうそく》した手を離《はな》し、顔の前で振《ふ》ってみせる。彼女は僕《ぼく》に乗ったまま。灯里《あかり》ちゃんがどいてくれないと、僕《ぼく》も立つことができない。

「あ、ありがと……、よ、よいしょ……、あっ」

　立ち上がろうとして、崩《くず》れそうになる灯里《あかり》ちゃん。慌《あわ》てて、僕《ぼく》が支える。明らかに力が入っていない。足は小刻みに震《ふる》えていて、僕《ぼく》が支えていないとその場で座り込んでしまいそうだった。

「ご、ごめん……、なんか力入んなくて……、今になって怖《こわ》くなってきちゃった……」

「いいよいいよ。ほら、摑《つか》まって。ゆっくりでいいから」

　灯里《あかり》ちゃんの腰《こし》にそっと手を回す。かなり申し訳ないけれど、この場合は仕方がないだろう。彼女も僕《ぼく》の腰《こし》に手を回し、もう片方の手は胸あたりをぎゅっと摑《つか》んだ。そこまでしてようやく、僕《ぼく》たちは車道から抜《ぬ》け出《だ》す。よろよろとゆっくり歩き出す。

「んぎ……っ」

　背中が急激に痛んだ。先ほど、激しく打ち付けたせいだろう。自動車に轢《ひ》かれることを考えれば軽いケガだが、ぴきっとした痛みに顔を顰《しか》める。

「だ、大丈夫《だいじょうぶ》？　さっきので、どこかケガした？」

　灯里《あかり》ちゃんがあわあわとして、僕《ぼく》に摑《つか》まったまま身体をぺたぺたと触《さわ》る。

「い、いや、大丈夫《だいじょうぶ》。さっき背中打っただけだから。ちょっと大袈裟《おおげさ》に痛がっちゃっただけだよ。灯里《あかり》ちゃんこそ、ケガはない？」

　本当にそれほど大した痛みではない。安心させるために、笑いながら灯里《あかり》ちゃんに言う。

「――――」

すると、どうだろうか。彼女は僕《ぼく》の顔を見上げたまま、黙《だま》り込《こ》んでしまった。何も言ってはくれない。ただ、黙《だま》って僕《ぼく》の目を見つめるだけである。その瞳《ひとみ》は仄《ほの》かに潤《うる》んでいて、見ているこちらをどきりとさせる。頬《ほお》も赤い。熱を持ったようだ。唇《くちびる》からは熱い息がほう、とこぼれ、ぼうっとしてしまっている。

「ど、どうしたの」

「いや、あの……、うん」

僕《ぼく》が問いかけると、彼女は口ごもりながら下を向いた。耳まで赤くなっているのが見える。僕《ぼく》の服を摑《つか》む手に力が入る。そうしながら、彼女はぽそりと呟《つぶや》いた。

「こんなん……、恋に落ちるっちゅーねん……」

「はは。そりゃ嬉《うれ》しい」

明らかな冗談《じょうだん》口調《くちょう》に、僕《ぼく》の返す言葉も軽い。冗談《じょうだん》でも嬉《うれ》しいけど。もっと言ってくれないかな、と思ったけど、彼女はそれ以上何も言ってくれなかった。

しばらく歩いているうちに灯里《あかり》ちゃんの足腰《あしこし》も回復し、そのあとは普通《ふつう》にいっしょに帰った。最初の方はしおらしく、何度かお礼を繰《く》り返《かえ》していた灯里《あかり》ちゃんだったけど、さすがに途中《とちゅう》からは普通《ふつう》にしてくれた。おかげで助かった。じゅんとしている彼女は結構心臓あたりにクる。

家が近所なので近くまでいっしょに。小さい頃《ころ》、暗くなるまで遊んだあと、いつも別れていた場所までだ。住宅街の交差点。少し歩けば彼女の家にはすぐに着く。既《すで》に日は沈《しず》みかけていて、すっかり夕方の色に染まっていた。

「それじゃあ、灯里《あかり》ちゃん。来週、また学校で」

「うん。またね、きぃくん。今日は本当にありがとう」

彼女は交差点で立ち止まり、小さく手を振《ふ》る。僕《ぼく》もそれに手を振《ふ》り返《かえ》してから、彼女に背を向けた。ゆっくりと歩く。背中の痛みは既《すで》に消えてくれていた。

「きぃくーん」

少し歩いたところで、彼女に呼び止められた。振《ふ》り返《かえ》ると、彼女はその場で立ち止まったままだった。その位置から声を掛《か》けてくる。

「ひとつ訊《き》いていいかしら」

「なに？」

僕《ぼく》も足を止めて、彼女の問いかけに応える。

灯里《あかり》ちゃんは夕日をバックにしながら、僕《ぼく》を見据《みす》えていた。手を後ろに回し、少しだけ首を傾《かし》げて。唇《くちびる》は微笑《ほほえ》みを作っている。目をわずかに細めながら、灯里《あかり》ちゃんは優《やさ》しい声で問いかけた。

「きぃくんは、いつもわたしを助けてくれるね。呪《のろ》いのことも、さっきのこともそう。自分の危険を顧《かえり》みず、飛び出してきてくれる。……昔、みたいに。ねぇきぃくん。きぃくんがいつも助けてくれるのは、どうして？」

「――――」

その問いに、すぐに答えられなかった。どうして彼女を助けるのか。簡単だ、僕《ぼく》は彼女とそういう約束をしている。それがあるから、僕《ぼく》はすぐに動けるのだ。でもそれはきっと、僕《ぼく》だけが覚えている約束。彼女はきっと覚えてはいない。

と思っていたのに。

何だろう、これは。この質問は。もしかして、灯里《あかり》ちゃんも覚えているのだろうか。だって、そうじゃなきゃ、わざわざ〝昔みたいに〟なんて言わないのではないか。

灯里《あかり》ちゃんはそっと視線を下ろす。けれど、ちらちらと僕《ぼく》を見上げる。その瞳《ひとみ》には期待の色が宿っている。気がする。頰《ほお》は赤く染まっていた。それは、背中にある夕日のせいだろうか。

口元に浮《う》かぶ小さな笑み。その笑顔が意味するものは何だろう。

灯里《あかり》ちゃんに約束のことを話すのは簡単だ。昔、こんな約束をしたんだよ。そう言えばいい。

もし、それが彼女の期待する答えだったら、それはとても幸せなことだろう。

けれど、そうでなかったら。

灯里《あかり》ちゃんが約束のことなんて覚えていなければ。……それだとちょっと、いや、かなり言《い》い辛《づら》い。大昔にした約束を僕《ぼく》だけが勝手に覚えていて、それを律儀《りちぎ》に守ろうと必死になっているなんて。気持ち悪いと思われないだろうか。いや、思われてしまいそう。

そんなふうに思われたら、死んでしまう。嫌《いや》すぎて死んでしまう。

「……咄嗟《とっさ》に身体が動いちゃうだけだから。何か考えがあったわけじゃないよ」

僕《ぼく》が目を逸《そ》らしながら言うと、「ふぅん」と灯里《あかり》ちゃんは声に含《ふく》みを持たせる。彼女は目を細めながら、こちらの顔を覗《のぞ》き込《こ》むように見上げていた。

「そうなの。ざーんねん」

と、全く残念じゃなさそうに言う。残念って何が。僕《ぼく》が問い返す前に、彼女は「それじゃねー」と手をひらひらさせながら歩いて行ってしまった。

「……どう答えるのが正解だったんだろう」

置いていかれた僕《ぼく》は、ひとりでそう呟《つぶや》くことしかできなかった。

いろいろあったものの、そこからはいつも通りの休日だった。家に帰ってからお風呂《ふろ》に入り、晩御飯《ばんごはん》を食べる。ただ、母さんには申し訳ないけれど、あまり晩御飯《ばんごはん》の味はわからなかった。

夕食を終えたあと、リビングでテレビを観《み》る。ソファにもたれながらダラっとしていると、いきなり頭に手を置かれた。見上げる。フード付きのスウェットと短パンという部屋着の沙知《さち》がそこにいた。沙知《さち》は僕《ぼく》の顔を見ずに、無愛想に言う。

「コンビニ行きたいんだけど」

「……行けばいいじゃない」

「夜怖《こわ》いんですけど」

コンビニへは行きたいけど、夜道は怖《こわ》い。そういうことらしい。時計を見ると、既《すで》に二十一時を回っている。確かに妹ひとりで行かせるには危ないかもしれない。僕《ぼく》は身体を起こしながら、「お兄ちゃんにちゃんとお願いできたら行ってあげよう」と沙知《さち》に言うが、彼女はさっさと玄関《げんかん》へ向かってしまっていた。

ふたりしてサンダルを履《は》いてコンビニへ向かう。近所のコンビニへ行くには公園の前を通らないといけない。ここが危ない。街灯も人通りも少なく、公園の生垣《いけがき》が身を隠《かく》す場所を作るので、ひとりで通るにはいささか怖《こわ》い。……まぁ、それを利用してカップルがイチャついているときもあるんだけど。

公園の前を通り、コンビニへ入っていく。僕《ぼく》は買うものもないので、適当に店内をうろつく。妹は早かった。慣れた様子で雑誌と筆記用具をいくつか買うと、すぐに僕《ぼく》の元《もと》へ戻ってきて、裾《すそ》を引っ張ってくる。括《くく》った髪《かみ》が静かに揺《ゆ》れた。

「おにぃ、アイス食べたい」

「自分で買いなよ……」

そう言いつつも、妹にねだられてしまうと兄としては弱い。結局、僕《ぼく》と沙知《さち》の分の棒アイスを買った。沙知《さち》はチョコで僕《ぼく》はバニラ。帰り道に食べながら歩いていく。

「おにぃ、一口ちょうだい」

「ん」

アイスを突《つ》き出《だ》すと、がじっと沙知《さち》は齧《かじ》っていく。

「僕《ぼく》も一口」

「やだ」

「嘘《うそ》だろ……」

やりたい放題か、この妹……。

ふたり並んで歩いていたのだが、公園の前で僕《ぼく》の足が止まる。沙知《さち》が「なに？」という顔で見上げてきた。それには答えずに、耳を澄《す》ます。

「……何か聞こえない？」

「やめてよ。驚《おどろ》かせるつもりなら、つまんないから」

辛辣《しんらつ》すぎる。そんなつもりは毛頭なくて、確かにさっき妙《みょう》な音が聞こえたのだ。生垣《いけがき》の前でしばらく佇《たたず》む。すると、はっきりと「がさっ」という音とともに生垣《いけがき》が揺《ゆ》れた。ガサガサと音と動きが大きくなる。猫《ねこ》でもいるのだろうか。いや、これはちょっと大きすぎる。妹が僕《ぼく》の腕《うで》にすがりついて、僕《ぼく》の陰《かげ》に隠《かく》れるのがわかった。でもお兄ちゃんもかなりビビってしまっているので、あまり頼《たよ》りにはならなそうなんだけど。

一際《ひときわ》大きいガサッ！　という音とともに、それは正体を現した。

生垣《いけがき》の中から人の顔が飛び出す。夜道でも光《ひか》り輝《かがや》く銀色の髪《かみ》。眠《ねむ》たげな瞳《ひとみ》。三つ編みが勢い良く飛び出したかと思うと、生垣《いけがき》を叩《たた》きながら着地する。生垣《いけがき》の中に身体を埋《う》めながら頭だけを出す少女。猫《ねこ》ではなく、白熊猫《しろくまねこ》。小春《こはる》がなぜか、生垣《いけがき》に埋《う》まりながら声を掛《か》けてきた。

「どうも、喜一郎《きいちろう》さん。奇遇《きぐう》ですね」

「……どうしたの、小春《こはる》。こんなところで、なんで埋《う》まっているの」

「お気になさらず。コンビニへ行く途中《とちゅう》ですので」

どうやったらコンビニへ行く道のりで、公園の生垣《いけがき》に埋《う》まることができるのか。それに関しては何も言わないことにした。代わりに、「小春《こはる》もコンビニ行くんだ」と口にする。生活圏《けん》が不明というか、普段《ふだん》何をしているかわからない精霊《せいれい》なので、コンビニという場所に行くのが何だかおかしかったのだ。

「…………」

しかし、僕《ぼく》の問いになぜか小春《こはる》は答えない。黙《だま》り込《こ》んで翠色《みどりいろ》の目を僕《ぼく》に向けている。

「そちらは、どなたですか？」

彼女の目が僕《ぼく》から、僕《ぼく》にくっついている妹へ向けられた。あまりにもエキセントリックな登場の仕方をした小春《こはる》に対して、沙知《さち》は警戒心《けいかいしん》を出しながら僕《ぼく》の陰《かげ》に隠《かく》れている。

「あぁ、妹。妹の沙知《さち》。ほら沙知《さち》、挨拶《あいさつ》して。この子はクラスメイトの白熊猫《しろくまねこ》小春《こはる》さん」

「……どうも」

沙知《さち》は僕《ぼく》の腕《うで》を掴《つか》んだまま、ぺこりと頭を下げるだけだった。普段《ふだん》なら無愛想な、と注意するところだけれど、相手が相手だからなぁ……。生垣《いけがき》に埋《う》まってるし。小春《こはる》も気にした様子はなく、いつもの無表情顔を晒《さら》すだけだ。何も言おうとはせず、僕《ぼく》たち兄妹《きょうだい》をただ見つめていた。

このまま立ち去ってもよかったのだが、小春《こはる》に訊《き》きたいことがあったのを思い出して、彼女に顔を近付けた。沙知《さち》には聞こえないように、ぼそりと。

「小春《こはる》。ミッションってどうなった？」

訊《き》いてはみたけれど、ダメ元だ。本当に達成しているのなら、その直後に小春《こはる》が姿を見せているだろう。案の定、小春《こはる》は「何も」と短く否定するだけだった。

「……そっか。ありがと」

やはり達成には至らず、だ。こうなってくると、いよいよミッションの内容がわからなくなってくる。見当もつかない。ため息が出てしまいそうだ。これは週明け、また灯里《あかり》ちゃんと話し合わないといけないだろう。

小春《こはる》は別れの挨拶《あいさつ》もないままに生垣《いけがき》の中へ戻《もど》っていった。最初からそこにはだれもいなかったかのように、公園に静寂《せいじゃく》が戻《もど》ってくる。

「おにぃの友達って、随分《ずいぶん》変わってるね……」

沙知《さち》が僕《ぼく》の腕《うで》に摑《つか》まったまま、呆《あき》れるように言った。小春《こはる》を基準にされると僕《ぼく》も困るのだが。

僕《ぼく》は何も言わずに、そのまま歩き出す。すると、なぜか沙知《さち》は僕《ぼく》の腕《うで》に摑《つか》まったまま、歩きづらそうにしながらついてきた。

「……いや、歩きにくいから。離《はな》れてよ」

「……腰《こし》が……抜《ぬ》けて……」

沙知《さち》は僕《ぼく》の顔を見ないまま、苦虫を噛《か》み潰《つぶ》したような表情でそう言う。驚《おどろ》き過ぎでしょ。僕《ぼく》は呆《あき》れながら、仕方なくそのまま妹を引きずっていった。今日はこんなんばっかか。

「ん？」

その最中《さなか》、妙《みよう》な視線を感じて振《ふ》り返《かえ》る。そこには暗い道が続いていた。頼《たよ》りない街灯がわずかに道を照らしている。

そこに見知った背中を見た。……気がした。暗くてよくは見えない。けれど、逃《に》げるように走っていく人がいる。髪《かみ》の長い女性だ。揺《ゆ》れる髪《かみ》を見て、僕《ぼく》はひとりの人物を思《おも》い浮《う》かべた。

「灯里《あかり》ちゃん……？」

その背中はすぐに見えなくなってしまう。僕《ぼく》の呟《つぶや》きに返事をするわけもなく、沙知《さち》が怪訝《けげん》そうな顔で僕《ぼく》を見上げていた。

……いや、多分人違《ひとちが》いだろう。彼女のことばかり考え過ぎだ。髪《かみ》が長ければみんな灯里《あかり》ちゃんに見えてしまうのではないだろうか。

ひとりで勝手に恥《は》ずかしくなって、僕《ぼく》は頬《ほお》を掻《か》く。

osananajimi no yamabuki san

第四章
心に最後に残るモノ

※

中学に上がったばかりの頃《ころ》。彼女と同じクラスになったことがある。

もちろん僕《ぼく》は彼女に接触《せっしょく》しようとはしなかったし、彼女もそうしようとはしなかった。避《さ》けていると言えばそうなのかもしれない。

ある日の放課後、ほかのクラスの男子に声を掛《か》けられた。だれかは覚えていない。けれど、きっと話す程度の仲ではあったのだろう。彼は廊下《ろうか》から、教室内にいる僕《ぼく》に手招きをした。

「悪いんだけど、山吹《やまぶき》を呼び出してくれないかな」

彼は緊張《きんちょう》を隠《かく》しもせずに言う。あぁきっと告白でもするのだろう。僕《ぼく》でも一目でわかるようなわかりやすさだった。

彼女はモテた。中学生になって、より大人っぽくなって、綺麗《きれい》になって。新しい環境《かんきょう》において、彼女の存在はより煌《きら》びやかになっていた。告白も珍《めずら》しくない。もうすっかり、僕《ぼく》の手が届く位置からは離《はな》れてしまっていた。

頼《たの》まれてしまったので、僕《ぼく》は彼女に近付く。久しぶりだった。初めて彼女を避《さ》けて以来、一度も話したことがなかったのだ。

彼女はクラスメイトとおしゃべりをしていた。みんな、屈託《くったく》なく笑っている。クラスの中心人物ばかりのきらきらした集まりだった。彼女はそこがとても似合う。

「あの」

そのグループに声を掛《か》けると、おしゃべりが止まって僕《ぼく》に目を向けられる。「なに？」「どうしたの？」と声を掛《か》けてくる中、彼女だけは驚《おどろ》いた顔で僕《ぼく》を見ていた。そして、すぐにその表情が緩《ゆる》む。期待と少しの昂揚《こうよう》がそんな表情をさせていた。——と、思うのは自惚《うぬぼ》れが過ぎるだろう。僕《ぼく》はそれを見なかったふりをして、彼女に声を掛《か》けたのだ。

「山吹《やまぶき》さん」

初めて口にするその名前。それを聞いた途端《とたん》、彼女からは表情が消えた。固まってしまったけれど、僕《ぼく》は気にせずに言葉を続ける。

「あの人が、用があるから来てくれってさ」

僕《ぼく》は教室の外を指差す。山吹《やまぶき》さんはゆっくりとその指先を追っていった。表情がないまま。そうして、少しだけ笑う。呆《あき》れたような、がっかりしたような顔で、少しだけ笑ったのだ。

「ありがとう、青葉《あおば》くん。すぐに行くわ」

立ち上がって、教室の外へ向かっていく彼女。伝言を終えた僕《ぼく》は、彼女に背を向けて歩き出した。

※

週明けの月曜日。

教室内の空気がいつもと違《ちが》う。

僕《ぼく》が入ってきた瞬間《しゅんかん》に、ぴたりと静まり返った。驚《おどろ》いて足を止めてしまう。周りを見渡《みわた》すと、クラスのみんなが僕《ぼく》に目を向けていて、何人かがひそひそと話し込んでいるのが見えた。好奇心《こうきしん》に満ちた笑みや、渋《しぶ》い表情を作っている男子など、浴びたことのない視線が突《つ》き刺《さ》さってくる。

何だろう……。

僕《ぼく》は違和感《いわかん》を覚えながらも、いつも通りに自分の席へ座る。そばを通るときに、前の席のつばさに「よう、色男」と声を掛《か》けられた。次は「大丈夫《だいじょうぶ》なのか、喜一郎《きいちろう》」という声。秋人《あきひと》だった。彼は僕《ぼく》の席まで駆《か》け寄《よ》ってくると、心配そうな表情でそう言うのだ。

「どうしたのさ、ふたりとも」

鞄《かばん》を下ろしていると、つばさが振《ふ》り返《かえ》りながら口を開いた。

「噂《うわさ》になってるぜ。お前、休みの日に灯里《あかり》とデートしてたんだろ？　疎遠《そえん》な幼馴染《おさななじみ》って言ってたくせに、なかなかやるじゃねぇか」

つばさのシンプルな一言に、僕《ぼく》は唖然《あぜん》とした。嘘《うそ》だろ。なぜそんなことを知っている。だれかに見られていたのだろうか。

そこで秋人《あきひと》の顔を見てしまう。僕《ぼく》がデートに行くと言ったのは彼だけだ。だが、秋人《あきひと》は違《ちが》う。

秋人《あきひと》は言《い》い触《ふ》らすような人ではない。きっと秋人《あきひと》ならデートの相手を察していただろうけど、察した上で黙《だま》っていてくれたはずだ。

どうしようもない焦燥感《しょうそうかん》が身体の中を這《は》いずり回《まわ》る。やってしまった。考えてみれば当然だ。灯里《あかり》ちゃんの容姿は目立つ。外を歩けばだれもが視線をつられるくらいに、彼女の容姿は際立《きわだ》っている。その視線の中に知り合いが混じっていたのだろう。彼女の隣《となり》に僕《ぼく》が立っていれば、あの男は何だ、という話になる。あらぬ誤解を与える。そうなれば、あとは話が大きく転がっていくばかり。迂闊《うかつ》だった。知り合いが普通《ふつう》にいるような場所で、ふたりで遊ぶべきではなかったのだ。

僕《ぼく》がどう弁明したものか、と考えているうちに、僕《ぼく》の席にどっとクラスの男子が押《お》し寄《よ》せてきた。つばさの話に乗るようにしながら、興奮気味に声を重ねていく。

「おいおい青葉《あおば》、勘弁《かんべん》してくれよ。あの山吹《やまぶき》とデートだって？　俺《おれ》はこんなにも人を憎《にく》いと思ったのは初めてだよ。彼女持ちってだけで腹立つのに、相手があの山吹《やまぶき》って」

「俺《おれ》なんて山吹《やまぶき》にフラれてさぁ、『そういうのよくわかんないから』って言われてたのに、すげーショックだよ。マジかよ、青葉《あおば》、お前マジかよぉ」

「聞いたんだけど、お前ら幼馴染《おさななじみ》なんだって？　やっぱつえーのかよ、幼馴染《おさななじみ》。生まれで差あつけられたらどうしようもねーじゃん」

「くっそぉ、死ぬほど悔《くや》しいぞ、青葉《あおば》ァ。いいよなぁ、あんな彼女。うらやましー」

僕《ぼく》が何かを言う前に、彼らは一方的に好き勝手なことを言ってくる。止める間もない。既《すで》に彼らは、実物の僕《ぼく》らの話をしていない。膨《ふく》らんだ噂話《うわさばなし》をさらに膨《ふく》らませて、盛り上がって楽しんでいる。盛り上がっているだけならまだいい。中には、本気で僕《ぼく》に恨《うら》みがましい視線を送る人もいた。

「ちょっと待てって、お前ら。喜一郎《きいちろう》はまだ何も言ってないだろ。勝手なこと言うなよ」

秋人《あきひと》が咎《とが》めてくれるが、ほかの人たちは聞いていない。止められていない。

確かに僕《ぼく》と灯里《あかり》ちゃんはデートをした。しかしそれはミッションのためであり、特別な関係になったわけではない。そんな誤解をされるのは、彼女に申し訳ない。

これは僕《ぼく》が一番恐《おそ》れていたことだ。こんなふうに関係を誤解されてしまうことが。あれだけ綺麗《きれい》で人気のある女の子の相手が、僕《ぼく》みたいな平凡《へいぼん》な男であっていいはずがないのに。

「ま、待ってって！　誤解だよ、僕《ぼく》とあか——山吹《やまぶき》さんはそんなんじゃない！」

慌《あわ》てて、僕《ぼく》は大声を張り上げる。そんな声が僕《ぼく》から出てくるとは思わなかったのか、皆《みな》一様に驚《おどろ》いた目を向けてくる。それで彼らのおしゃべりも収まった。秋人《あきひと》だけが心配そうな目を向けてくるが、僕《ぼく》は改めて言う。

「別に僕《ぼく》は山吹《やまぶき》さんと付き合っているわけじゃないし、そんな関係でもない。確かにこの前の休みはいっしょに遊んだけど、あのときは小春《こはる》だっていた。ふたりきりってわけじゃない」

僕《ぼく》の言葉に、そうなの？　と彼らは顔を見合わせた。咄嗟《とっさ》に出てきた話にしては上出来だ。らしめん屋だけだったとはいえ、あのときは小春《こはる》もいた。嘘《うそ》を吐《つ》いているわけじゃない。

水を差すことができたのか、彼らの勢いは明らかに削《そ》がれていた。代わりに、つばさが手を頭の後ろで組みながら、ぼそりと言う。

「でも最近お前ら、何だか仲が良さそうじゃん」

髪《かみ》を揺《ゆ》らしながら、彼女は無責任にもそう言う。言い返そうとしたが、それより早くに周りの男たちが声を上げた。

「そういえば、俺《おれ》も青葉《あおば》と山吹《やまぶき》がいっしょにいるところを見たぞ」

「あ、僕《ぼく》も。一回、弁当箱持ってどっか行くの見たことがある」

「でも、そのときも白熊猫《しろくまねこ》がいたな。なに、青葉《あおば》お前は結局どっち狙《ねら》いなの？」

「というか、そんな両手に花で、しかも片方が山吹《やまぶき》さんっていうだけで俺《おれ》は許せん」

「俺《おれ》だってできるなら山吹《やまぶき》といっしょに昼飯喰《く》いてえよ」

先ほどまでの熱はないものの、それでも懲《こ》りずに彼らは僕《ぼく》たちの関係を探《さぐ》ろうとしてくる。

何もないと言っているのに。僕《ぼく》の口からどれだけ否定しようとも、もしかしたらあまり関係ないのかもしれない。発言権がないとでも言おうか。僕《ぼく》がひとりで喚《わめ》いていても、きっとダメなのだ。

これを否定できるというのなら、それは。

「お、山吹《やまぶき》がやってきたぞ。これではっきりするな」

教室の出入り口から灯里《あかり》ちゃんが入ってくる。彼女はいつものように、眩《まぶ》しい笑顔でクラスの人たちに挨拶《あいさつ》をしていた。それを見て、すぐに彼女の元へと集まっていく男たち。男だけではない。今度はクラスの女子たちもそこに加わっていた。

「え、なに、どうしたの」

急にクラスメイトに囲まれて、戸惑《とまど》いの表情を浮《う》かべる灯里《あかり》ちゃん。そして、先ほどの僕《ぼく》と同じように彼女は問《と》い詰《つ》められていた。「青葉《あおば》とデートしていたのは本当なのか」「もしかして付き合っているのか」。今度は男女ともにである。

「あぁ、なに。もしかして、だれか見ていたの？」

参ったな、と彼女は照れくさそうに笑う。ほのかに頬《ほお》を赤く染めて、恥《は》ずかしそうに笑みを浮《う》かべている。

――待ってくれ。

心臓が大きく跳《は》ねる。ダメだろう、その反応は。そんな誤解されるような反応をしちゃダメだ。

思った通り、みんな驚《おどろ》きを浮《う》かべている。男子は信じられない、と唖然《あぜん》として、女子たちは湧《わ》き立《た》っている。「あぁでも、別に付き合っているわけじゃないわよ」という彼女の言葉は、きちんと届いているのかどうか怪《あや》しかった。

何人かが振《ふ》り返《かえ》り、僕《ぼく》の顔を見つめている。その表情が物語っている。なんで、あんな冴《さ》えない男に、と。

そう、灯里《あかり》ちゃんはずば抜《ぬ》けてかわいい。世界一だ。世界一かわいい女の子だ。そんな彼女が、こんなふうに普通《ふつう》の男と付き合っていていいはずがない。普通《ふつう》の高校生なら釣《つ》り合《あ》わない。灯里《あかり》ちゃんも、なぜそんなふうに笑ってしまえるのか。自分がどれだけ好かれているのか、その気持ちが募《つの》って呪《のろ》いと化したことを忘れてしまっているのだろうか。

このままではダメだ。許されていい状況《じょうきょう》じゃない。

僕《ぼく》は急いで、彼女たちの元へと走っていった。僕《ぼく》の顔を見て、「お、おい、喜《き》一郎《いちろう》」と秋人《あきひと》が不安げに声を掛《か》けてきたが、ここは無視をさせてもらった。

「そんな誤解されるようなことは言っちゃダメだ。山吹《やまぶき》さん、はっきりと僕《ぼく》たちは何の関係もないって言うべきだよ。この前の休みは、ただちょっと用事があって、遊んだだけだって」

人垣《ひとがき》になってしまっているところをかき分けて、僕《ぼく》は灯里《あかり》ちゃんにそう言う。はっきりと言う。すると彼女は、僕《ぼく》がそこまでして否定しに来たことに驚《おどろ》いたようだった。そして、ちょっと不満げに顎《あご》を引く。

「……なに、その言い方。わたしと噂《うわさ》になるのがそんなに嫌《いや》なの？　困るの？」

「困るでしょう」

君が。

特別である君が、選ぼうと思えばいくらでも選べる君が、呪《のろ》いのせいでいっしょにいた僕《ぼく》と誤解を受けるなんて、あってはならないことだろう。

僕《ぼく》のはっきりとした物言いに、灯里《あかり》ちゃんは目を見張った。その表情のまま数秒ほど固まってしまう。

「……あぁ。やっぱり、そういうことなのね」

僕《ぼく》からそっと視線を外したかと思うと、彼女はなぜか自嘲《じちょう》気味な笑みを浮《う》かべた。そして、小さなため息を吐《つ》く。

「はい、みんな聞いたとおり。わたしと青葉《あおば》くんは別に何もないわよ。ていうか、青葉《あおば》くん、彼女いるし」

「え」

彼女の妙《みょう》な言動に、今度は僕《ぼく》が驚《おどろ》かされる。それは周りも同じようで、男子たちが「え、なに、お前彼女いたの？」と取り囲んできた。いや、僕《ぼく》も知らないんだけど。

「前の休みは、青葉《あおば》くんが彼女にプレゼントを贈《おく》りたいっていうから付き合ってあげただけよ。小春《こはる》もいっしょにいたしね。ラブラブな彼女なんだってさ、羨《うらや》ましいわよね」

灯里《あかり》ちゃんは素《そ》っ気《け》なくすらすらと言う。まるで本当にそんなことがあったかのようだ。そんな爆弾《ばくだん》めいた言葉を残して、灯里《あかり》ちゃんはさっさと自分の席へ歩いて行ってしまった。

急速に場の空気が元に戻《もど》っていく。「山吹灯里《やまぶきあかり》が男とデートをしていた」という話の真偽《しんぎ》が判明した今、盛り上がるべき話題がなくなったからだ。

実際のところ、こういう話は何度か繰《く》り返《かえ》されている。「山吹灯里《やまぶきあかり》に彼氏ができた」。こんな噂《うわさ》が持ち上がっては、本人が否定して終了。噂《うわさ》になった男の方に訊《き》いてみても、違《ちが》うくせに思わせぶりな態度を取ったり、何も言わなかったりするパターンが多いのだが、大抵《たいてい》は灯里《あかり》ちゃんの方が否定して終わるのだ。

今回は新たな火種はあるものの、「山吹灯里《やまぶきあかり》の彼氏説」に比べると、熱量の差は歴然としている。僕《ぼく》の彼女に興味があるのは男どもくらいなもので、その度合いも大きくはない。

僕《ぼく》はクラスメイトに実在しない恋人のことを訊《き》かれながら、目は灯里《あかり》ちゃんだけを追っていた。ほかの人には曖昧《あいまい》な返事を続けながらも、秋人《あきひと》の「喜一郎《きいちろう》。一度、山吹《やまぶき》さんとちゃんと話をしておいた方がいいぞ」という言葉だけには力強く頷《うなず》いていた。

「山吹《やまぶき》さん、ちょっと話があるんだけど」

休み時間の合間、僕《ぼく》は灯里《あかり》ちゃんがひとりになるタイミングで話しかけた。彼女が教室から出ていくのを見計らって。おそらくトイレにでも行くんだろう。トイレ前に話しかけるのは心苦しいけれど、彼女はなかなかひとりにならないので、仕方なかった。

後ろから追いかけて、彼女の肩《かた》を叩《たた》きながら声を掛《か》ける。予想外だったのは彼女の反応だ。

振《ふ》り返《かえ》った表情は実に暗かった。目を伏《ふ》せながら、投げやりに「なに」と返されてしまう。

「ええと……、ここじゃ話しづらいから、放課後とかダメかな」

灯里《あかり》ちゃんの反応に戸《と》惑《まど》いながらも、僕《ぼく》は用件を伝える。彼女はすぐには頷《うなず》かなかった。窓の外に目を向けると、力のこもっていない声で言う。

「わたし今日掃除《そうじ》当番だし、そのあとちょっと用事があるから、話せるのはかなりあとになるけど」

「それでもいいよ。待ってる」

遠回しに断られているのはわかったけれど、話すなら今日じゃないとダメだ。それも直接話したかった。待てと言うのなら待とう。

「…………」

待つと言った僕《ぼく》に、灯里《あかり》ちゃんは微妙《びみょう》な表情を向けてくる。いいとも悪いとも言わない。無言で僕《ぼく》を見つめてくる。それが何かを訴《うった》えているように見えたけれど、その内容までは僕《ぼく》にはわからなかった。

……沈黙《ちんもく》が辛《つら》い。世間話でもいいから、口を開きたい。必死で話題を探していると、昨日の光景が頭にふっと浮《う》かんだ。公園前の光景だ。あのとき、彼女に似た人を見た。僕《ぼく》は深い意味もなく、思いついたことをそのまま口にする。

「そういえば山吹《やまぶき》さん、一昨日の夜って公園の前にいた？　ほら、近所のあの公園」

「え」

僕《ぼく》の言葉に、灯里《あかり》ちゃんは虚《きょ》を突《つ》かれた表情を浮《う》かべる。肩《かた》をびくっとさせて、一歩身を引いた。手が髪《かみ》に伸《の》びていく。忙《せわ》しなく髪《かみ》を撫《な》でながら、「え、えぇ？　一昨日？　い、行ってないけど？」と目線を泳がせる。

「そっか。いや、一昨日ね……」

「し、知らないったら知らなーい！　何のことやら！　それじゃ、わたしちょっとお花を摘《つ》みに行かないと、ね！」

彼女は強引に話を打ち切ってしまうと、さっさか逃《に》げて行ってしまった。……そんなにトイレに行きたかったのだろうか。だとしたら申し訳ないことをした。どうやら、一昨日の人は見《み》間違《まちが》いだったようだし、気にする必要もなさそうだ。まぁ元々大事な話っていうわけでもない。大事な話は放課後だ。

で、放課後。

彼女と約束を取り付けた……、と思うので、僕《ぼく》は教室で待っていた。

教室からはすっかり人気《ひとけ》が失《う》せていた。最初はだらだらおしゃべりする生徒も、部活へ行くために準備する生徒もいたけれど、時間が経つにつれて減っていった。ほかの教室にも残っている生徒はいないのか、廊下《ろうか》からも人の声は聞こえない。静けさだけが残っている。教室に残っているのも、今では僕《ぼく》と、それと小春《こはる》だけだ。さっきまで秋人《あきひと》がいっしょにいてくれたけれど、僕《ぼく》と小春《こはる》だけになると「それじゃ、頑張《がんば》れよな」と帰っていったのだ。

僕《ぼく》が何かを言ったわけではないのに、小春《こはる》は自分の席に黙《だま》って座っていた。動かずにじっとしている。話しかけるような雰囲気《ふんいき》でもないので、僕《ぼく》も自分の席で待っていた。随分《ずいぶん》静かだ。まるで校内にはだれもいないんじゃないか、と錯覚《さっかく》するほどに。気が付けば、窓の外は既《すで》に日が暮れ始めている。夕暮れの色が教室に入り込んでいた。

「……まだ、待ってたんだ」

しばらく経ってから、灯里《あかり》ちゃんが教室へやってきた。扉《とびら》に手をかけながら、力のない表情で言う。

「小春《こはる》もいるし」

「わたしのことはお気になさらず」

そう言って、小春《こはる》は目を瞑《つぶ》った。不思議なもので、それだけで彼女の存在が希薄《きはく》になるような気さえした。

灯里《あかり》ちゃんは大きく息を吐《は》くと、重い足取りで僕《ぼく》の席の前へ座る。つばさの席だ。そこへ腰《こし》かけながら、「それで？」と問いかけてくる。話って何なの、と。

「青春ミッションに関すること？」

灯里《あかり》ちゃんの口から、その言葉が飛び出してくる。そう言われると思い出す。初めて青春ミッションに関わったときの教室も、こんなふうに夕暮れの中だったな、と。

「そう。結局、ミッションの内容も把握《はあく》しきれていないし、改めて話し合おうよ」

「………………」

彼女は黙《だま》って僕《ぼく》の顔をじぃっと見つめていた。僕《ぼく》の話を聞いているのだろうか。山吹《やまぶき》さん？と名前を呼ぶと、視線を外して「聞いてるってば」と髪《かみ》をかきあげた。

「……どうしたの、山吹《やまぶき》さん。なんか機嫌《きげん》悪くない？」

「べっつにぃ。悪くなんか、ないでっすけっどぉ」

ぶー、とでも聞こえそうなくらい、不機嫌顔《ふきげんがお》で彼女は唇《くちびる》を尖《とが》らせている。何なのだろう。ここまで露骨《ろこつ》に機嫌《きげん》が悪いところを見たことがないから、どう対処していいかわからない。妹はいつもこんな感じだけど、沙知《さち》みたいに接するわけにはいかないだろうし。

僕《ぼく》が困っていることが伝わったのか、僕《ぼく》をちらりと見てから軽く息《は》を吐く。椅子《いす》に座り直してから、形のいい唇《くちびる》を動かした。

「青春ミッションに関することよね。結局、休みのときに遊びに行ったのはハズレだったみたいだし、改めて手掛《てが》かりを探さなきゃならない。そういうことでしょ？」

彼女の言葉に僕《ぼく》は頷《うなず》く。

「そう。ミッションをやろうにも、そのミッション内容の見当がついていないんだから、まずそこから。で、山吹《やまぶき》さん。何か思い当たることってある？」

「そう言われても、難しいのよね」

灯里《あかり》ちゃんは頭に手をやりながら、ため息まじりに言う。やはり何も思いついていない様子だ。こうなってくると、ミッションに挑戦《ちょうせん》することもできない。進めることができない。灯《あか》里《り》ちゃんがあの難解な文章から挑戦《ちょうせん》すべき事柄《ことがら》を思いつかないかぎり、僕《ぼく》にできることはないわけだ。

「ねぇ、山吹《やまぶき》さん。これは提案なんだけど」

「なに？」

「山吹《やまぶき》さんがミッションで何をすべきか思いつくまで、こうやって会うのをやめない？」

「――――」

彼女の動きがぴたりと止まる。しばらくその体勢のままで固まり、顔をゆっくりと僕《ぼく》へ向けた。その表情には何の感情も映していない。イエスともノーとも言わない。ただ僕《ぼく》を見つめている。空気が急速的に重苦しいものへと変わっていくのが感じ取れた。

「――どうして」

ようやく灯里《あかり》ちゃんの口から出てきた声にも、感情が乗っていない。無機質な声だ。その声が、周りの温度さえも冷たいものに変えていく。それ以外は何も聞こえない。校舎の外では部活をやっているだろうし、校舎内にも人は残っているはずなのに、この教室にはほかの音が聞こえてはこなかった。

重くなっていく空気に困惑《こんわく》しながらも、僕《ぼく》は話すのをやめなかった。

「今朝のことを考えたらわかるでしょう。僕《ぼく》たちの関係が誤解されてる。あの場で否定しても、そのあとふたりでいたら説得力なんてないしさ。一回離《はな》れた方がいいよ」

今朝の騒動《そうどう》ははっきり言って危《あや》うかったし、灯里《あかり》ちゃんの機転がなければ本当に誤解されていただろう。デートしたのは事実だからだ。僕《ぼく》も彼女も迂闊《うかつ》だったとしか言いようがない。灯《あか》里《り》ちゃんのことを考えれば、もうあんなことはやめた方がいい。いっしょにいるのもだ。

「ミッションがわかれば教えてくれればいいし、内容次第《しだい》では僕《ぼく》がミッションをひとりでもこなすから。……山吹《やまぶき》さん？」

彼女は聞いているのかいないのか、表情を変えないまま動かなかった。目を伏《ふ》せながら、小さな口がわずかに動く。

「……わたしとそういうふうに誤解されたら、困るんだ」

驚《おどろ》いた。その言葉の内容にはもちろん、その声の質にだ。冷たく、突き放すような声。聞いているだけで不安になるような声。不穏《ふおん》な空気が教室を満たす。焦《あせ》りを覚える。慌《あわ》てて僕《ぼく》は、口を開いた。

「え。いや。困るのは山吹《やまぶき》さんの方でしょ？」

「なんでわたしが困るのよ」

伏《ふ》せていた目を上げて、彼女は僕《ぼく》を見た。無表情だった彼女の顔に、怒《いか》りの感情が宿っているのが見て取れた。それを見て驚《おどろ》く。灯里《あかり》ちゃんが怒《おこ》っている。

瞳《ひとみ》に映る怒《いか》りの感情と、わずかに混ざる哀《かな》しみの色。灯里《あかり》ちゃんが怒《おこ》るところを見たことはある。けれど、これは別物に感じた。普段《ふだん》の怒《いか》りとは程遠《ほどとお》い。

灯里《あかり》ちゃんが本当に怒《おこ》っている。

なぜ、だろうか。

そんな表情を見たことがなかった僕《ぼく》は、戸惑《とまど》いながらも口を開く。僕《ぼく》としても引けないのだ。けれどそれが、トドメになった。

「いや、だって。僕《ぼく》みたいな人が彼氏だと思われたら、山吹《やまぶき》さんは嫌《いや》でしょ……？　僕《ぼく》は普通《ふつう》の高校生で。山吹《やまぶき》さんは可愛《かわい》くて、みんなから好かれていて、人気があるのに誤解される相手が僕《ぼく》じゃ……」

「もういいッ！」

突然声を張り上げて、灯里《あかり》ちゃんは立ち上がった。勢い良く机を叩《たた》く。静かだった教室の中に、弾《はじ》けたような音が鳴《な》り響《ひび》く。彼女は机を叩《たた》いた体勢のまま、顔を伏《ふ》せながら叫《さけ》んだ。

「正直に言えばいいじゃない！　そんなわざとらしい言葉を重ねたりしないで！　わたしと恋人だって誤解されて困るのは、あなたの方でしょう⁉」

「な、なにを……」

思い切り声を叩《たた》きつけられる。彼女の勢いに気圧《けお》されて、言葉が上手く出てこなかった。彼女がどういう意味で言っているのかわからず、訊《き》き返《かえ》そうとしたが、それよりも早く灯里《あかり》ちゃんは顔を上げた。その顔に既《すで》に怒《いか》りはない。皮肉めいた引《ひ》き攣《つ》った笑みを浮《う》かべながら、彼女は僕《ぼく》に顔を近付けてくる。

「だって、そうでしょう？　あなたには可愛《かわい》らしい彼女がいるんだもの。ただの幼馴染《おさななじみ》と休日を潰《つぶ》してまでいっしょにいるなんて、嫌《いや》に決まってる。それとも彼女に何か言われた？　それなら、そう言えばいいじゃないッ！」

　再び彼女は叫喚《きょうかん》する。「ちょ、ちょっと待ってよ」と僕《ぼく》は灯里《あかり》ちゃんに手を向けるが、次の言葉が出てこない。混乱が抜《ぬ》けていかない。彼女、彼女ってなんだ？　あれは、僕《ぼく》と灯里《あかり》ちゃんの関係をごまかすための方便じゃなかったのか……？

　僕《ぼく》が腰《こし》を浮《う》かしかけて、何から訂正《ていせい》するべきか迷っていると、灯里《あかり》ちゃんははっとしたような表情を浮《う》かべた。我に返ったようで、彼女は唇《くちびる》を噛《か》みながら顔を右手で覆《おお》う。髪《かみ》がくしゃりと押《お》し潰《つぶ》される。一歩二歩、と後ずさりながら、「あぁもう……！　こんなんじゃバカみたいじゃない……！」と苛立《いらだ》った声を上げた。

「あぁ、ようやくわかったわ。わたしにもわかった。こんなふうなんだ。こんなにも苦しいものなんだ。そりゃ呪《のろ》いにもなるわよ、こんなどうしようもない感情が沸《わ》けば……ッ！」

　灯里《あかり》ちゃんはぶつぶつと独り言を重ねながら、胸に手を当てて苦しそうな声を上げる。慌《あわ》てて、僕《ぼく》は彼女の元へ駆《か》け寄《よ》ろうとした。

「来ないでよッ！」

足が止まる。見たこともない完全な拒絶《きょぜつ》に、無理矢理に動きを止められる。灯里《あかり》ちゃんは顔を上げると、鋭《するど》い目つきで僕《ぼく》を串刺《くしざ》しにした。

「いい。もういい、無理してわたしを手伝って欲しくなんかない！　ミッションもわたしがひとりでやるんだから、あなたはもう関わらないでッ！」

彼女はそう叫《さけ》ぶと、そのまま教室から走って出て行ってしまった。呆然《ぼうぜん》とする。小さくなっていく足音を聞きながら、僕《ぼく》は力なく椅子《いす》に座りこんだ。

なんで。

なんでこうなるんだろう。

教室の中に取り残される。さっきまでの熱が嘘《うそ》のように、教室内は静まり返っていた。当たり前だ。僕《ぼく》しかいないんだから。こうなってくると、さっきまでのやり取りも現実のものか疑わしく思えてくる。……いや、これはただの現実逃避《とうひ》か。

徐々《じょじょ》に太陽が沈《しず》んでいき、教室内に入ってくる光も少なくなってきた。夜が近い。そろそろ帰らないと、完全下校時間になってしまう。だというのに、僕《ぼく》の足は全く動かなかった。

ただ、ショックな反面、これでよかったんじゃないかという気持ちが湧《わ》いてくる。僕《ぼく》の望んだ通りじゃないか。喧嘩《けんか》別《わか》れのようになってしまったし、彼女も妙《みょう》な誤解はしているけれど、離《はな》れることはできた。これで周りに関係を邪推《じゃすい》されることもないだろう。ミッションは僕《ぼく》がやればいい。結局内容の見当はつかないままだけれど——。

「追いかけないんですか」

突然聞こえてきた声にびくっとする。小春《こはる》だ。そういえば、彼女は教室内にいた。気配を感じ取れなかったので、すっかり忘れていた。

小春《こはる》は僕《ぼく》のそばに近寄ると、無感情な瞳《ひとみ》を僕《ぼく》へ向けていた。さっきのやり取りを人に見られていた、という気恥《きは》ずかしさから、僕《ぼく》の返事は自然とぞんざいなものになってしまう。

「追いかけるって、なんでさ」

「灯里《あかり》さんは誤解をしています。そしてそれはきっと、喜一郎《きいちろう》さん。あなたも。それを解かないままでいいんですか」

「僕《ぼく》も……？」

灯里《あかり》ちゃんが何かを誤解しているのはわかっている。しかし、僕《ぼく》も？　本当にそうなら気にはなるけど、どうすればいいというのか。

僕《ぼく》はその言葉には答えずに、俯《うつむ》き気味に小春《こはる》へ尋《たず》ねる。

「小春《こはる》。呪《のろ》いを受けているのは山吹《やまぶき》さんだけど、ミッションをこなすのは僕《ぼく》だって言っていたよね」

「はい」

「じゃあ、僕《ぼく》のそばに彼女がいなくても、問題はないわけだ。僕《ぼく》ひとりでミッションをこなせばいいんだから」

僕《ぼく》が独り言のように言うと、小春《こはる》は首を傾《かし》げた。無表情のまま、感情が乗っていない声で言う。

「灯里《あかり》さんにもういいと言われて、あんなケンカをしたのに、あなたはミッションをひとりでもこなすと言うのですか」

「当たり前でしょ。僕《ぼく》がやるって決めたんだから」

何をバカな、という話だ。たとえどんなに彼女に嫌《きら》われようと、拒絶《きょぜつ》されようと、灯里《あかり》ちゃんを助けるためにミッションはこなす。それは絶対だ。投げ出すことはありえない。僕《ぼく》は彼女を助けると決めているし、約束もしているのだから。

「わかりませんね」

彼女は短く否定する。

「そこまで灯里《あかり》さんのことを想っているのに、なぜ灯里《あかり》さんの隣《となり》にいることは否定するんですか。自分から遠ざけるようなことをする理由がわかりません」

「理由ってそれは」

僕《ぼく》は困惑《こんわく》する。小春《こはる》はずっとこの教室にいたはずだ。僕《ぼく》と灯里《あかり》ちゃんとの会話は彼女にも届いている。僕《ぼく》らの話を聞いていれば、その意味はわかるはずなのに。

突っぱねてもよかったんだろうけど、なぜか僕《ぼく》はムキになっていた。手に力が入るのを感じながら、僕《ぼく》は口を開く。

「聞いていたでしょ。僕《ぼく》が山吹《やまぶき》さんといっしょにいたら、周りに誤解される。実際に誤解された。恋人同士なんじゃないか、って。それは彼女に悪いって言ってるの。あれだけ可愛《かわい》くて、人気のある女の子が、僕《ぼく》みたいな普通《ふつう》の高校生と付き合っていると思われるなんてダメなことだし、それなら距離《きょり》を取った方が――」

「そんなものは青春ではない」

ぴしゃりと話を打ち切られて、僕《ぼく》は口をつぐむ。今まで聞いたことがない力強い声だった。僕《ぼく》が驚《おどろ》いていると、小春《こはる》が机に手を置いて、僕《ぼく》に顔を近付けてくる。銀色の髪《かみ》と夕焼けの色が混じり合い、視界が幻想的《げんそうてき》に染まる。今見ているのも夢なんじゃないだろうか。そんなことを思ってしまうほどだ。

彼女は僕《ぼく》の目をまっすぐに見つめながら、問いかけるように言う。

「そうしてくれって、一度でも灯里《あかり》さんは言いましたか。誤解されるのが嫌《いや》だと彼女が言いましたか。灯里《あかり》さんがそれを望んでいると、本気で思っているんですか？」

「……言っては、ないけど。でも、それは。普通《ふつう》の高校生なら、この選択《せんたく》は……」

揺《ゆ》らぐ。揺《ゆ》らぐ。揺《ゆ》さぶられる。確かに灯里《あかり》ちゃんはそんなことを言っていない。僕《ぼく》がそう思っているだけだ。しかし、これは子供のときと同じ選択《せんたく》で、実際にこれが正解だったはずだ。あのときも彼女は僕《ぼく》を必要としていなかったわけで――あぁいや、でもあれは、誤解だったんだっけ……？

いや待て。先走るな。落ち着いて考えれば、答えは出てくる。確かに僕《ぼく》は灯里《あかり》ちゃんから否定されたわけではない。

かといって、必要とされているわけでもない。

なら、僕《ぼく》がやろうとしていることは別に間違《まち》いではないのではないか。彼女が言わないのなら、そういうことなんじゃないだろうか。

「まぁきちんと話さない灯里《あかり》さんも灯里《あかり》さんなんですが。あなたたちは何も言わなすぎるんです」

まるで僕《ぼく》が言おうとしていることを先回りしているかのようだった。出鼻をくじかれて言葉に詰《つ》まっていると、小春《こはる》は話を続けていく。

「自分たちが以心伝心《いしんでんしん》とでも？　自惚《うぬぼ》れないでください。人が考えていることなんて普通《ふつう》はわかりません。何十年連《つ》れ添《そ》った夫婦だろうが、生まれたときからいっしょの親子だろうが、それは同じ。言わなければ伝わりません。言葉にしなければ届きません。そうしないでわかった気でいるのは、ただの傲慢《ごうまん》です。あなたたちはお互《たが》いをわかった気でいて、その傲慢《ごうまん》の上で離《はな》れようとしているんですよ」

……そうなんだろうか。

確かに、子供の頃《ころ》はそれで失敗している。……そう、失敗なのだ。それは先日のデートのときに思い知った。僕《ぼく》は「特別じゃない自分が特別な灯里《あかり》ちゃんのそばにいるべきではない」と思って離《はな》れた。灯里《あかり》ちゃんは「青葉《あおば》くんを怒《おこ》らせただろうから、その原因がわかるまでは謝《あやま》れない」と思って追いかけなかった。もしあのときにきちんと自分の心の内を言っていれば、今のような状況《じょうきょう》にはならなかったのかもしれない。

……しかし、今はちょっと状況《じょうきょう》が違《ちが》う。僕《ぼく》は「灯里《あかり》ちゃんは僕《ぼく》の関係が誤解されるのは嫌《いや》だろう」という思いで彼女から離《はな》れようとしている。そこを覆《くつがえ》せるほど自分に自信はない。「僕《ぼく》が彼氏と思われても、灯里《あかり》ちゃんは平気だろう」とはとても言えやしない。

やっぱり無理だ。そう言おうとするが、それより先に小春《こはる》は僕《ぼく》に指を差して口を開く。

「喜《き》一郎《いちろう》さん。あなたはまず、灯里《あかり》さんがどう思うかという話より前に、まずは自分がどうしたいかを言うべきなんですよ」

「自分がどうしたいか……？」

「灯里《あかり》さんといっしょにいたいか、そうでないか。その気持ちを正直に伝えるだけでいい。その答えを聞いてから、次の行動へ移せばいい。彼女のために試練を受けるとまで言ったあなたです、それくらい簡単でしょう？」

「…………」

自分がどうしたいか。いっしょにいたいかどうか。そんなの考えるまでもない。

いっしょにいたいに決まっている。彼女の隣《となり》にいたいに決まっている。

しかしそれは、あまりに自分本位な欲求だ。自分のことだけしか考えていない、灯里《あかり》ちゃんのことを考えていない、ただただ自分の望みを口にしているだけのもの。

そうやって彼女に自分の欲求をぶつけた人が多かったからこそ、彼女は呪《のろ》いに呑《の》み込《こ》まれてしまったのではないか。

「だからこその青春なんですよ」

小春《こはる》が僕《ぼく》を見下ろしながら、静かに、だけどはっきりと言う。

「喜一郎《きいちろう》さん。あなたはまだ高校生です。この先、歳《とし》を重ねていけば、必ず言いたいことも言えなくなるところに行きつくでしょう。感情を出せないこともあるでしょう。年齢《ねんれい》、職業、環《かん》境《きょう》、立場。抱《かか》えるものが増えれば、それだけ自分の意思は削《けず》られる。好きな人に素直に好きだと言えないときがくるかもしれない。今だけ、今だけなんですよ。自分の感情をみっともなく曝《さら》け出《だ》し、泣《な》き喚《わめ》きながら恥《はじ》をかけるのは。恥《は》ずかしいことを平気で言えるのは。好きだから好きだと言えるのが。それが――」

それこそが。

青春なんですよ。

彼女は静かにそう言った。

ガタっと僕《ぼく》は立ち上がる。自分で意識する前に身体が椅子《いす》を引いていた。机に手を突きながら、瞬《まばた》きを繰《く》り返《かえ》す。小春《こはる》の言葉が頭をぐるぐると回り続けて、自分でも何がしたいのかわからないまま立ち上がっていた。それと同じように、口から声が漏《も》れ落《お》ちていく。

「自分の伝えたいことを……、自分勝手に……、言っていいのかな……」

「少なくとも、灯里《あかり》さんに告白した人たちはそういう人たちです。そして、彼らの方がよっぽど普通《ふつう》ですよ。普通の高校生ならですよ」

「そっか」

僕《ぼく》は頷《うなず》く。そう言ってもらえてようやく、僕《ぼく》はそこから一歩を踏《ふ》み出《だ》すことができた。

僕《ぼく》は特別ではない。普通《ふつう》だ。ならば。

「──普通《ふつう》の高校生なら」


走った。

走った。

走るなと言われている廊下《ろうか》を走《はし》り抜《ぬ》け、階段を何段も飛ばし、転がりそうになりながら、ぶつかりそうになりながら、みっともなく走っていく。下校時間を過ぎていてよかった。人には見られたくない、あまりにも格好悪い姿だろうから。

靴《くつ》を履《は》き替《か》え、学校の敷地内《しきちない》を勢い良く駆《か》け抜《ぬ》ける。外は日が落ちかけていて、既《すで》に夜の色に染まり始めていた。グラウンドにも生徒はいない。随分《ずいぶん》話し込んでいたことがわかる。突然走り出したせいで早くも足がつりかけていたが、歯を喰《く》いしばって地面を踏《ふ》みしめた。

校門に差《さ》し掛《か》かったところで、灯里《あかり》ちゃんの後ろ姿が見えた。とぼとぼとひとりで歩いている。長い髪《かみ》が背中を覆《おお》っているが、落とした肩《かた》は隠《かく》せない。下校だというのに手には鞄《かばん》はなく、そしてそれは僕《ぼく》も同じだということを思い出した。

「山吹《やまぶき》さんッ！」

彼女の姿を見つけて、僕《ぼく》は名前を叫《さけ》ぶ。思い切り叫《さけ》ぶ。すると、彼女ははっとした様子で振《ふ》り返《かえ》った。その瞬間《しゅんかん》である。灯里《あかり》ちゃんはすぐさま僕《ぼく》に背を向けて、全力で走り出したのだ。

「——うそぉッ！」

慢心《まんしん》していた。僕《ぼく》は彼女を追いかければ、話を聞いてくれると思っていた。まさか、こうまで拒絶《きょぜつ》されるとは。フラれた男子でもここまでではあるまい。一瞬《いっしゅん》心が折れかけたけれど、ここで諦《あきら》めては前と同じだ。僕《ぼく》は足によりいっそう力を込めて、彼女の背中を追いかけた。

「待って、山吹《やまぶき》さん！　話を聞いて！」

「聞くような話なんかないわよッ！」

走る背中に声を張り上げる。制服にローファーだというのに、彼女は全力で走っていく。振《ふ》り返《かえ》りもせず、彼女もまた声を張り上げながら。始まった夜の中を、灯里《あかり》ちゃんは髪《かみ》とスカートを揺《ゆ》らしながら、駆《か》け抜《ぬ》けていく。

校門を抜《ぬ》ければ、その先は住宅街。坂道になっていて、そこを下ると駅がある。下り坂の力を借りて、彼女はぐんぐん速度を上げていった。転ぶんじゃないか、という心配を跳《は》ねのけるように、見事なフォームで地面を蹴《け》っていく。

「なんで逃《に》げるのさッ！」

「あなたが追いかけるからでしょう⁉」

もうめちゃくちゃだ。頭に血が上った彼女は僕《ぼく》の話なんて聞くつもりはなく、このまま逃《に》げて行ってしまうつもりのようだ。

「くっそ、速いッ！　山吹《やまぶき》さん……ッ！」

男の意地で捕《つか》まえたいところだけど、彼女の勢いは留まることを知らない。速すぎる。僕《ぼく》だって、運動神経は悪い方じゃないというのに、どれだけ必死に走っても追いつける気配がない。

あぁそういえば、灯里《あかり》ちゃんって美容と健康のために毎朝走ってるんだっけ……？

離《はな》れていくわけじゃないけれど、一定の距離《きょり》が開いてしまって縮まらない。追いつけない。前までの僕《ぼく》たちの距離《きょり》のように、そこにずっと居座っている。それが腹立たしい。追いつかせるつもりなど、毛頭ないようで。

僕《ぼく》はぐっと手に力を込めて、口を開いた。

「山吹《やまぶき》さん……、やまぶ……、灯里《あかり》ちゃんッ！　僕《ぼく》は君に伝えなくちゃいけないことがある！」

止まってくれないならそれでいい。話を聞くつもりがないならそれでいい。それなら僕《ぼく》は、ただ自分の言の葉を彼女にぶつけるだけだ。

今まで灯里《あかり》ちゃんに惚《ほ》れ込《こ》んだ人たちがそうしてきたように。

「君は世界一かわいくて、みんなにも好かれていて、どこからどう見ても特別な人間だ！　でも僕《ぼく》はそうじゃない、どう見ても平凡《へいぼん》な人間なんだ！　だから、君から離《はな》れようとした！　特別な人である君が、僕《ぼく》なんかといっしょにいたら、何だか君の価値が下がってしまうような気がして、それが怖《こわ》かったんだ！　僕《ぼく》が子供の頃《ころ》に離《はな》れたのも、それが理由！　それ以外に理由はないし、僕《ぼく》はいつでも君の力になりたいと思ってる！　たとえ君が僕《ぼく》を拒絶《きょぜつ》しようとも、大《だい》嫌《きら》いになったとしても、そこだけは絶対だ！　僕《ぼく》は君を、絶対に助けるッ！」

全力疾走《しっそう》しながらの叫声《きょうせい》は辛《つら》いものがあったが、それでも僕《ぼく》は続ける。言う言葉を決めていたわけでもないのに、僕《ぼく》の口からはどんどん言葉が溢《あふ》れていた。本音というのはこういうものなのだろうか。無責任ながらも力強く、僕《ぼく》は僕《ぼく》自身の言葉を彼女にぶつけていた。

しかし、それが届くかはまた別問題だ。彼女は、走りながら、「うるさい、うるさい、うるさい、うるさい……ッ！」と呻《うめ》くように言いながら振《ふ》り向いてもくれない。

「灯里《あかり》ちゃん……ッ！」

彼女は構わず走《はし》り抜《ぬ》けていく。そして、駅が見えてきたところで彼女は制服から定期を取り出した。あのまま電車に乗るつもりだ。ひどい偶然《ぐうぜん》もあるもので、今まさに電車が駅に向かってきている。このまま改札を通れば、彼女はあの電車に乗ってしまうだろう。そうなるとまずい。僕《ぼく》は定期も財布《さいふ》も学校の鞄《かばん》の中で、追いかけようがない。改札を抜《ぬ》けられたら、追いかけることができない。

それはダメだ。今、今日という日を逃《のが》したら、もう二度と彼女といっしょにいられなくなってしまう。そう確信めいた思いがあった。それは絶対に嫌《いや》だ。絶対に、絶対に嫌《いや》だ！

「灯里《あかり》ちゃん！　僕《ぼく》は、君がこの世で一番、一番大切な人なんだ！　だれよりも何よりも、どんなものよりも！　僕《ぼく》は君のことが大切なんだ！　だから、話を聞いてくれ――ッ！」

大声で叫《さけ》ぶ。身を焦《こ》がしそうなほどに恥《は》ずかしい言葉を、全身全霊《ぜんしんぜんれい》で叫《さけ》んだ。こんなにも大きな声を出したのは、こんなにも魂《たましい》を乗せて声を出したのは、生まれて初めてだった。

「……ッ！」

灯里《あかり》ちゃんは顔を伏《ふ》せて、何事か呟《つぶや》いていた。速度を緩《ゆる》めることなく、しばらく目を伏《ふ》せていたけれど、「そんなの、信用できるわけがないでしょう……ッ！」と震《ふる》える声で言ったのが聞こえた。

彼女は定期を持ったまま、改札へ走っていく。あと数秒もすれば駅の構内へ入っていく。未だ距離《きょり》の差は縮まらず、彼女の手を摑《つか》むことはできない。遠くから手を伸《の》ばしても、虚《むな》しく空を切るだけだ。なんてことだろう。どれだけ声を張り上げても、僕《ぼく》の声は彼女に届かないのだろうか。

歯を喰《く》いしばる。悔《くや》しさで頭がおかしくなりそうだ。思い切り拳《こぶし》を握《にぎ》りながら、それでも最後まで諦《あきら》めない。さらに足に力を込める。そこで風を感じた。力強い突風が、僕《ぼく》たちの間を抜《ぬ》けていく。そしてそれに乗って、何かが飛んできたのが見えた。

「……！　桜……？」

桜の花びらが一枚、僕《ぼく》の方へ舞《ま》い込《こ》んでくる、鼻を掠《かす》めたかと思うと、そのまま後方へ飛んでいった。むず痒《がゆ》さが鼻を襲《おそ》う。まるでくすぐられたかのようで、もう少しでくしゃみが出そうになった。

その動きも不思議だったが、ここに桜の花びらがあるのもおかしな話だ。とっくに桜は散っている。随分《ずいぶん》前にだ。今更《いまさら》、地面に桜の花びらが残っていたとも思えないのだが……。

「はっくちゅ！」

そのときだった。

僕《ぼく》が花びらに気を取られている間に、前を走っていた彼女の足が止まっている。先ほどのくしゃみが聞こえたのも彼女から。そのくしゃみのすぐあとに、何かが地面に落ちる音がした。

灯里《あかり》ちゃんの通学定期。

彼女は一度振《ふ》り返《かえ》り、あたふたと慌《あわ》てた様子を見せたあと、再び駆《か》け出《だ》そうとしたけれど、結局その場で足を止めてしまった。僕《ぼく》に背中を向けながら、俯《うつむ》いてしまっている。

トリガーであるくしゃみをしてしまった。彼女の頬《ほお》には、あの不干渉《ふかんしょう》のマークが浮《う》かび上《あ》がっている。物に触《ふ》れることができないのだ。当然、ひとりで電車に乗ることもできない。

「灯里《あかり》ちゃん……」

僕《ぼく》は定期を拾い上げて、彼女のそばへ歩み寄っていく。すぐそばで電車の発車ベルが鳴《な》り響《ひび》き、電車が走っていく姿が視界の端《はし》に映っていた。

「特別って何よ……、平凡《へいぼん》って何よ……」

灯里《あかり》ちゃんは僕《ぼく》に背中を向けながら、涙声《なみだごえ》でそう呟《つぶや》いている。僕《ぼく》が彼女の名を呼ぶと、灯《あか》里《り》ちゃんは両手をぎゅっと握《にぎ》りしめて、僕《ぼく》の方へ振《ふ》り返《かえ》った。その瞳《ひとみ》には涙《なみだ》が浮《う》かんでいる。悔《くや》しそうな表情を浮《う》かべて、彼女は感情のままに口を開いた。

「わたしの価値が下がるってなに⁉　あなたといっしょにいたら、それで価値が下がるって⁉　そんなの、そんなのってないわよッ！　わたしは確かに特別だけれど、特別であると思っているけど！　わたしの価値はわたしが決めるわよッ！　そんな嘘《うそ》みたいな思い込みで、わたしとあなたは離《はな》れなきゃいけなかったの……？　あなただって……、わたしにとっては、特別なのに……ッ！」

彼女は唇《くちびる》を噛《か》み締《し》める。瞳《ひとみ》から小さな雫《しずく》が落ちていき、不干渉《ふかんしょう》のマークを通って顎《あご》へ伝っていく。ぐっと、彼女が声を詰《つ》まらせた。一度だけ息を吸ったかと思うと、いやいやをするようにして自分の両手を胸へ持っていく。端正《たんせい》な顔立ちが歪《ゆが》む。ぽろぽろと両目からは涙《なみだ》が溢《あふ》れ出《だ》していき、口からは必至で止めようとしている嗚咽《おえつ》が漏《も》れていた。

「わたしは……、わたしは。そんなわけのわからない周りの目なんか気にしないで、きぃくんがそばにいてくれれば……、いっしょにいてくれれば、それでよかったのに……！」

「灯里《あかり》ちゃん……」

灯里《あかり》ちゃんは声を詰《つ》まらせながら泣いていた。それが昔の彼女の姿に重なる。子供のように泣いている姿を見るのは、身体が大きくなってからは初めてだった。そんなふうにさせているのが自分だということが、情けなくて仕方がなかった。

「僕《ぼく》が最初から君に伝えればよかったんだ。なのに、あのときは黙《だま》って離《はな》れていってしまって。だから、今は言うよ。ちゃんと言うよ。僕《ぼく》は、君が許してくれるのなら、いっしょにいたい。そばにいたい、って思うんだ」

言えた。

ずっと言えなかったことが、ようやく言えた。子供の頃《ころ》から伝えられず、自分の殻《から》に閉じ込めていた想いを、ようやく彼女にぶつけることができた。

そして、それは灯里《あかり》ちゃんの方も同じだろう。同じように、僕《ぼく》に本心をぶつけてくれている。

未だ泣き続けている彼女の肩《かた》に、僕《ぼく》がそっと手を乗せる。しかし、彼女は首を振《ふ》りながら、僕《ぼく》の手をゆっくりと払《はら》った。泣きながら、彼女は顔を上げる。

「きぃくん、ダメだよ……、いっしょにいたいっていうのは、もうダメ。あなたには、大切な人がいるでしょう？　わたしのことが一番大事って言ってくれたのは、嘘《うそ》でも嬉《うれ》しかった。でも、それは言っちゃダメな言葉よ……」

彼女は何かを諦《あきら》めたような表情で、僕《ぼく》を見上げる。力のない声だった。諭《さと》すように、ゆっくりと語りかけてくる。けれど、僕《ぼく》はそれに混乱した。嘘《うそ》って。嘘《うそ》ってなんでそんな。

「ま、待ってよ、灯里《あかり》ちゃん。僕《ぼく》は、僕《ぼく》は本当に君のことが一番大事だと思っていて……」

「それが本当だとしたら、もっとダメだよ……。そんなのは彼女に失礼だし、可哀想《かわいそう》だわ。いくらなんでも、わたしはその間には入れない……」

……出た。彼女だ。僕《ぼく》にいるという彼女の存在。だれだそいつ。

思えば、灯里《あかり》ちゃんは朝からずっと僕《ぼく》に彼女がいる、という発言を繰《く》り返《かえ》していた。彼女がいるのなら、わたしに協力なんかしなくていい、とも。いや、だからだれだそいつ。何で僕《ぼく》だけその存在を知らないんだ。

「え、えぇと、灯里《あかり》ちゃん……。何か、誤解していない？　僕《ぼく》に彼女なんていないんだけど……」

「いいわよ、別に。気を遣《つか》って隠《かく》さなくても……。わたし、実際に見たんだから。夜だからってすっごくくっついててさ、アイスも食べさせ合いっこして……、あんなラブラブされたら、声もかけらんないよ……」

「…………」

いやだからだれだそいつ。

「え、ちょっと待って、灯里《あかり》ちゃんそれ人違《ひとちが》いしてるでしょ？　僕《ぼく》によく似ただれかの話じゃなくて？」

僕《ぼく》が戸惑《とまど》いながら言うと、彼女はぱっと顔を上げて抗議《こうぎ》の声を上げた。

「間違《まちが》いなくきぃくんだったわよ！　女の子は顔がよく見えなかったけど……。わたしと遊びに行った日の夜に、ふたりでべったりしていたじゃない。うちの近所の公園の前で」

「遊びに行った日の夜……、公園の前……？」

灯里《あかり》ちゃんに言われて、急いで頭の中で夜のことを思い出す。夜に外出したのはコンビニくらいのものだ。妹に頼《たの》まれてついていったやつ。確かに公園の前は通った。たまにカップルがいちゃついているあの公園。でも、そのときに女の人なんていなかったけど……、あえて言うなら。

「小春《こはる》じゃなくて……？」

「小春《こはる》だったら遠くからでも見分けつくわよ……」

その通りだ。あれだけ特徴的《とくちょうてき》な見た目の女の子、間違《まちが》いようがないだろう。でも公園の前を通りかかったときに小春《こはる》といたから、間違《まちが》えるとしたら小春《こはる》と思ったんだけど……。

「あ」

そこでようやく思い当たる。確かにあのとき、だれかからの視線を感じた。灯里《あかり》ちゃんの背中を見た気がした。なぜかあのとき小春《こはる》はひとりでいたけれど、「コンビニへ行く途中《とちゅう》」とも言っていた。やっぱり灯里《あかり》ちゃんもいっしょにいたんだ。で、僕《ぼく》とその彼女らしき人が歩いているのを見て、慌《あわ》てて身を隠《かく》し、そのあとに逃《に》げていったのではないだろうか。

と、いうことは。僕《ぼく》の彼女というのは。

「もしかして、沙知《さち》のこと……？」

「へえ、あの子、沙知《さち》って言うのね。ちょっときぃくんとしては辛《つら》いわね、彼女の名前が、妹と同じ名……前……、なん、て……」

言いながら、灯里《あかり》ちゃんも気が付いたようだ。

呆然《ぼうぜん》としながら、彼女は僕《ぼく》を見上げる。僕《ぼく》はこれ以上ないほどの苦笑いをしていただろう。もしかしたら、呆《あき》れの色も混じっていたかもしれない。その表情を見ればすべて伝わりそうなものだけど、灯里《あかり》ちゃんは往生際《おうじょうぎわ》が悪く、声を絞《しぼ》り出《だ》した。

「……え、嘘《うそ》、よね……。まさか……」

「……うん。あれね、うちの妹」

「う、嘘《うそ》よ！　だ、だって、きぃくんところの沙知《さち》ちゃんって、こんな！　こんなちっちゃいじゃない！」

そう言いつつ、灯里《あかり》ちゃんは自分の腰《こし》辺りの位置で手を上下させている。確かにそんな時代もあったけど。

「それって何年前の話さ……、沙知《さち》、もう中三だよ？　灯里《あかり》ちゃんともそんなに背変わらないよ」

「え、え、ちょっと待ってよ、なら、それならわたしは、きぃくんの妹を彼女だって勘違《かんちが》いして、こんなに大騒《おおさわ》ぎしちゃったってわけ……？」

彼女は自分の両手を見つめながら、信じられないようにわなわなと震《ふる》えた。そうして、救いを求めるように僕《ぼく》を見上げる。しかしだ。彼女の言葉はどうしようもないほどの事実で、僕《ぼく》からは何のフォローもできなかった。

「まぁ……、そういうことになるよね」

「〜〜〜〜〜ッ！」

彼女はこれ以上ないほどに顔を真っ赤にさせると、声にならない叫《さけ》び声《ごえ》を上げた。

「いっそ死にたい……」

灯里《あかり》ちゃんは両手で顔を覆《おお》い隠《かく》しながら、そう嘆《なげ》いた。隠《かく》し切《き》れずに身体全体から負のオーラが溢《あふ》れ出《だ》している。どよんとしたもの。穴があったら入りたい、とはこういうときのための言葉だろうか。

あのあと、とりあえず落ち着くために僕《ぼく》と灯里《あかり》ちゃんは駅近くの公園に移動した。ふたり並んでベンチに腰掛《こしか》ける。既《すで》にとっぷりと日が暮れている公園には、人の気配が全くなかった。公園といっても小さな遊具と木が並んでいるだけのもので、昼間も子供が集まっているかは微《び》妙《みょう》なところだ。

本当なら飲み物のひとつでも差し入れしたいところだけど、今の彼女は自分で缶《かん》を持つことさえできない。この雰囲気《ふんいき》の中で僕《ぼく》が飲ませてあげるのもどうかと思ったので、黙《だま》って隣《となり》に座ることにした。

「いや、だれだって間違《まちが》いはあるし、そんなに凹《へこ》まなくても」

「そんなの無理に決まってるじゃない！　恥《は》ずかしさで死にそうよ！」

彼女は両手で顔を隠《かく》したまま、そう叫《さけ》ぶ。そりゃそうだ。あれだけ大騒《おおさわ》ぎした挙句、すべて自分の勘違《かんちが》いでしたー、じゃさすがに恥《は》ずかしい。僕《ぼく》だって死にたくなる。

「で、でもでもでもでも！　あれはきぃくんも沙知《さち》ちゃんも悪いわよね！　仲良くしすぎなんだもの！」

おっと、責任転嫁《てんか》だ。急に灯里《あかり》ちゃんが顔を出したと思うと、僕《ぼく》を見上げながら声を荒《あら》げる。表に出した顔は未だに赤い。泣いていたせいで目まで赤くなっているし、明らかに疲《つか》れも見えている。ぼろぼろだ。世界一かわいい女の子がぼろぼろになっている。そんなことを言うと怒《おこ》られそうだ、と思いながら、僕《ぼく》は言葉を返した。

「別に仲良くはないけどね……、さっきも説明したけど、くっついていたのは小春《こはる》のせいだし。アイスだって僕《ぼく》のを勝手に食べられただけだし。僕《ぼく》と妹なんて顔そっくりだから、ちゃんと見ればわかるはずなんだけど」

僕が反撃《はんげき》すると、見る見るうちにまた顔を赤くして、「そうよ、どうせわたしが悪いんですよ！」と顔を伏《ふ》せてしまった。

さっきからこの調子だ。すっかり意気消沈《しょうちん》してしまっている。ただまぁ、さっきよりはよっぽどいいんだけど。何に対して怒《おこ》っているのかわからなかった、さっきよりは。

本当にどうなることかと思ったけど、丸く収まってよかった。いや、丸く収まったどころじゃない。雨降って地固まるというか。お互《たが》いに抱《かか》えていたものが解けていったのはよかったと言えるだろう。

「……うん、悪いことばかりじゃなかった」

僕《ぼく》がそう呟《つぶや》くと、灯里《あかり》ちゃんが顔を上げて僕《ぼく》の顔色を窺《うかが》う。どういうこと？　と無言で問いかけられたので、僕《ぼく》は言葉を続けた。

「本心を伝えることって大事なんだなって。僕《ぼく》たちはお互《たが》いが勝手な思い込みをして、離《はな》れてしまったけれど、最初から胸の内を明かしていればそんなことにはならなかった。それがわかっただけでも、よかったと思うんだ」

子供の頃《ころ》の僕《ぼく》と灯里《あかり》ちゃん。

今の僕《ぼく》と灯里《あかり》ちゃん。

もう少しで僕《ぼく》たちは子供の頃《ころ》と同じ過《あやま》ちを犯《おか》しそうになったけれど、今度はそんなことにはならなかった。正直に自分の気持ちを言ったからだ。それは本当によかったと思う。繰《く》り返《かえ》しにならないで。

「うん……」

灯里《あかり》ちゃんは静かに頷《うなず》く。前を向いたまま、とうとうと口を開いた。

「本当のことを言うとね、実はずっと嬉《うれ》しかったの。わたしが〝青春の呪《のろ》い〟を受けたとき、きぃくんが助けに来てくれて。わたしのことを忘れていなくって。きっとわたししか覚えていないだろうけど、きぃくんは約束を守ってくれたんだなって」

「――――」

約束。

それはきっと、僕《ぼく》がずっと大事にしていた、灯里《あかり》ちゃんとした約束のことだろう。僕《ぼく》だけじゃなかったんだ。独りよがりだと思っていた僕《ぼく》の約束は、きちんと彼女の元にも生きていた。

それはどんなに嬉《うれ》しいことだろう。

「まぁ、そうね。わたしもきぃくんに対して、ちゃんといっしょにいてって言うべきだったのよね、子供の頃《ころ》。どんどんわたしが可愛《かわい》くなっていくんだから、そりゃきぃくんもいっしょにいづらいわよねぇ」

たはは、と照れくさそうに灯里《あかり》ちゃんは笑う。冗談《じょうだん》めかしてはいるけれど、ようやく調子が戻《もど》ってきたらしい。実際その通り。彼女がこれほど可愛《かわい》くならなければ、僕《ぼく》も離《はな》れようとはしなかったろう。

「いや本当にその通りだよ。灯里《あかり》ちゃん、見るたびに可愛《かわい》くなっていくんだからさ。今もそう。君が言うように、灯里《あかり》ちゃんは世界一かわいい」

僕《ぼく》は彼女がいつも言っているように、その文言を口にした。いつもの彼女ならきっと「当たり前でしょう」と笑い飛ばすか、胸を張るかのどちらかだったに違《ちが》いない。

「えっ……」

でも、今回はなぜか違《ちが》った。驚《おどろ》いたように目を見開く。僕《ぼく》の顔を見つめながら、頬《ほお》が徐々《じょじょ》に赤くなっていくのがわかった。あっという間に真っ赤になってしまう。目は忙《せわ》しなくきょろきょろと動いていたけれど、僕《ぼく》が見ていることに気が付くと、ぱっと目を逸《そ》らしてしまった。ぱたぱたと自分の両手で顔を扇《あお》ぎながら、目を伏《ふ》せてしまっている。……どうしたんだろうか。いつもの灯里《あかり》ちゃんらしくない。

「……ね、きぃくん」

「うん？」

灯里《あかり》ちゃんは僕《ぼく》から顔を背《そむ》けながら、ぽつりと呟《つぶや》いた。

「もう、どこへも行かないのよね。いっしょに、いてくれるんだよね。わたしがいてほしい、って言えば」

そんなことを彼女は言う。確認のためなのか、何か不安になることがあったのか、か細い声でそう言った。どういう意図なのかはわからない。顔が見えないので、彼女がどんな表情で言っているのかもわからない。でも、答えは決まっている。

「もちろん」

僕《ぼく》が短く言うと、顔を上げた。そして、これ以上ないほどの綺麗《きれい》な笑みを浮《う》かべるのだ。

――ふたりの男女が心を晒《さら》す――

――ともに行き　ともに活《い》き　ともに往く――

――昔の残滓《ざんし》を拾い上げながら――

――それは思い出にすべきことではない――

――心残りがある限り　決して前には進めないのだから――

そのときである。

暗かった公園に、強烈《きょうれつ》な光が舞《ま》い込《こ》んできた。目を瞑《つぶ》りたくなるほどの眩《まばゆ》い閃光《せんこう》。鮮《あざ》やかな七色でできたその光は、公園の中心で巻き起こっていた。公園の闇《やみ》をすべて呑《の》み込《こ》もうとしているかのように、四方八方へ撒《ま》き散《ち》らしている。光だけではない。輝《かがや》きに続くように強風が吹《ふ》き荒《あ》れている。公園の中心からそれは発生していて、勢い良く僕《ぼく》たちの方へ吹《ふ》き抜《ぬ》けていった。

驚《おどろ》きとともに湧《わ》き上《あ》がる既視感《きしかん》。僕《ぼく》たちはこれを知っている。見たことがある。あれは青春ミッションをクリアしたとき、〝青春ミッションボード〟から生まれたものと同じだ。しかし、なぜこのタイミングで現れるのか。

その疑問に答えるように、光と風の中心には小春《こはる》が立っていた。彼女自身も突風《とっぷう》に髪《かみ》と服をはためかせている。彼女の手には大きな黒い本。〝青春ミッションボード〟だ。開かれたページから溢《あふ》れんばかりの光が発生していて、そこから流されるように文字が空中へと浮《う》かんでは消えていく。

やがて、七色の光と強い風は徐々《じょじょ》に勢いを落としていき、最初から存在しなかったように消えていった。あとに残るのは黒い本と銀髪《ぎんぱつ》の少女。彼女はその場に佇《たたず》みながら、静かにこう宣言した。

「ミッション、完了です」

「え……？」

彼女の言葉に、僕《ぼく》と灯里《あかり》ちゃんは顔を見合わせる。ミッション完了、と彼女は言った。しかし、僕《ぼく》らはミッションを達成するどころか、その内容すら把握《はあく》できていないはずだ。

「小春《こはる》、わたしたち、ミッションなんてやってないんだけど……」

「そもそも、どんなミッションかもわかってないんだけど……」

僕《ぼく》たちの戸惑《とまど》いの声に、彼女は小さく首を振《ふ》った。

「いいえ、見事な青春でした」

そう短く言う。あとに続く言葉はない。この話はこれっきりだ、と言わんばかりだ。いやまあ、クリアでいいならクリアの方がいいんだけど……。

「……なんだか、釈然《しゃくぜん》としないわね」

「本当に」

「クリアだと言っているのに、浮《う》かない顔はやめてくれませんか」

呆《あき》れながら、彼女はぱたん、と本を閉じる。すると、閉じたそばから本がはらはらと崩《くず》れていってしまった。桜の花びらに姿を変えながら。その花びらは地面へ辿《たど》り着《つ》く前に、粒子《りゅうし》のようになって消えていってしまう。彼女が〝青春ミッションボード〟を不思議な力で出したりしまったりするところは何度か目撃《もくげき》しているけれど、そんなふうに消えていくのは初めて見た。まるで消滅《しょうめつ》するかのよう。崩《くず》れ去《さ》っていく姿はそう思わせる。

そして、どうやらそれは錯覚《さっかく》ではなかったようだ。〝青春ミッションボード〟は今確かに、この場から消えていったらしい。

「おめでとうございます。青春ミッションはすべて完了致《いた》しました。山吹灯里《やまぶきあかり》さん。あなたは〝青春の呪《のろ》い〟から解放されたんです」

小春《こはる》の言葉を証明するかのように、灯里《あかり》ちゃんの頬《ほお》から〝不干渉《ふかんしょう》の呪《のろ》い〟のマークがすぅっと消えていく。あとには何も残っていない。〝青春ミッションボード〟も消えた。〝不干渉《ふかんしょう》の呪《のろ》い〟のマークも消えた。小春《こはる》は解放された、と確かに言った。さっきまで釈然《しゃくぜん》としない思いだったけれど、これで終わりなら話は別だ。喜びの感情が沸《わ》き立《た》ち、僕《ぼく》は思い切り拳《こぶし》を握《にぎ》った。

「灯里《あかり》ちゃん！　やったじゃない！　もう呪《のろ》いは終わったんだよ、青春ミッションクリアだ！　君のマークももう消えてる！」

「ほ、ほんと⁉」

灯里《あかり》ちゃんはすぐに自分のポケットから小さな手鏡を取り出すと、それを開いて自分の顔を見た。それはすぐに歓喜《かんき》の表情へと変わる。

「何もない！　消えてる！　それに、わたし、ちゃんと物が持ててる！」

やったー！　と灯里《あかり》ちゃんは本当に嬉《うれ》しそうに両手を上げた。そして、あろうことかその勢いを僕《ぼく》へぶつけてくるのである。

「やった、やったよ、きぃくん！　もう終わったのよ、これで！　きぃくんのおかげだよー！」

そんな喜びの声を上げつつ、灯里《あかり》ちゃんは思い切り僕《ぼく》へ抱《だ》き着《つ》いてきた。体温が一気に上昇《じょうしょう》する。喜びの感情が別のものへ変わってしまう。彼女の女の子らしい身体が押《お》し付《つ》けられ、ぎゅうっと小さな手で抱《だ》きしめられる。信じられないほど近い距離《きょり》に彼女の顔があった。灯里《あかり》ちゃんは目を瞑《つぶ》っていて、そこには光るものがあったけれど、そちらに意識を向けられない。髪《かみ》から香《かお》る匂《にお》いばかりに意識がいく。ここで力強く抱《だ》きしめることができれば絵になるんだろうけど、僕《ぼく》の両手は宙に浮《う》かぶばかり。無理だ無理だ。相手は世界一かわいい女の子だぞ。今こうしているだけで意識が飛びそうだ。

「喜ぶのはいいんですが、このあとの話をさせてもらってもよろしいですか」

「あ、はい」

小春《こはる》にそう言われると、大人しく僕《ぼく》から離《はな》れる灯里《あかり》ちゃん。僕《ぼく》に抱《だ》き着《つ》いていたことなんてもう忘れてしまったかのように、小春《こはる》の方へ歩み寄っていく。

「灯里《あかり》さん。あなたは青春ミッションをこなし、〝青春の呪《のろ》い〟から解き放たれました。もう自由です。なので、わたしともお別れですね」

「え……、あ……、そっか」

小春《こはる》にそう言われて、僕《ぼく》もようやくそこに思い当たった。彼女は〝青春の呪《のろ》い〟の精霊《せいれい》であり、灯里《あかり》ちゃんをサポートするために現れた。青春ミッションが終わった今、僕《ぼく》たちのそばにいる必要はない。もうお別れなのだ。

「そっか、小春《こはる》……。お別れ、なのね。いろいろとありがとう。大変なことばかりだったけど、小春《こはる》といっしょにいられて嬉《うれ》しかったわ。寂《さび》しくなるわね」

「何を言うんですか、灯里《あかり》さん。わたしは〝青春の呪《のろ》い〟の一部。わたしなんかと出会わなかった方が、よっぽどよかったんですよ」

小春《こはる》はわずかに唇《くちびる》を緩《ゆる》める。けれど、それも一瞬《いっしゅん》のことだった。彼女はいつもの無表情に戻《もど》り、灯里《あかり》ちゃんを見つめる。

「それに、灯里《あかり》さん。あなたは、わたしとの別れを惜《お》しんでいる場合ではないんですよ」

「……どういうこと?」

小春《こはる》はゆっくりと手を差し出す。そこには、何枚かの桜の花びらが握《にぎ》られていた。

「まだ、ミッションは完全には終了していないということです。おふたりとも、これが最後の試練です。少し前に、『記憶《きおく》』の話はしましたね」

覚えている。説明は長くて複雑なものだったが、要約するとこのような形だったはずだ。

「えっと……、確か、青春ミッションを完了する際に、ミッションに関する記憶《きおく》を渡《わた》すことがあるっていう話だったよね」

僕《ぼく》がたどたどしく言うと、小春《こはる》はゆっくり頷《うなず》く。

「今回のミッションは青春ミッションの記憶《きおく》を頂戴《ちょうだい》しなければ、ミッション完了になりません。そして、どんな記憶《きおく》が消えるのか、既《すで》に決まっています。——それは、青春ミッションに関する、すべての記憶《きおく》を頂きます」

「え……」

言葉に詰《つ》まる。

小春《こはる》の言葉がすぐには理解できなかったからだ。青春ミッションに関するすべての記憶《きおく》。それはどういうことなのだろうか。今こうしていることも、ここ数日の出来事も、小春《こはる》のことも、すべて忘れてしまう。そういうことなのか……？

今までの激動の数日間が、すべてなかったことになるとでも言うのだろうか。

「その通りです。あなたたちが奔走《ほんそう》したこの数日間の出来事、それらはすべてなかったことになります。記憶《きおく》をもらうとはそういうことです。その代わり、至って平和な数日間を過ごしたことになるでしょう。当然、〝青春の呪《のろ》い〟なんてものにはあなたたちは関わっていない」

「………」

絶句した。それは、僕《ぼく》と灯里《あかり》ちゃんの数日間がすべてなかったことになる、ということだ。

廊下《ろうか》で手を繋《つな》いだことも、デートをしたことも、お互《たが》いが誤解したせいでこっ恥《ぱ》ずかしい青春をすることになったのも。

それらすべてがなかったことになるというのなら、僕《ぼく》と灯里《あかり》ちゃんは一体どうなってしまうんだ……？

「ま、待ってよ、小春《こはる》。それじゃあ、わたしときぃくんはどうなっちゃうわけ？　青春ミッションのことは忘れてしまうけど、関係はそのままってこと？」

灯里《あかり》ちゃんが恐《おそ》る恐《おそ》る尋《たず》ねる。しかし、その声にはわずかな怯《おび》えが混ざっていた。なぜか。連想してしまっているのだ。一番あって欲しくない結果を。

そしてそれは、現実のものとなっていた。

「いえ。灯里《あかり》さんと喜《き》一郎《いちろう》さんが交流するきっかけになったのは、〝青春の呪《のろ》い〟を灯里《あかり》さんが受けてしまったから。あなた方の関係も、青春ミッションの上に成り立つもの。それらはすべてがなかったことになります。つまり、灯里《あかり》さんが呪《のろ》いを受ける前の関係に、そっくり戻《もど》ってしまうということです」

……予想はできていたけれど、それはとても残酷《ざんこく》なものだった。

僕《ぼく》と灯里《あかり》ちゃんの関係。それが青春ミッション以前に戻《もど》ってしまう。それはどんなに遠いものだろうか。

こんなふうにいっしょにいることもなければ、楽しくおしゃべりすることもない。ただのクラスメイト、いやそれ以下の関係だ。ろくに会話もせず、変にお互《たが》いが意識して距離《きょり》を取ろうとしてしまう。近くても遠い。そして、決して近付こうとはしなかった。今思えば、なんてつまらない関係だったんだろう。

僕《ぼく》らは、それに戻《もど》ってしまうのだという。

「……い、嫌《いや》よ、そんなの。そんなの、絶対嫌《いや》！」

灯里《あかり》ちゃんは小春《こはる》から後ずさると、悲痛な面持《おもも》ちでそう叫《さけ》んだ。首を振《ふ》りながら、悲しくなるような声で彼女は言う。

「せ、せっかく、せっかくきぃくんとまた仲良くなれたのに！　いっしょにいるって約束したのに、また、また離《はな》れなきゃいけないなんて！　そんなの、そんなのってないわよ！」

彼女の声は震《ふる》えていた。この選択《せんたく》を受け入れた先を見据《みす》えているから。彼女もわかっているのだ、この選択《せんたく》をするしかないということを。道は残っていないということを。それから逃《に》げるようにして、彼女は悲痛な声を上げている。

「灯里《あかり》ちゃん。……ミッションを、終わらせなくちゃ」

「きぃくん……」

僕《ぼく》だって辛《つら》い。めちゃくちゃ辛《つら》い。本当は嫌《いや》だ。本当に嫌《いや》だ。

でも、やらなければいけないのだろう。

「このままじゃ君は、呪《のろ》いから解放されない。そんなのはダメだ」

「で、でも。きぃくんは、それでいいの？　わたしたち、また離《はな》れるのよ？　友達とも言えないような、あんな関係に……」

「大丈夫《だいじょうぶ》」

僕《ぼく》は努めて平静を装《よそお》う。俯《うつむ》いていた彼女が顔を上げた。不安に染まった瞳《ひとみ》をまっすぐ見ながら、僕《ぼく》は自分でも驚《おどろ》くほどに穏《おだ》やかな声で言う。

かつての自分がした約束。そのときの声が、頭の中で響《ひび》いていた。

〝ねえ、あかりちゃん。ぼく、やくそくするよ〟

〝なにを？〟

「たとえ記憶《きおく》がなくなっても、またこんなふうにいっしょにいられるって。今回だってそうだったじゃない。なら、次だって大丈夫《だいじょうぶ》。きっと大丈夫《だいじょうぶ》。それに、約束は僕《ぼく》も覚えていたから。ずっと覚えていたから」

〝あのね――〟

「〝灯里《あかり》ちゃんがピンチになったら、僕《ぼく》が絶対に助けに行く〟。そう約束したのは、僕《ぼく》は覚えている。これからも絶対覚えてる。だから灯里《あかり》ちゃん、安心して待っていてよ」

そう、約束だ。その約束だけは忘れない。ずっと大事にしていたもので、嬉《うれ》しいことに灯里《あかり》ちゃんも同じように大事にしてくれていたもの。お互《たが》いがそれを持っていた。なら、きっと大丈夫《じょうぶ》だろう。この次も、きっと。

僕《ぼく》はそう伝えたかった。安心させたかった。

なのに、なんでだろう。

灯里《あかり》ちゃんが何やら形容しがたい表情になっているのは。

彼女は口をわなわなと震《ふる》わせながら、目を見開いて僕《ぼく》を見ていた。眉毛《まゆげ》は思い切り八の字。どこまでも綺麗《きれい》に整っている顔が、今は唖然《あぜん》とした表情に塗《ぬ》り替《か》えられてしまっている。顔はこれ以上ないほどに真っ赤だ。ゆでだこだ。どうやったらここまで赤面《せきめん》できるんだ、というくらいに顔を赤くしながら、彼女は吠《ほ》えた。

「なっ、に、そっ、れ！　今、今言う⁉　約束のこと、今言うの⁉　え、ちょっと待ってちょっと待って、きぃくんは約束のこと覚えてたってこと？　わたしがそれとなーく訊《き》いても無反応だったし、さっきわたしが『わたししか覚えていないだろうけど』って言ったときも何も言ってくれなかったのに、実は覚えてたってこと⁉　なにそれぇ……、ちょっともう、やだー……、どんだけわたしに恥《はじ》の上塗《うわぬ》りさせるのぉ……。ていうかさ、このタイミングで約束のこと持ち出されたら、もうわたし『うん』って言うしかないじゃない……、ずるいよもぉー……、何も言えなくなっちゃうじゃん！」

灯里《あかり》ちゃんは喚《わめ》いて、恥《は》ずかしがって、最後にはぷんすかと怒《おこ》りながら、僕《ぼく》の胸をぽかぽかと叩《たた》いてきた。何とも目まぐるしい。その移り変わりについていけず、ただ怒《おこ》られていることだけはわかっている僕《ぼく》は、「ええと……、ごめんなさい……」と謝罪の言葉を絞《しぼ》り出《だ》した。

すると、僕《ぼく》を叩《たた》く手が止まる。彼女は再び恥《は》ずかしそうに目を逸《そ》らすと、いじけるように唇《くちびる》を尖《とが》らせた。

「……いいよ。きぃくんが約束を覚えていてくれて、正直すっごく嬉《うれ》しかったし」

そう言って、僕《ぼく》から身体を離《はな》す。しばらくは膨《ふく》れっ面《つら》だった灯里《あかり》ちゃんだが、はぁ、と大きく息を吐《は》くと、髪《かみ》を手でくしゃくしゃと掻《か》きまわした。無理矢理仏頂面《ぶっちょうづら》を作って、腰《こし》に手を当てる。

「わかったわよ、わかった。ミッションを完了しましょ。ここで駄々《だだ》こねても、どうにもなんないし、選択肢《せんたくし》だってほかにはないでしょうし」

視線を僕《ぼく》から外すと、彼女は目を瞑《つぶ》った。そのまま肩《かた》を竦《すく》める。次に出てきた言葉は、まるで気が緩《ゆる》んだから出てきてしまったかのような、そんな独り言じみたものだった。

「それにどーせ、わたしはもうきぃくんには逆らえないしねー」

「ちょっと待って、それどういう意味？」

あまりに聞き捨てならないことを言われたので、慌《あわ》てて問いかける。すると、彼女は「うっ」と口ごもり、ぽっと顔を赤くさせた。どうやら突っ込まれるとは思っていなかったらしい。目線が泳ぐ。ごにょごにょと小さな声がわずかに漏《も》れていく。

「いやあの……、……れた弱み、というか、あの、その」

「ちょちょちょちょっと待って、声が小さい、聞こえないもう一回言って！」

「うっさい、ばーか、ばーか！　何でもないわよ！　小春《こはる》！　ミッションを完了させるわよ！」

僕《ぼく》の方には取り合わず、灯里《あかり》ちゃんは小春《こはる》の方へ向き直ってしまった。いや、ちょっと待ってよ……。何それずるいって。もう一回ちゃんと言ってよ。

僕《ぼく》の願いは通じず、灯里《あかり》ちゃんの言葉に小春《こはる》はしっかり「はい」と答えた。

彼女は右手を大きく掲《かか》げる。開いた手のひらが宙に向けられる。その瞬間《しゅんかん》である。彼女の手から小さな光が生まれた。球体の光《ひか》り輝《かがや》くそれは、彼女の手の上で爛々《らんらん》とした光を発する。

その光が弾《はじ》け飛《と》んだかと思うと、僕《ぼく》の視界は桃色《ももいろ》で完全に埋《う》まった。

大量の桜の花びらである。想像を絶する数の花びらが現れて、世界を桜で埋《う》めていく。花びらだけでできている世界だ。公園すべてを桜色に染め上げて、大量の花びらは空間を侵食《しんしょく》していく。僕《ぼく》たちを中心にしてすっぽりとドームのように取り囲んでいる。桜の花びらは濁流《だくりゅう》のように動きながら、徐々《じょじょ》に僕《ぼく》たちのいる空間を狭《せば》めていった。

「凄《すご》い……」

そんな言葉が漏《も》れ出てしまう。数千万、数億の桜の花びらが舞《ま》う世界なんて、この先一生拝めないだろう。こんな浮世《うきよ》じみた光景まで忘れるというのは、本当にもったいない話だ。

「この桜の花びらがあなたたちを覆《おお》いつくしたとき、すべてのミッションは完了し、〝青春の呪《のろ》い〟は完全に消滅《しょうめつ》します」

渦巻《うずま》く桜の中心に立ったまま、小春《こはる》は静かにそう告げる。その間にも花びらが空間を覆《おお》っていく。あと数分もすれば、僕《ぼく》たちは花びらに埋《う》もれてしまうだろう。そうなれば、もう何も覚えてはいない。今ここに立っていることも忘れ、これからの日常を過ごすことになるのだろう。

灯里《あかり》ちゃんが手を強く握《にぎ》りしめているのが見えた。そして、それは僕《ぼく》も同じ。気を付けていないと力を入れすぎてしまう。僕《ぼく》が拳《こぶし》を開いていると、灯里《あかり》ちゃんが「あ」と小さく声を上げた。

「あ」

「そうだ、きぃくん。七夕祭り！」

そういえば、いっしょに行く約束をしていた。ふたりでいっしょに行って、神社に笹《ささ》がまだあるかどうか、確認しようって。そんな約束を前にした。

彼女は僕《ぼく》の目を見ながら、微笑《ほほえ》みを浮《う》かべる。そこに先ほどの悲壮感《ひそうかん》はない。いつもの彼女だ。いつもの灯里《あかり》ちゃんだ。世界一かわいい、僕《ぼく》の幼馴染《おさななじみ》がそこにいる。

「いっしょに行くっていう約束したんだから、絶対行くわよ。約束、忘れないように」

「うん。楽しみにしてるよ」

そんな言葉を交わす。その先にあるものは何も言わない。僕《ぼく》たちは約束を確認した、ただそれだけだ。絶対に、灯里《あかり》ちゃんと七夕祭りに行く。頼《たの》むぞ、忘れてしまったあとの僕《ぼく》。

約束の確認をしている間に、随分《ずいぶん》と空間が狭《せば》まっていた。視界がほとんど花びらで埋《う》まっている。あと少しすれば、きっと僕《ぼく》らにも花びらが雪崩《なだ》れ込《こ》んでくる。記憶《きおく》が残っている最後の数秒間なんだから何か言えばいいだろうに、何を話していいか思いつかなかった。

「あ。そうだ、ねぇ小春《こはる》」

灯里《あかり》ちゃんは小さく声を上げると、小春《こはる》の名前を呼んだ。小春《こはる》は同じ姿勢で固まったまま、いつもと変わらない「はい」という返事をする。

「わたしたちが今こうしていることも、全部忘れちゃうのよね？」

「はい。そっくりそのまま、記憶《きおく》がなくなりますけど」

「そっか。そうなんだ」

灯里《あかり》ちゃんは納得《なっとく》したように、うんうん、と頷《うなず》く。何の確認だったんだろうか。記憶《きおく》がなくなる、というのはさっき説明されたばかりなのに。

「ならきぃくん。ちょっと聞いて？」

灯里《あかり》ちゃんは僕《ぼく》に目を向けた。

その顔に、僕《ぼく》はどきりとさせられる。いつも可愛《かわい》くて、どきっとさせられることは日常茶飯事《にちじょうさはん》なはずなのに、なぜかその顔は今までで一番素敵《すてき》に見えたのだ。

わずかに赤く染まった頬《ほお》、緩《ゆる》やかに笑みを作る唇《くちびる》、幸せそうな光を映す瞳《ひとみ》。僕《ぼく》がぽーっと見《み》惚《と》れていると、彼女は楽しそうに言葉を紡《つむ》いだ。

「わたし、わたしね。ずっと気が付かなくて、この前ようやくわかったんだけど。自分の気持ちに、気付けたのだけれど。うん、そう。昔からだったの。ずっと、ずぅーっと、昔から、わたし、きぃくんのことが——」

osananajimi no yamabuki san

最終章

もしも君が織姫だったとして

「おにぃ。朝。起きてってば。早く」

「……んぁ」

乱暴に身体を揺《ゆ》すられて、僕《ぼく》はゆっくりと目を開けた。泥《どろ》の中から引き上げられるような感覚。いつまでも微睡《まどろ》みの中に隠《かく》れていたいのに、朝がその安らぎを奪《うば》おうとしている。

布団《ふとん》をかぶって二度寝《にどね》したいところだけど、起こしにきてくれている妹の手前、そんなことはできない。むくりと起き上がった。夜更《よふ》かしをしたつもりはないのに、妙《みょう》に頭がぼーっとする。靄《もや》がかかっているかのようだ。眠《ねむ》りが浅かったのだろうか。

「おにぃ、なんか凄《すご》い顔して寝《ね》てたよ。嫌《いや》な夢でも見たの」

「夢……？」

妹の言う凄《すご》い顔というのはどんなものかわからないが、いつもさっさと退散する妹が足を止めるくらいだ。きっと相当なのだろう。夢か。もしかして、夢見が悪いせいでこんなにも眠気《ねむけ》が取れないのだろうか。思い出そうとするけれど、するすると逃《のが》れるように記憶《きおく》から抜《ぬ》け落《お》ちていってしまう。夢の内容が思い出せない。

「いやむしろ、いい夢を見ていたような……？」

「あっそ」

妹は素《そ》っ気《け》なくそう言うと、今度こそ部屋から出て行ってしまった。僕《ぼく》はその場で伸《の》びをする。思い出せない夢のことを考えていても仕方がない。さっさと起きてしまうことにした。

寝起《ねお》きは悪かったけれど、あとはいつも通り。問題なく朝の準備を終えて、家を出ていく。

「……あ」

駅に向かって歩いていると、見知った背中を見かけてつい声が漏《も》れてしまった。まっすぐに伸《の》びた髪《かみ》が腰《こし》近くで揺《ゆ》れていて、髪《かみ》の艶《つや》が光を反射する。手入れの行き届いた髪《かみ》だ。スカートからわずかに覗《のぞ》く太ももはとても色っぽく、学校制服がスカートであることを感謝したくなるほど。そして女の子らしい細い肩《かた》。その背中だけでだれなのかがわかる。

山吹《やまぶき》さんだ。クラスメイトの山吹灯里《やまぶきあかり》さん。

朝から彼女の姿を見ることができて、何だか得した気分になってしまう。といっても、今は同じクラスだから教室で見られるし、今も別に話すわけじゃないんだけども。

彼女とすれ違《ちが》った若いサラリーマンが、「綺麗《きれい》な子だなぁ」というのを顔に張り付けているのが見えた。そうだろう、かわいいだろう。何せ彼女は世界一かわいい。なぜか僕《ぼく》が勝《か》ち誇《ほこ》りながら、彼女に話しかけることもなく駅まで歩いていった。

改札を抜《ぬ》けて、構内へ進んでいく。そこで気が付いた。前を歩いていた山吹《やまぶき》さんが定期をポケットに入れていたのだが、それがぽろっとこぼれ落ちてしまったのだ。彼女は気付いた様子はない。周りを歩いている人も気が付いていない。僕《ぼく》は慌《あわ》てて、その定期を拾い上げた。

眩暈《めまい》がした。

定期。山吹《やまぶき》さんの通学定期。彼女が落として、僕《ぼく》が拾う。それに対して既視感《きしかん》を覚えた。僕《ぼく》は以前、同じように彼女の定期を拾ったことがなかっただろうか。

あれはいつだったか。最近、そう、つい最近のことだ。山吹《やまぶき》さんが僕《ぼく》の前を走っていて、定期を落としてしまった。それを僕《ぼく》が拾った。それでそのあと——。

そのあと……？

思い出せない。そんなこと、本当にあったのだろうか。……いや、多分なかっただろう。そんな奇異《きい》なことがあれば、さすがに覚えている。僕《ぼく》の勘違《かんちが》いだ。そう言い聞かせてはみたものの、じっと彼女の定期を見つめてしまう。妙《みょう》な焦《あせ》りを覚えた。僕《ぼく》は何か急いでいたのではなかったか。胸のうちからせりあがってくる、焦《あせ》りと喪失感《そうしつかん》。胸を締《し》め付《つ》けられる思いだ。何だろう、この妙《みょう》な感情は。

そこでハッとなった。

……彼女にこの定期を返さないと。人の定期を握《にぎ》って何を立《た》ち尽《つ》くしているのか。泥棒《どろぼう》かストーカーと間違《まちが》われてもおかしくないではないか。

僕《ぼく》は慌《あわ》てて、彼女のそばに歩み寄る。

「山吹さん、いっ」

僕《ぼく》が後ろから声を掛《か》けると、山吹《やまぶき》さんが振《ふ》り向《む》いた。その表情が驚《おどろ》きへと変化する。目を軽く見開きながら、名前を呼んだ僕《ぼく》に目を向けていた。

「青葉くん。ええと、どうかしたの？」

当然ながら、彼女は僕《ぼく》が朝の挨拶《あいさつ》をしたとは思っていない。首を傾《かし》げながら、僕《ぼく》のことを見上げている。

「これ。定期。落としたよ」

「え？　……あ、本当だ。ごめん、ありがと」

笑《え》みを浮《う》かべながら、彼女は定期を受け取った。彼女の笑顔を近くで見られて、少しばかりどきっとする。僕《ぼく》は気にしないで、と手を振《ふ》ると、その場から立ち去った。

行き先が同じなのだから、いっしょに行ってもおかしくはないのだけれど、僕《ぼく》たちは離《はな》れて電車に乗った。そうするのが自然だと思った。話すような話題もない。昔は仲が良かったけれど、それも本当に昔のことだ。過去のことだ。今更《いまさら》どうこうできる話でもない。

「……ん？」

そこで何だか、自分がとても間違《まちが》ったことを考えているような感覚に陥《おちい》る。なぜだろう。おかしいところなんて、何ひとつないはずだけど。

釈然《しゃくぜん》としない思いを抱《かか》えながら、僕《ぼく》は吊革《つりかわ》に掴《つか》まっていた。電車内はとても混雑している。所謂《いわゆる》通勤ラッシュ。隣《となり》の人と肩《かた》がぶつかりそうな距離感《きよりかん》で、学校までの距離《きょり》を耐《た》える。

「きゃっ」

がたん、と電車が大きく揺《ゆ》れたとき、隣《となり》に立っていた人がバランスを崩《くず》した。他校の生徒。女の子だ。彼女は僕《ぼく》の方によろけると、自分の身体を僕《ぼく》へとぶつけてしまう。

「す、すみません っ」

彼女は慌《あわ》てて、僕《ぼく》から身体を離《はな》しながら謝罪の言葉を口にする。よくあることだ。僕《ぼく》は気にしないでください、と彼女に伝えようとしたが、その動きを止めてしまう。

似たようなことを、以前ほかのだれかとやらなかっただろうか。

「あ、あの……?」

僕《ぼく》が動きを止めてしまったせいで、女の子が不安げに僕《ぼく》を見上げていた。僕《ぼく》は慌《あわ》てて、「あ、すみません、大丈夫《だいじょうぶ》ですよ」と彼女に伝える。彼女はほっとした表情を浮《う》かべると、僕《ぼく》から視線を外した。

いや、よくあることじゃないか。電車の中でだれかにぶつかられるなんて。

――ありがとぉ

――よかった、これはセーフなのね

……そのだれかは一体だれだ。僕《ぼく》に笑いかけたその人は。照れくさそうに手を伸《の》ばしたその人は。その笑顔を思い出すだけで心が温まる。そのはずなのに、その顔は少しも思い出せない。冷え切ったままだ。僕《ぼく》はその人を知っている。知っているはずなのに。思い出そうとすると、風に吹かれた砂のように消えていく。さらさらと流れていく。思い出せない。

「…………」

いや、僕《ぼく》の思《おも》い違《ちが》いだろう。

隣《となり》にいるだけで心が穏《おだ》やかになるような、そんな人は周りにいない。きっと何かとごっちゃになっているだけだ。考えるだけ無駄《むだ》だ。僕《ぼく》は頭を振《ふ》って、妙《みょう》な妄想《もうそう》を振《ふ》り払《はら》った。

電車から降り、通学路を歩いていく。すると、見知った背中を見つけた。立ち止まって動かない背中。その人は家の塀《へい》の前に佇《たたず》み、塀《へい》の上を見上げていた。

「ほらほら、おいでおいでー？　こわくないにゃあ。お姉ちゃんはこわくないでちゅよー。なでなでしてあげるからおいでー？」

甘《あま》い甘《あま》い声を投げかけているのは、つばさだった。塀《へい》の上に座っている黒猫《くろねこ》を相手に、目をきらきらさせている。手を差《さ》し伸《の》べている。黒猫《くろねこ》はその手をふんふんと嗅《か》いでいたが、やがてつばさの腕《うで》の中に飛び込んでいった。

「おー、よしよしよしよし。かわいいでちゅねー、素直な子はお姉ちゃん大好きでちゅよー。ほら、ここが気持ちいいにゃ？　この辺《へん》を掻《か》いてもらうと、気持ちいいにゃ～？」

腕《うで》の中の猫《ねこ》を、つばさは器用に撫《な》で回《まわ》している。黒猫《くろねこ》は嬉《うれ》しそうだ。つばさの身体に匂《にお》いをつけるように動きながら、喉《のど》をごろごろと鳴らしている。相変わらず扱《あつか》いが上手い。つばさの方も嬉《うれ》しそうだ。とろけきった表情を隠《かく》そうともせず、力の抜《ぬ》けた声を上げている。

頬擦《ほおず》りまでしているつばさに、僕《ぼく》は近付いて声を掛《か》ける。

「おはよう、つばさ」

「おー、喜一郎《きいちろう》！　見ろよ、この猫《ねこ》ちゃん。かわいいだろー？　この顔がたまらないんだよなー、お前は何でそんなにかわいいんだにゃあ?」

僕《ぼく》と言葉を交わしながら、変わらず猫《ねこ》を撫《な》で回《まわ》すつばさ。しかし、油断しきっていた猫《ねこ》も僕《ぼく》が近付くと警戒《けいかい》を再開する。ぴょんとつばさから離《はな》れた。塀《へい》の向こうへ飛び去ってしまう。

「ごめん、僕《ぼく》が近付いたから逃《に》げちゃったね」

「いや、いい。朝に猫《ねこ》と絡《から》んでるとマジで遅刻《ちこく》すっからな」

強く頷《うなず》くつばさ。実際、つばさは猫《ねこ》にかまっていて遅刻《ちこく》したこともあるらしい。

つばさと並んで学校へ向かっていく。

「つばさは本当に猫《ねこ》が好きだねぇ。家では飼ってないんだっけ?」

「おう。家に猫《ねこ》がいたら最高だとは思うんだけどな」

「飼わないの?」

「うーん。おれが今飼ったとして、将来独り暮らしをしたら連れていくわけだろ。家に懐《なつ》くとまで言われている環境《かんきょう》の変化が苦手な猫《ねこ》を、おれの勝手な都合でストレスを与えるのはどうかと思ってんだけど、お前はどう思う?」

「い、意外と真剣《しんけん》に考えているんだね……」

彼女の猫《ねこ》に対する思いを聞きながら、僕《ぼく》たちは校門をくぐり、昇降口《しょうこうぐち》を通り、下駄箱《げたばこ》で靴《くつ》を履《は》き替《か》える。そこで僕《ぼく》の動きが止まってしまう。つばさが自分の靴《くつ》を脱《ぬ》いで、乱暴に上履《うわば》きを床《ゆか》に転がすのを見ていると、何だか妙《みょう》な気分になってくる。つばさのスカートから覗《のぞ》く足に、なぜだか視線が吸い寄せられてしまうのだ。

「……なんだお前。気持ち悪いぞ」

見られていることに気が付くと、つばさはドン引きしながら僕《ぼく》に蹴《け》りをお見舞《みま》いしてきた。

「痛い。蹴《け》ることないじゃないか。僕《ぼく》はただ、つばさがちゃんと上靴《うわぐつ》を履《は》けるか心配してただけだよ」

「何言ってんだお前。おれは園児か？　どこの世界に上履《うわば》きも履《は》けねー高校生がいるんだよ」

「ん……、いやまぁ、そうなんだけどさ」

そういう人がいてもおかしくは……、いや、おかしいか。普段《ふだん》どうするんだっていう話である。だれかに履《は》き替《か》えさせてもらうのか？

教室に入っていくと、秋人《あきひと》とクラスの男子が数人で何やら集まって話をしている。僕《ぼく》たちに気が付くと、挨拶《あいさつ》といっしょに「青葉《あおば》に小野塚《おのづか》、ちょうどいいところに来た。今日放課後に遊びに行こうぜ」と朝から遊びのお誘《さそ》いだ。

「どこ行くの？」

「いつものショッピングモールだよ。俺《おれ》も行くから、ふたりとも行こう」

秋人《あきひと》の言っている場所は、電車で数駅行った先にあるショッピングモールだ。僕《ぼく》らの定番の遊び場である。

「お、いいじゃん。おれは行く。喜一郎《きいちろう》も行くだろ？　卓球《たっきゅう》しようぜ」

「ん、そうだね。行こうかな」

今日は特に予定もない。つばさを倒《たお》して、何かを奢《おご》ってもらうのもいいだろう。

机に鞄《かばん》を置くと、僕《ぼく》たちは何をして遊ぶかだとか、ちょっと夏物の服が見たい、とかそんな話をしていた。すると、その中のひとりがおもむろにこんなことを言い出す。

「そういえば、この前チラシ見たんだけど、青葉《あおば》の家の近くで祭りがあるんだよな？」

「七夕祭りのこと？　あるけど、そんなでっかい規模の祭りじゃないよ？」

期待されても困るので正直なことを言うが、彼は「えー、でも祭りっていいじゃん。みんなで行こうぜ」とうきうきしながら言った。周りの男子も「おお、行きたい行きたい」「俺《おれ》焼きとうもろこし食べたい」「俺《おれ》はかき氷。ブルーハワイ」「なんだよ、食べることばかりか？」とノリノリで話をし始めた。祭りの内容や規模に関わらず、単にそういうことして遊びたいだけのようだ。

「小野塚《おのづか》は？　行くだろ？」

「あぁ行きたい。つーか、行く。おれは射的やりてぇし。この前、加奈《かな》たちにも誘《さそ》われたからな、行くよ」

「あれ？　そうなの？　じゃあ、小野塚《おのづか》はほかの女子と行くってことか」

「なんで？　お前らも行くんだろ？　祭りなら大勢の方が楽しいだろうし、いっしょに行けばいいだろうがよ」

迂闊《うかつ》すぎるつばさの言葉に、瞬時《しゅんじ》に固まってしまうクラスメイト数人。その気持ちはよくわかる。男だけのアホで愉快《ゆかい》なお祭《まつ》り騒《さわ》ぎのはずが、つばさの一言でドキドキな夏の思い出に変わろうとしている。そして、後者を望んでいることは彼らの表情を見ればわかった。

そんな中、ひとり冷静な秋人《あきひと》がつばさに疑問を口にする。

「大人数の方が楽しいのはそうだけど、小野塚《おのづか》が勝手に決めちゃまずいんじゃないか？　まずは女性陣《じん》に訊《き》いてみないと」

「わかったよ。じゃあ聞いてくる」

つばさはさっさと女子のグループの方へと歩いて行ってしまった。相変わらず行動が早い。窓際《まどぎわ》で話し込んでいる女子のグループには、山吹《やまぶき》さんの姿もあった。彼女たちの元へつばさは近付いていく。

「マジ？　もしかして、山吹《やまぶき》も来るの？」

盛り上がってしまう男子グループ。みんながみんな女子のグループを見ないようにしながらも、必死で耳をそばだて、眼球だけを動かして様子を窺《うかが》う。

「山吹《やまぶき》さんも来るなら最高だよな……、もしかして、浴衣《ゆかた》姿とか見られるのかな？」

「見たら死ぬ系のやつじゃないかそれ。俺の血管は耐《た》えられるだろうか」

「お。山吹《やまぶき》さんも来るとなったら、もちろんお前も行くよな、喜一郎《きいちろう》？」

「んー……、いや、どうしよう」

秋人は嬉しそうに肩を叩いてくるが、僕の表情は明るいとは言えない。僕は答えを渋ってしまった。なぜかはわからない。いつもならふたつ返事だったろうに、どうしてだろう。自分でもわからなかった。女の子たちといっしょにお祭りだなんて、心躍《おど》るイベントだっていうのに。

ほかに予定があるわけでもないだろうに。

つばさがあれこれと女子たちに説明しているのを、男子たちはひっそりと聞き耳を立てる。

「えー？　どうするー？」「男子といっしょかぁ」なんて声が上がる度《たび》に、ぴくりぴくりと身体が動いていた。その話の中で、つばさはごく自然に山吹《やまぶき》さんにも声を掛《か》ける。

「灯里《あかり》はどうする？　灯里《あかり》の家の近くみたいだし、暇《ひま》なら行こうぜ」

つばさのその言葉に、殊更《ことさら》反応する男性陣《じん》。これはしょうがない。クラスの女の子たちといっしょに行くお祭りはもちろん特別だし、夏の思い出としては申し分ないのだろうけど、そこに山吹《やまぶき》さんがいるかどうかで大きく意味が変わってしまう。ほかの女子には申し訳ないけれど。

「えー？　いやでもわたし、多分その日、予定あったと思うんだけど……」

髪《かみ》に触《ふ》れながら、困ったように山吹《やまぶき》さんが言う。すぐさま落胆《らくたん》の声を上げる男子たち。しかし、山吹《やまぶき》さんが予定帳をぱらぱら捲《めく》るのを見て、復活する。予定の内容によっては、山吹《やまぶき》さんも来られるかもしれない。わずかな希望にすがりついたのだ。

「……あれ？」

山吹《やまぶき》さんがきょとんとした声を上げた。予定帳のページを開いたまま固まる。つばさが予定帳を覗き込むと、そのページの一部分を指差した。

「七夕祭りってこの日だぞ。何も書いてねぇじゃん。この日に予定なんて、ないんじゃねーの？」

「あれ……、おかしいな。本当だ。何か約束があった気がしたんだけどな……」

そう言って、山吹《やまぶき》さんは何度も首を捻《ひね》っていた。その約束事は結局彼女の口から出ることはなく、話は女子が男子と行くかどうか、というものへ戻《もど》っていく。その様子を見ながら、秋人《あきひと》以外の男子はどんどんヒートアップしていた。

僕《ぼく》の周りの男たちが盛り上がってしまっている中、なぜだか僕《ぼく》は山吹《やまぶき》さんに共感を覚えていた。僕《ぼく》もその日に約束をしていた気がするのだ。大事な、大事な、とても大事な約束を。

あぁだから、僕《ぼく》は祭りに乗り気じゃないのか。約束があるから。でも、どんな約束か思い出せない。本当に約束したかも定《さだ》かではない。だれかと約束をした、何かの約束をした。……ような気がする。そんな気がするだけ。そんな曖昧《あいまい》な、予定ですらないことに僕《ぼく》は縛《しば》られている。

気のせいなのだろう。きっとそうなんだろう、と僕《ぼく》は思う。

何か意味があってしたわけじゃないけれど、僕《ぼく》はポケットから携帯《けいたい》を取り出した。そこに何かがある気がしたのだ。朝からずっとまとわりつく違和感《いわかん》、その正体に気が付ける何か。そのヒントが携帯《けいたい》にある、気がする。

僕《ぼく》は携帯《けいたい》をひっくり返す。

「…………」

裏返した面には、何もなかった。携帯《けいたい》の無機質な背面があるばかり。何かが貼《は》ってあるわけでもない。なぜ、僕《ぼく》はこんな確認をしてしまったのだろう。ここに何かがあると思ったのだろうか。だとしたら、それはなんだ？

「？　どうかしたのか、喜一郎《きいちろう》」

「いや……、何でもない。何でもない、はず」

そこで予鈴《よれい》が鳴《な》り響《ひび》く。「この話はまたあとだな」というアイコンタクトを取りながら、僕《ぼく》たちは自分の席へと戻《もど》っていった。

「はぁい、皆《みな》さんおはようございます」

律儀《りちぎ》に本鈴《ほんれい》と同時に教室へ入ってくる、僕《ぼく》たちの担任の百枝《ももえ》先生。彼女のおっとりとした声は朝だとどうしても眠気《ねむけ》を誘《さそ》う。彼女は眼鏡の位置を直しながら、教室を見渡《みわた》していた。

「今日は欠席者もおらず、全員出席ですね。みんな偉《えら》い。それでは、朝のホームルームを始めます」

生徒が全員揃《そろ》っているだけで、にこにこと本当に嬉《うれ》しそうにしているもも先生。その穏《おだ》やかな笑みに癒《いや》されながらも、彼女の言葉が何だか引《ひ》っ掛《か》かった。全員出席。それにしては、生徒の数が足りないのではないだろうか。

僕《ぼく》はそっと教室の様子を窺《うかが》う。確かに用意された席には生徒が全員座っていて、一見、欠席者はいないように見える。……見える。でも、おかしくないだろうか。だれか忘れているんじやないか？

そうじゃなきゃ、こんなことを考えないだろう。きっと、存在感のある人がいないのだ。それがだれかはわからない。ただ、だれかが足りないということだけがわかる。

「……ねぇ、つばさ。うちのクラスってこれで全員揃《そろ》ってる？」

「は？　当たり前だろ、何言ってんだ。見りゃわかんだろ」

前の席のつばさに小声で尋《たず》ねると、乱暴な声が返ってくる。その声が思いのほか大きい。もちろんもも先生は気が付いていて、「そこのふたり、静かにしようね？」と人差し指を唇《くちびる》に当てていた。ばつが悪いので、僕《ぼく》はそれ以上追及するのをやめた。

「…………」

おかしい。そう思いつつも、僕《ぼく》は首を捻《ひね》るだけで何も口にはしなかった。

「随分《ずいぶん》と甘《あま》い球だな、喜一郎《きいちろう》ッ！　温《ぬる》いぜオラァッ！」

ふわりと浮《う》かんだ白球を前に、つばさの身体が飛ぶ。スカートをはためかせながら大きく振《ふ》りかぶると、全身全霊《ぜんしんぜんれい》を込めた球が思い切り僕《ぼく》の場へと打ち込まれた。勢いが強すぎる。カットなんてできるわけもなく、弾《はじ》け飛《と》んだ球が顔のすぐ横を突《つ》き抜《ぬ》けていくのを、ただ見ているしかなかった。

彼女は白球を握《にぎ》ってサーブの体勢に入りながら、にやにやと嫌《いや》な笑みを浮《う》かべている。

「今日は集中できてないんじゃねぇーの、さっきから返ってくる球が甘《あま》いぜ。こりゃらーめんはおれのもんだな」

悔《くや》しいが、言い返すこともできない。普《ふ》段《だん》はそれなりにいい勝負をする僕《ぼく》だけど、今日はそりゃもうやられたい放題だった。彼女の言う通り、集中力が欠けているのかもしれない。

放課後、クラスメイトたちと約束した通り、僕《ぼく》たちはショッピングモールへと遊びに来ていた。今はその中のスポーツ施設《しせつ》にやってきている。そこで始まったのがこの卓球《たっきゅう》勝負だ。らーめんを賭《か》けたこの戦いは僕《ぼく》の劣勢《れっせい》で、後ろで観戦している男子たちが「気合入れろよ、青葉《あおば》ー」と野次を飛ばしてくる。いつもつばさの相手を僕《ぼく》に押《お》し付《つ》けてくるっていうのに、のんきなものだ。

「このままだと、前回に引き続いておれの二連勝になりそうだな。ごちそうさん」

「ん？　いや、二連勝はおかしいでしょ。前回は僕《ぼく》が勝ったじゃない。ケーキおごってもらった」

「あ？　何言ってんだ、ケーキなんて喰《く》ってねぇぞ。前はたこ焼きだったじゃねぇか」

「あれ、そうだっけ……？」

そう言われると、そんな気がしてくる。前はそれなりに快勝だった気がしていたんだけど、これも気のせいだろうか。うーん。集中力どころか、記憶力《きおくりょく》さえも欠けている気がする。

そんな精神状態で彼女の球をさばけるほど甘《あま》くはなく、今回はズタボロに負けてしまった。それどころか、その日一日は随分《ずいぶん》とぼうっとしてしまっていた。スポーツ施設《しせつ》のあとはゲームセンターで遊び、服を見たいという人がいたので服屋に行き、帰り道でらーめん屋へ寄った。何となくプリクラを見ていたら、「何だよ、喜一郎《きいちろう》。せっかくだから俺《おれ》と撮《と》っておくか？」と秋人《あきひと》に笑われてしまい、レディースの服を眺《なが》めていたら、「お前にそれは似合わねーだろ」とつばさにからかわれた。そんなことばかりだ。どれも別に意図があって見ていたわけでないのだけど、気が付けば視線が吸い寄せられてしまっていた。

何だろう。

何なんだろう。

自分から何か大きなものが欠けてしまっている感覚。小さいころから大事にしていたタオルケットを取り上げられてしまったかのような、何とも言えない心細さ。それがずっと僕《ぼく》に付きまとっている。

僕《ぼく》は何か忘れているんじゃないだろうか。

それも大事な、本当に大事なことを。いつもと変わらない一日を過ごしているというのに、喪失感《そうしつかん》が胸に穴を開けている。何かが足りない。確実に足りないものがある。穴は大きく広がっていて、そう簡単に埋《う》まりそうはない。その大切な何かを思い出さない限り、僕《ぼく》は半身を失ったかのような不安を拭《ぬぐ》えない。そんな気がする。

けれど、答えが出ることはなかった。僕《ぼく》はぼんやりとしながら、そのまま月日は過ぎていく。

穴が開いたまま過ごしていく。

そうしているうちに、そんな違和感《いわかん》にも慣れていってしまっていた。

自室のベッドに転がりながら、携帯《けいたい》をイジる。今日は七月一週目の土曜日。七夕祭りの日である。リビングで遅《おそ》めのお昼ご飯を食べたあと、特に予定がない僕《ぼく》は自室でだらだらと過ごしていた。

『やっぱり喜一郎《きいちろう》は行かないのか？　山吹《やまぶき》さんも来るかもしれないのに』

秋人《あきひと》からそんなメッセージが届いたので、「うん、やめとく」と短い返事を書いておいた。

結局、男子たちは何人かの女子とお祭りへ行くことに成功したらしい。だれが行くかまではわからない。その中に山吹《やまぶき》さんがいるかどうかは、男子たちもわからないままらしい。

僕《ぼく》も何度か誘《さそ》われていたけど、先日、行かない、と言ってしまっていた。理由は特にない。単に気が乗らなかっただけだろう。僕《ぼく》がいないと勝負する相手がいないので、つばさは何度か行こうと誘《さそ》ってきたけれど、結局行かないことにした。

今日は家から出ないかもしれない。まぁでも、のんびりと休日を過ごすのもまたいいだろう。

そんなことを考えていると、妹が僕《ぼく》の部屋の前を通りかかった。扉《とびら》を開けっぱなしにしているので、沙知《さち》が僕《ぼく》を見ながら通り過ぎるのが目に入る。その数秒後だ。彼女は入口から「おにぃ」とひょこっと顔を出した。

「今日、七夕祭りだけど、おにぃは行かないの」

「あー、うん。今年は行かないことにした」

「ふぅん。そうなんだ」

「誘《さそ》って欲しかった？」

「バカじゃないの」

短く言い放つと、沙知《さち》はさっさと自分の部屋へ戻《もど》っていった。

夏は日が長いけれど、晩御飯《ばんごはん》を食べ終える頃《ころ》には外はすっかり暗くなっていた。だというのに、いつもと空気が違《ちが》うのは祭りの熱のせいだ。遠くからの音のせい。わずかに聞こえる祭《まつり》囃子《ばやし》の中で、どーんどーん、と和太鼓《わだいこ》の音がより響《ひび》いているのがわかる。うちから祭りの会場まではそれなりに離《はな》れているのに、ここまで聞こえてくるのだ。

しかし、それよりも近くで何だか騒《さわ》がしい声が聞こえてきたので窓に近付く。見下ろすと、小学一年生くらいの男女ふたりが家の前を走っていた。ふたりとも浴衣《ゆかた》だ。手を繋《つな》いで、きゃっきゃと嬉《うれ》しそうに走っている。その後ろから、「あんまり走らないでー」と母親らしき女性が声を上げているのが見えた。女性はふたり。それぞれの母親だろうか。共通しているのは、ふたりとも微笑《ほほえ》ましい視線を子供に向けているところ。

はしゃいでいるふたりは本当に楽しそうで、まだ祭り会場に着いていないのに満面の笑みだった。楽しみで仕方がないといった感じ。ほんわかした気分になる。……しかし、それと同時にえも言われぬ感情が自分に芽生えていることに気が付いた。

「…………」

自分でもよくわからない感情なのだけれど、なぜだか僕《ぼく》は焦《あせ》りを覚えていた。異様なまでの焦燥感《しょうそうかん》。ここにいてはいけないような気がするのだ。こんなことをしている場合ではない。頭の奥《おく》で、何かがそう訴《うった》えかけている。

僕《ぼく》は、何かすべきことがあったのではないだろうか。

久々に意識させられる、胸に開いた穴の存在。どうしようもないほどの喪失感《そうしつかん》。それが焦《あせ》りと混ざり合って、そわそわと落ち着かない。しかし、どうしろと。何をしろと。わからないまま、僕《ぼく》の身体は動き出す。

僕《ぼく》は階段を下りて、玄関《げんかん》へ向かう。靴紐《くつひも》を締《し》めていると、僕《ぼく》に気が付いた母親に声を掛《か》けられた。

「あれ、なに。出掛《でか》けるの？」

「えー、あー、うん。ちょっと、コンビニ」

なぜ嘘《うそ》を吐《つ》いたのかはわからない。いや、本当にコンビニへ行くつもりだったのかもしれない。自分の気持ちもわからないまま、僕《ぼく》は家を出た。

自然と足は祭り会場へ向かっていた。まるで祭囃子《まつりばやし》に誘《さそ》われるように。さっきの子たちのように笑みを浮《う》かべるわけでもなく、友達と待ち合わせをするわけでもなく、僕《ぼく》はただただ祭り会場へ足を運んでいた。ぼうっとしている間に、会場に着いてしまう。

賑《にぎ》やかだった。普段《ふだん》は何の変哲《へんてつ》もない道に光が灯《とも》っている。屋台から漏《も》れる光や、ぶらさげられた提灯《ちょうちん》の光が合わさって、活況《かっきょう》な空気に呼応している。人も多い。屋台の間をたくさんの人たちが歩いていて、浴衣《ゆかた》姿の人も大勢いた。一様に楽しげにしながら、笑顔で歩いている。香《こう》ばしい匂《にお》いにつられると、ソースを焦《こ》がしながらじゅうじゅうと焼きそばが作られている。かしゃんかしゃんと音を鳴らしている。他にもたこ焼きやお好み焼きから始まり、チョコバナナにわたあめ、りんご飴《あめ》。夕食を食べたからお腹はすいていないはずなのに、おいしそうに食べ歩きしている人を見ると、つい買ってしまいたくなる。

ここは楽しい雰囲気《ふんいき》に包まれている。歩いている人は、みんな笑顔だ。

なのになぜ、僕《ぼく》はこんなところにひとりで来たのだろうか。華《はな》やかな空気の中を、ぼうっと歩いていく。あまり見られたくない姿だというのに。もし、遊びに来ているつばさたちに見つかったら、どう言い訳をすればいいだろうか。

「あ、よかったらどうぞー。願いごとを書いて、笹《ささ》につるしてくださいー」

そんな声が聞こえてきたので、視線を向ける。「パパ、短冊《たんざく》！」と小さな子供がはしゃいでいるのが見えた。短冊《たんざく》を配っているようだ。七夕祭りが普通《ふつう》のお祭りと違《ちが》う部分がこれだ。色んなところで短冊《たんざく》を配っていて、会場の様々な場所に用意された笹《ささ》に短冊《たんざく》をつるすのだ。近くの笹《ささ》を見ると、たくさんの短冊《たんざく》がつるされていて、とても綺麗《きれい》だった。人の願いがこもった笹飾《ささかざ》り。それを見ていると、何だか羨《うらや》ましくなってきて、僕《ぼく》も短冊《たんざく》をもらうことにした。

「…………」

願いをさらさらと書いて、再び祭りの中を歩いていく。どこにつるそうか。別にどこでもいいといえば、いいのだけど……。

そこでひとつ、思い出したことがあった。

今では随分《ずいぶん》昔の話になってしまうけれど、世界一かわいい女の子、山吹《やまぶき》さんと僕《ぼく》は幼馴染《おさななじみ》であり、いっしょにこの祭りへ来たこともある。本当に昔の話になっちゃうけど。そのとき、なぜか神社の境内《けいだい》に迷《まよ》い込《こ》んでしまった。明かりも何もない、普段《ふだん》通りの暗い場所だっていうのに、そこには一本の小さな笹《ささ》があった。ほかの人はだれも気付いていない。それにはしゃいだ幼い頃《ころ》の僕《ぼく》と山吹《やまぶき》さんは、自分たちだけの笹《ささ》に短冊《たんざく》をつるしたのだ。

「今も用意してくれてるのかな、あの笹《ささ》」

山吹《やまぶき》さんといっしょに行ったのはその年が最後で、以降は妹といっしょに行ったり行かなかったりだったのだが、境内《けいだい》には近付かなかった。だから、あそこに笹《ささ》が置いてあるかどうかはわからない。

思い出すと、何だかとても気になってしまった。せっかくひとりで来ているのだし、ふらりと覗《のぞ》いてみるのもいいかもしれない。それが済めば帰ろう。さすがにひとりで祭りの場に留まっていても、楽しいことはないだろう。

そうと決まれば、すぐに境内《けいだい》へ向かった。自然と早足になる。多くの人とすれ違《ちが》いながら、僕《ぼく》は焦《あせ》りを抑《おさ》えて石段を探す。なぜか焦《あせ》っていた。すぐにでもそこに向かいたい。焦燥感《しょうそうかん》が背中を突《つ》き、押《お》されるようにして足を速める。

祭りの喧騒《けんそう》からそっと離《はな》れ、僕《ぼく》は石段に足をかけた。長い階段だ。普段《ふだん》でもここを昇《のぼ》ることはないけれど、祭りの場なら余計だ。近付く理由がない。

僕《ぼく》はせっせと階段を昇《のぼ》っていく。いや、駆《か》け上《あ》がっていた。長い階段をゆっくり昇《のぼ》ることが我慢《がまん》ならず、勢い良く石段を蹴《け》る。足を上げるごとに光から離《はな》れていき、境内《けいだい》に近付くほど夜の姿へ戻《もど》っていく。実に暗い。昇《のぼ》り切《き》ってみると、そこには明かりも何もない、ただの神社の姿だけがあった。鳥居を前にして、僕《ぼく》は一度深呼吸する。すっかり息が上がっていた。頬《ほお》を伝う汗《あせ》を拭《ぬぐ》いながら、息を整えようと努力する。静かだった。木々に囲まれた場所で、参道の先に小さな拝殿《はいでん》が構えている。それ以外にめぼしいものもない。

しかし、しかしだ。

驚《おどろ》くべきごとに、何の明かりもない場所だというのに、参道の上に宿る小さな光がある。輝《かがや》きだ。僕《ぼく》はそれが目に入ったとき、神社に宿る人ならざる者かと思ったくらいだ。けれど違《ちが》う。あれは人間だ。……しかし、ただの人ではない。

涼《すず》しげな青い浴衣《ゆかた》。それに白く綺麗《きれい》な花が彩《いろど》られ、赤い帯が魅力《みりよく》をより引き立たせる。浴衣《ゆかた》から覗《のぞ》く足はわずかだけれど、草履《ぞうり》には形の良い指が並んでいた。浴衣《ゆかた》姿の女の子。それだけでも「おっ」となるのに、その顔を見ればリアクションはそれで済むはずがない。長い髪《かみ》を後ろでまとめ、淑《しと》やかな首筋が見えている。彼女は浴衣《ゆかた》もばっちり着こなせるんだな、と感心してしまっていた。うっとりするほど可憐な姿だ。人外と見紛《みまが》うのも致《いた》し方《かた》ない。

彼女の名前は山吹灯里《やまぶきあかり》。世界で一番かわいい女の子である。

なぜ彼女がこんなところにいるかはわからない。けれど、それは僕《ぼく》だって同じだろう。足音でだれかが来たことはわかったらしく、山吹《やまぶき》さんは僕《ぼく》の方に目を向ける。そして、その表情を驚《おどろ》きで染めた。何が言いたいのかは一目瞭然《いちもくりようぜん》。僕《ぼく》たちは互《たが》いに指を差した。

「き、い、い、くん、どうしてここに？」

「灯里ちゃん、なんで君がこんなところに？」

そう言いつつも、まさか、と思う。彼女の手には短冊《たんざく》が握《にぎ》られている。僕《ぼく》と同じだ。つまり、つまり、それは——、って待ったちょっと待った。今さっき、彼女はなんと言った？　再び同じタイミングで、僕《ぼく》らは言葉を口にする。

「きぃ、くん……？」

「灯里《あかり》、ちゃん……？」

なぜそんな大昔の呼び名が飛び出したのだろうか。しかも、ふたり揃《そろ》って。あまりにも自然

に呼ぶものだったから、最初は違和感《いわかん》に気が付けなかったくらいだ。

僕《ぼく》たちはお互《たが》いをじっと見つめ合う。戸惑《とまど》いとわずかな興奮の中で感情が揺《ゆ》れていた。なぜここに彼女が。どうして昔の呼び名が出てきてしまったのか。全くわからない。わからないのに、なぜか僕《ぼく》は答えを知っている気がした。

そのときである。

急に風が巻き起こったのだ。勢いのある突風に目を瞑《つぶ》ってしまう。僕《ぼく》と山吹《やまぶき》さんとの間に入り込むように、その風は発生していた。それは渦《うず》のようになっている。小さな竜巻《たつまき》だ。周りの木の葉を巻き上げていくのが見える。勢いがかなり強く、髪《かみ》と服がばたばたと揺《ゆ》れていくほどで、僕《ぼく》は腕《うで》で顔を覆《おお》った。腕《うで》の間から謎《なぞ》の強風を見つめる。そこで気が付いた。木の葉を巻き上げているように見えたのだが、よく目を凝《こ》らしてみるとそれは葉っぱではないようだった。もっと小さなもの。そのひとつが僕《ぼく》の顔に向かってきて、ようやくそれが何かわかった。

「桜の花びら……？」

顔に張り付いたものを指で取ると、桃色《ももいろ》の花びらが挟《はさ》まっていた。桜の花びら。しかし、おかしい。季節は既《すで》に夏に入っていて、桜なんてとっくの昔に散っている。散った花がどこかに残っていたのだろうか。

いや、そうではない。舞《ま》っている花びらの数は一枚や二枚どころではないのだ。いつの間にか、大量の桜の花びらが風に巻《ま》き込《こ》まれ、桜の竜巻《たつまき》を作り上げていた。なんだあれは。花びらの竜巻《たつまき》はなおも数を集めながら、徐々《じょじょ》に宙へ舞《ま》い上《あ》がっていく。呆気《あっけ》に取られていると、その光景はさらに不可思議なものへと変化していった。

大量の桜の花びら。浮《う》き上《あ》がった先で人の姿を模《かたど》ったかと思うと、一瞬《いっしゅん》の煌《きらめ》きのあと、本当に人の姿へ変わってしまったのだ。

それは女の子の姿をしていた。銀色に輝《かがや》く髪を三つ編みにして、身長と同じくらいの長さまで伸《の》ばしている。肌《はだ》の色は浅黒い。なぜか僕《ぼく》たちの高校の制服に身を包んでいた。彼女は空中で両手を伸《の》ばし、ゆっくりと地面へと降りてきている。あまりにも幻想的《げんそうてき》な姿に、何かの精霊《せいれい》ではないかと思うくらいだった。

「――魂《たましい》のこもった青春は、そうたやすく滅《ほろ》んでしまうものではない」

彼女は瞑《つぶ》っていた目を開けると、感情のこもっていない無機質な声で言う。だが、ちゃんとした女の子の声だ。人の声だ。彼女は一体何なのだ、と混乱している僕《ぼく》は、ただただ彼女を見つめることしかできない。山吹さんも同じだ。ぽかんとしてしまっている。

「ドイツの詩人、ハンス・カロッサの言葉です。本当にその通り。たやすく滅《ほろ》ぶものではなかった――」

彼女が地面へ下り立つと、纏《まと》っていた風が八方へと流れていく。ふわりとスカートが舞《ま》った。

そして、彼女は手のひらを差し出す。その上にあるのは大量の桜の花びら――だが、それは一《いっ》瞬《しゅん》で分厚い黒い本へと姿を変えた。彼女はそれ開きながら、静かに言い放つ。

「すべては忘れ去られた物語。けれど、滅《ほろ》ばなかった物語。未だ長き道は遠い先まで——さぁ、再び青春《ミッション》を始めましょう」

あとがき

皆《みな》さま、初めまして。第22回電撃《でんげき》大賞から拾い上げでデビューさせて頂くことになりました、道草《みちくさ》よもぎです。

電撃《でんげき》大賞に投稿《とうこう》する方なら馴染《なじ》みが深いであろう、『拾い上げ』。

選考漏《も》れしてしまっても、編集の方から声が掛《か》かればデビューできる、という夢のあるシステムです。

これがあるおかげで（あるせいで？）、三次選考で落ちようが二次選考で落ちようが、人によっては一次選考に落ちても、「いやいや、まだ拾い上げがある。希望はある！」と落選したショックから目を逸《そ》らせるわけです。

どこで落選しても拾い上げに期待してしまう、というのは電撃《でんげき》大賞の投稿者《とうこうしゃ》の中では割とあるあるネタなのではないでしょうか。

もちろん、私もそのひとりです。

第22回は二次選考と三次選考が同じ日に発表される、というイレギュラーな年でした。二次選考に通った喜びで両手を上げたのに、次の瞬間《しゅんかん》、三次選考で落選を知ってダウンするという酷《ひど》い年。

　例年通りなら、二次選考に通った喜びにしばらく浸《ひた》れただろうに、なんで今年に限って、と逆恨《さかうら》みしたのをよく覚えています。

　とはいえ、三次落選なら拾い上げに期待してしまうもの。「もしかしたら声が掛《か》かるかも」とワクワクしていました。

　しかし、この拾い上げ。公式からアナウンスがあるわけではないので、どの時期に電話が掛《か》かってくるかわからないんですよ。

　私の場合、ネットの情報を頼《たよ》りにするしかありませんでした。拾い上げの電話の時期は、「大賞発表時期」や「最終選考発表時期」、いやいや、十一月や十二月、一番遅《おそ》いもので一月という話も。

　まぁとにかく、年内くらいはソワソワとしていたわけです。

　しかし、年を跨《また》いでしまうとさすがに期待も薄《うす》れてきますし、次の電撃《でんげき》大賞もあります。拾い上げのことは頭から追い出し、次の原稿《げんこう》に取《と》り掛《か》かっていました。

　そして、電撃《でんげき》大賞〆切《しめきり》が目前となった四月手前。日曜日でした。原稿《げんこう》を完成させるためにヒイヒィ言いながら執筆《しっぴつ》をしていたときです。

　知らない番号から電話が掛《か》かってきたのです。

　これが年内ならば、「拾い上げの電話かもしれない！」とドキドキしたんでしょうけど、このときは既《すで》に三月下旬《げじゅん》。一瞬《いっしゅん》ドキリとしたものの、「いやいや、そんなわけない」と電話を取りました。

それが拾い上げの電話だったのです。

これも投稿者《とうこうしゃ》あるあるだと思うんですけど、受賞や拾い上げの電話が掛《か》かってきたとき、どんなリアクションするかを想像しちゃいませんか。

感情を爆発《ばくはつ》させて喜ぶのか。

クールに流して出来る人を気取るのか。

私の場合は前者ですね。電話を掛《か》ける編集さんからすると、「やった！　デビューだ！　嬉《うれ》しい！」って喜ぶ人の方が可愛《かわい》げがあるじゃないですか。

そうしようと思っていたのに、何せ時期が時期で完全に予想外。

間違《まちが》い電話かな、くらいの気持ちで電話に出たせいで、頭が真っ白になりましたね。「あ、はい、そうです、え、あ、はい、どうも」みたいな返事しかできませんでした。ぜんぜん可愛《かわい》げがねえ。

電話を切ったあとも情報の洪水《こうずい》に頭がついていけず、部屋をぐるぐると歩き回りながら、「じゃあもう、今書いてる投稿《とうこう》予定の小説は書かなくてもいい？」と思いつつも、「と、とりあえず原稿《げんこう》を終わらせよう」と執筆《しっぴつ》に戻《もど》ったのをよく覚えております。こういうのも現実逃避《とうひ》って言うのかもしれませんね。

そんなこんなでデビューと相成りました。拾ってくださった担当編集さんには感謝しかありません。「いい拾い物をしたなぁ」と思って頂けるよう、頑張《がんば》っていきたいと思います。

そして、本作のイラストを担当して頂いた、かにビームさん。本当にありがとうございます。キャラのラフを初めて見たのは、仕事の休憩中《きゅうけいちゅう》でした。イラストを見た瞬間《しゅんかん》に声が出そうでした。あまりの可愛《かわい》さににやけてしまうのを必死で堪《こら》え、咳払《せきばら》いしながらやり過ごしました。というか、正直そのあとは仕事になりませんでした。

凄《すご》すぎる人が来てしまった……、というプレッシャーはありますが、それに見合うよう努力していきたいと思います。

そして、この作品を手に取ってくださった方にも感謝を。よかったら、次も読んで頂けるとありがたいです。

あと、拾い上げ情報に釣《つ》られた投稿者《とうこうしゃ》もあとがきを読むだけじゃなく、ちゃんと買ってくれよな！

はじめまして、挿絵を担当させていただきました
かにビームと申します。
まさに青春全開なストーリーに触発されて
学生時代を思い出しながら描きました。
青い気持ちを大切にがんばります！
かにビーム

◉道草よもぎ著作リスト

「幼馴染の山吹さん」（電撃文庫）

本書に対するご意見、ご感想をお寄せください。

電撃文庫公式ホームページ 読者アンケートフォーム
http://dengekibunko.jp/
※メニューの「読者アンケート」よりお進みください。

ファンレターあて先
〒102-8584　東京都千代田区富士見1-8-19
アスキー・メディアワークス電撃文庫編集部
「道草よもぎ先生」係
「かにビーム先生」係

初出

本書は第22回電撃小説大賞応募作品『黒き炎は響き合う』に加筆・修正したものです。

電撃文庫

幼馴染《おさななじみ》の山吹《やまぶき》さん

道草《みちくさ》よもぎ

2017年10月7日　初版発行

発行者　塚田正晃
発行　株式会社KADOKAWA
〒102-8177　東京都千代田区富士見2-13-3
プロデュース　アスキー・メディアワークス
〒102-8584　東京都千代田区富士見1-8-19
03-5216-8399（編集）
03-3238-1854（営業）
装丁者　荻窪裕司（META＋MANIERA）
印刷　株式会社暁印刷
製本　株式会社ビルディング・ブックセンター

ISBN978-4-04-893396-4　C0193　Printed in Japan

電撃文庫　http://dengekibunko.jp/
株式会社 KADOKAWA　http://www.kadokawa.co.jp/

電撃文庫創刊に際して

文庫は、我が国にとどまらず、世界の書籍の流れのなかで〝小さな巨人〟としての地位を築いてきた。古今東西の名著を、廉価で手に入りやすい形で提供してきたからこそ、人は文庫を自分の師として、また青春の想い出として、語りついできたのである。

その源を、文化的にはドイツのレクラム文庫に求めるにせよ、規模の上でイギリスのペンギンブックスに求めるにせよ、いま文庫は知識人の層の多様化に従って、ますますその意義を大きくしていると言ってよい。

文庫出版の意味するものは、激動の現代のみならず将来にわたって、大きくなることはあっても、小さくなることはないだろう。

「電撃文庫」は、そのように多様化した対象に応え、歴史に耐えうる作品を収録するのはもちろん、新しい世紀を迎えるにあたって、既成の枠をこえる新鮮で強烈なアイ・オープナーたりたい。

その特異さ故に、この存在は、かつて文庫がはじめて出版世界に登場したときと、同じ戸惑いを読書人に与えるかもしれない。

しかし、〈Changing Times,Changing Publishing〉時代は変わって、出版も変わる。時を重ねるなかで、精神の糧として、心の一隅を占めるものとして、次なる文化の担い手の若者たちに確かな評価を得られると信じて、ここに「電撃文庫」を出版する。

1993年6月10日
角川歴彦

電撃文庫DIGEST　10月の新刊　発売日2017年10月7日

キノの旅XXI
the Beautiful World

【著】時雨沢恵一　【イラスト】黒星紅白

「師匠はこう言っていた。"彼等は一日に一回、国の中心に来て、そこにある石版に鍵を差し込んでは、捻っていました"」「で？　で？」「お終い」「はいいっ？」（「鍵の国」）他全13話収録。

新約 とある魔術の禁書目録《インデックス》⑲

【著】鎌池和馬　【イラスト】はいむらきよたか

なぜか着脱不可の全身強化スーツを纏う浜面。超混乱中の彼に襲いかかる一方通行!?　加え、銀髪少女となったアレイスターの破廉恥逆セクハラに上条も混乱真っ最中!?

ネトゲの嫁は女の子じゃないと思った？ Lv.15

【著】聴猫芝居　【イラスト】Hisasi

残念美少女・アコたちにも修学旅行の季節がやってきた！　お留守番のマスターを尻目に旅行を楽しむ2年生組に、とある（※ネトゲ内の）試練が……!?　そしてルシアンとアコはついに——!?

GENESISシリーズ
境界線上のホライゾンX〈上〉

【著】川上 稔　【イラスト】さとやす（TENKY）

「——創世計画を止める。そして末世を救う」本能寺の変の後、羽柴不在の羽柴勢とキャッキャウフフの追撃戦。出るか僕らの新第七艦隊。さあ戦いが始まる!!

魔人執行官《デモーニック・マーシャル》3
スピリチュアル・エッセンス

【著】佐島 勤　【イラスト】キヌガサ雄一

世界中で大量殺戮が進む。それを引き起こした『天使』には能力を吸収できるチカラが……。『魔人』との絆が途切れることに怯えつつも、アイドルの鎧をまとった『少女』は天使討伐へと向かう！

新作
誰でもなれる！ラノベ主人公
～オマエそれ大阪でも同じこと言えんの？～

【著】真代屋秀晃　【イラスト】karory

「異能バトルが起きたらなあ」と夢想をする平凡な少年・恭介。大阪に転校した彼がオタ街・日本橋で出会うのは魔術師を辞めたい少女、デスコア系地下アイドル、自称異世界転生者、そしてヤクザと本物の悪魔で!?

新作
陰キャになりたい陽乃森さん Step1

【著】岬 鷺宮　【イラスト】Bison倉鼠

困った。いま俺の目の前にはトップオブ陽キャ美少女、陽乃森さんがいる。で、何故に……それが俺ら陰キャが集まる「陰キャ部」なんかに居るの!?　「陰キャにして」ってカンベンしてくれ！

新作
異世界が嫌いでもエルフの神様になれますか？《Disファンタジー・ディスコード》

【著】囲恭之介　【イラスト】凪白みと

ファンタジー嫌いでSFロボ好きな寒原兵悟が迷い込んだ世界はファンタジー世界!?　しかもなぜだか異世界無双!?　エルフの巫女や長老たちに囲まれて、果たして彼はファンタジー世界を救えるのか!?

新作
幼馴染の山吹さん

【著】道草よもぎ　【イラスト】かにビーム

『今から貴様は呪いを受ける』僕の幼馴染み・山吹灯里は、突然身に起こった"青春の呪い"によって、青春を奪われることに——!?　奪われた青春を取り戻すべく、僕と彼女の青春の物語が始まる。

魔術を失った魔術士×
魔術の才に愛された少女
二人の奇妙な同棲から始まる、
現代魔術ヒロイックアクション!!
わたしの魔術コンサルタント
羽場楽人
イラスト／笹森トモエ
「お父さん会いたかった!」魔術を失った男・黒瀬秀春の前に現れたのは、魔術の才に愛されたまっすぐな少女・朝倉ヒナコだった。東京で出会った二人が織り成す魔術と居場所の物語。
電撃文庫

リア充にも
オタクにもなれない
俺の青春

Between R and O,
Neither R nor O. Who am I?

弘前龍
Author : Ryu Hirosaki
Illustration : Touma Kisa
イラスト 冬馬来彩

一《にのまえ》奈々子《ななこ》。オタク女子。
3ヶ月ごとに「嫁」が変わるタイプの絵師。おどおど小動物系の美少女。
口には出さないけど、俺は密かに≪イナゴさん≫と呼んでいる。
上井《かみい》恵久《めぐ》。リア充女子。
カラオケでタンバリン叩いてた人。いつもいい匂いがするクール系の美少女。
こっちも口には出さないけど、俺は密かに≪ウェーイさん≫と呼んでいる。
クラスこそ一緒だけど、イナゴさんも、ウェーイさんも、俺とは別世界の住人だ。
リア充でもオタクでもない俺は、きっと深いかかわりを持つことなく終わるんだろう。
……そう思っていた。あの夜、あの公園で、あんな秘密を知ってしまうまでは。

電撃文庫

田辺ユウ
illust：赤身ふみお
嫌われエースの数奇な恋路
直球！青春！ラブコメ！
ひねくれ男子×ツンデレ女子の数奇な恋！
肩を故障し、あげくに野球部内から
「嫌われエース」と腫れ物扱いされる押井数奇。
そんな彼がマネージャーとして入部した美人で強気で変人な蓮尾凛と数奇な恋路に!?
電撃文庫